김종휘 판타지 장편 소설

의

A wizard of dragon

마법사

6

드래곤의 마법사 6

김종휘 판타지 장편 소설

초판 1쇄 찍은 날 § 2002년 2월 25일
초판 1쇄 펴낸 날 § 2002년 3월 5일

지은이 § 김종휘
펴낸이 § 서경석

편집장 § 문혜영
편집책임 § 박영주
편집 § 장상수 · 김희정 · 권민정
마케팅 § 정필 · 강양원 · 김규진

펴낸곳 § 도서출판 청어람
등록번호 § 제1081-1-89호
등록일자 § 1999. 5. 31
어람번호 § 제1-0214호

주소 § 경기도 부천시 원미구 심곡1동 350-1 남성B/D 3F (우) 420-011
전화 § 032-656-4452 팩스 § 032-656-4453
E-mail § eoram99@chollian.net

ⓒ 김종휘, 2001

값 7,500원

ISBN 89-5505-151-4 (SET)
ISBN 89-5505-305-3 04810

김종휘 판타지 장편 소설

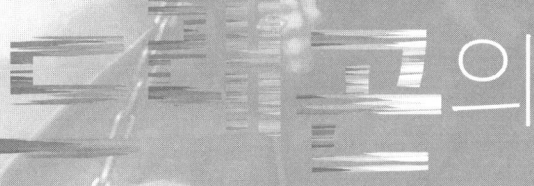

A wizard of dragon

마법사

제2부 **6** 네크로멘서

도서출판

청람

CONTENTS

31장 루드니아 대 레비나

한편 그로인 왕국의 루드웨어는 성기사 대회가 끝날 시간이 다가옴에 따라 고심에 잠길 수밖에 없었다.

분명 로아냐드 제국은 대회가 끝난 후 대규모의 군대를 마도제국으로 파견할 것은 분명할 터였지만, 그 군대에 대적할 만한 수단이 없었기 때문이다.

겉보기만 번드르르한 그의 스켈레톤 군대는 중소 국가를 겁주기에는 충분했지만 제국의 군대라면 상황이 다르기 때문이다.

자신의 집무실에 앉아 혼자 생각에 잠겨 있던 루드웨어는 칠인회를 전장에 끌어들이는 것은 어떨까 고심해 봤다. 하지만 칠인회의 마법사들이 반대할 것은 눈에 선한 일이었기에 추진할 수는 없었다.

그가 칠인회를 조직했다고는 하지만 칠인회의 특성상 이런 일에 강제로 참여하게 할 수는 없었기 때문이다.

'휴! 군주라는 것도 힘들군.'

새삼 황제의 자리가 힘들다는 것을 깨달은 루드웨어였는데, 그런 그에게 어둠의 그림자가 비추어지기 시작했다.

"누구냐!"

어디선가 느껴지는 인기척에 루드웨어는 소리쳤고, 집무실에서 한 명의 그림자가 서서히 그 윤곽을 드러내며 신형을 나타냈다.

그림자 속에서 나타난 은발의 젊은 남자는 루드웨어에게 조용히 고개를 숙여 인사했다.

"마도 로노와르 제국의 황제 루드그레인님에게 인사드립니다."

"네 녀석은 누구지?"

상당히 강한 힘을 소유하고 있는 자라는 것은 알 수 있었지만 천신 레이뮤의 대리자에게는 역시 새 발의 피밖에 안 되는 존재였기에 루드웨어는 조용히 눈을 들어 그를 노려보며 말했다.

"소인은 맨피드라 하옵니다."

"맨피드? 그래, 본제에게 무슨 용무로 찾아왔는가?"

"소인이 황제 폐하의 근심을 해결해 드리고자 해서 찾아왔습니다."

"나의 근심?"

"예, 폐하."

루드웨어는 맨피드란 사내의 말에서 그가 제국의 사정을 낱낱이 파악하고 있다는 것을 알 수 있었다.

물론 그의 정체에 대해선 알 수 없었지만 어차피 120개의 중소 국가에 속한 사람 중 한 사람이라 생각한 루드웨어는 흥미를 느끼는 듯한 표정을 짓고 말했다.

"오호, 자네가 본제의 근심을 해결해 줄 수 있단 말인가?"

"예, 폐하."

"하하하하! 가소로운 사로군! 파(破)!"

그 순간 맨피드의 앞의 바닥은 엄청난 폭발과 함께 사방으로 부서져 날아갔고, 그 파편은 그의 온몸을 강하게 강타하기 시작했다.

은발의 청년 맨피드는 파편에 의해 이마에서 연신 피를 흘리고 있었지만 놀랍게도 그런 충격에 아무런 움직임을 보이지 않고 있었다.

"본제를 우습게 보지 마라! 정체도 모르는 자에게 나의 근심거리를 맡길 만큼 약하다고 생각하지 않는다."

루드웨어의 말에 맨피드는 피를 흘리는 얼굴로 살짝 미소를 지으며 말했다.

"물론입니다. 하나 위대한 마도제국의 황제 폐하께서 일일이 아랫것들이 해야 할 일에 존귀한 몸을 움직이실 필요는 없지 않습니까?"

"호오!"

"폐하께서 위대하신 분이기는 하지만 마도제국의 휘하에 인재가 부족한 것은 사실입니다. 저는 폐하께서 직접 나서기에는 명분이 서지 않는 잡스러운 일을 처리하기 위해 온 것이지요."

그 말에 루드웨어는 맨피드란 사내에게 호감을 느끼며 가볍게 손가락을 마주쳤다. 그 순간 청년의 상처에서 흐르고 있던 홍건한 피는 말끔히 사라지고 상처는 순식간에 아물어졌다.

"하지만 세상에 공짜는 없는 법이지. 그대는 나에게 무엇을 원하는가?"

"어찌 폐하께 힘을 보탬에 무엇을 바랄 수 있겠습니까? 다만 폐하의 대륙 통일이 이룩된다면 저의 조직을 양지에 드러낼 수 있도록 도와주십시오."

"너의 조직을?"

"예, 폐하."

일단 그 조직이 무엇인지는 모르지만 루드웨어는 굳이 알 필요는 없다고 생각했다.

어차피 자신도 모르는 조직이라면 어느 누구도 알 수 없을 것은 분명했고, 칠인회의 이목을 속이는 제국에 이런 비밀 무력 단체가 있다면 상당한 도움이 될 것이기 때문이다.

"좋다. 그대의 요구를 들어주지."

"감사합니다. 그럼."

루드웨어의 허락이 떨어지자 맨피드는 감사의 인사와 함께 서서히 몸이 사라져 가기 시작했고 십 초도 지나지 않아 그의 흔적은 집무실에서 완전히 모습을 감추었다.

"크크크, 재밌는 녀석이 왔군. 네크로멘서라… 어차피 스켈레톤 군대도 네크로멘서 기술의 일종이었으니 문제될 것은 없겠지."

루드웨어는 맨피드가 네크로멘서라는 것을 파악할 수 있었으니, 그가 사용한 기술을 본 적이 있었기 때문이다

은발의 청년 맨피드의 이동 방법은 언데드의 일종인 쉐도우의 몸에 자신의 몸을 실어 움직이는 방법으로 높은 수준의 네크로멘서만이 가능한 이동 방법이었다.

물론 보통의 마법사라면 그 이동 방법을 알아채지 못했을 테지만, 라지베헤루의 금단의 서에는 대륙 마법 길드에서 금지시킨 네크로멘서의 수많은 기술 역시 서술되어 있었기에 루드웨어는 한 번에 그가 네크로멘서라는 것을 알아챈 것이다.

"시크라!"

무엇인가를 결정한 듯한 루드웨어는 집무실에서 벌떡 일어서더니 레드 드래곤 시크라를 불렀다.

"왜 불러?"

근처에서 황궁의 시녀를 꼬시고 있던 시크라는 귀찮다는 듯이 문을 열고 들어와서 고개를 방 안으로 디밀며 물었고 루드웨어는 그를 보며 말했다.

"네 녀석을 마도제국 전군사령관으로 임명하겠다. 지금 당장 연합의 중소 국가에게 연락해 신성제국의 침공을 준비하도록 해라."

"엥? 전군사령관?"

"그래."

"음… 높은 직책인 것 같은데 뭐 주는 거 없냐?"

"시녀 100명을 딸려주지."

"좋았어! 나 전군사령관!"

시녀 100명에 에이션트 드래곤이 마도제국의 전군사령관 직을 수락하는 현장이었다.

성기사 대회는 이제 막바지에 이르렀다.

마지막 결승전, 이 한 판의 승부로 대륙 최고의 무인이 가려지는 순간이었다.

준결승전에서 로크를 단숨에 부하로 만들며 결승에 진출한 루드니아와 자파니스 왕국의 핫도리 한조를 물리치고 결승에 진출한 전번 대회 우승자 레비나 아디스.

이 두 사람의 시합은 레비나 쪽에 승률이 높다고 판단하고 있지만, 준결승 대회에서 보여준 루드니아의 마나를 본 많은 무인들은 어쩌면 그녀가 지금까지 엄청난 실력을 숨기고 있었을 수도 있다고 생각했기에 승부의 향방을 알 수 없다고 판단하고 있었다.

성기사 대회장은 아름다운 두 여인이 겨루게 될 이번 결승전을 보기 위해 시합 몇 시간 전부터 관중석은 꽉 차 있었다.

루드니아는 대기실에서 자신의 애검을 천으로 손질하면서 옆에 있는 레비나를 보았는데, 그녀는 상당히 피폐한 얼굴로 자신의 검을 닦고 있었다.

아무래도 레그르토와의 이별이 그녀에게 상당한 정신적 충격을 준 듯했다.

그런 그녀의 옆에는 다크나이트인 밀리아나가 와서 위로를 해주고 있었다.

"무슨 일인지는 모르지만 레그르토님과의 오해는 곧 풀릴 거예요."

하지만 그녀의 위로에도 레비나는 고개를 저으며 말했다.

"아니에요. 제가 살기를 뿜은 것은 사실이니까 오해는 아니에요. 하지만 왜 내가 레그르토님에게 살기를 뿜었는지 모르겠어요. 흑흑흑."

눈물을 흘리며 후회하고 있는 레비나를 보며 밀리아나는 안타까움이 들었다.

'레그르토를 조금 혼내주려고 한 건데… 레비나란 여자에게 조금 미안하군. 쩝.'

루드니아는 레비나의 상태를 보며 조금 씁쓸한 입맛을 다시고 있었다. 아들의 행동이 괘씸해서 그녀를 이용한 것이었지만, 두 사람이 서로 사랑하는 사이라는 것은 모르고 한 행동이었다.

그냥 레비나란 여인이 강한 힘을 지니고 있는 것 같아서 조금 고생 좀 해보라고 했던 일인데, 그것이 두 연인을 헤어지게 만든 것이다.

물론 처음 두 사람이 헤어진 것을 보며 고소하기는 했지만, 사실 죄야 레그르토에게 있는 것이지 레비나에게 있는 것은 아니지 않는가.

역시 로노와르는 꼬인 성격이긴 하지만 나쁜 드래곤은 아니었던 것이다.

"레비나 언니……."

밀리아나는 눈물을 흘리고 있는 레비나를 보며 자신의 손수건을 건네주었고, 레비나는 눈물 콧물을 다 닦은 후 어느 정도 마음을 안정시킬 수 있었다.

"괜찮아, 밀리아나. 레그르토님관 서로 이루어질 수 없는 사랑이었나 보지."

밀리아나의 위로에 붉어진 눈을 들어서 미소를 지은 레비나는 자신의 검을 콧물 묻은 손수건으로 닦기 시작했다.

"헉! 언니……."

역시 겉으로는 멀쩡하게 보이려고 하지만 속으로는 정신이 없는 레비나였다.

"괜찮다니… 끼약!!"

밀리아나가 자신을 보며 또 위로한다고 생각한 레비나는 괜찮다는 말과 함께 또다시 흐르려는 눈물을 검을 닦던 기름 묻은 수건으로 눈을 닦고 말았다. 그 순간 비명과 함께 눈에선 엄청난 고통이 밀려왔다.

하지만 눈에 묻은 기름은 좀처럼 떨어질 생각을 하지 않고 레비나를 괴롭히고 있었기에 그 상황을 전부 보고 있던 루드니아는 그녀에게 다가가서 마법을 사용했다.

"클리어."

루드니아의 마법이 실행되자 레비나의 눈을 아프게 한 기름은 말끔히 사라졌다. 그제야 눈의 고통이 사라진 레비나는 자신을 도와준 루드니아에게 감사의 인사를 전했다.

"도와주셔서 감사합니다."

"천만에요."

그녀의 인사를 가볍게 받은 루드니아는 다시 자신의 자리로 돌아와 검을 손질하면서 생각에 잠겼다.

'꽤 괜찮은 여자네. 부모에겐 못된 짓만 하던 불효 자식 놈이 며느리 후보감 하나는 정말 잘 골랐구먼.'

순식간에 시어머니에게 낙점받은 레비나였다.

과연 두 사람의 사랑은 여기서 끝날 것인가, 아니면 오해를 풀게 될 것인가? 모든 것은 시어머니인 루드니아의 손에 달린 것이었다.

"루드니아 씨!"

"응?"

루드니아는 대기실에서 한 커플이 자신의 이름을 반갑게 부르며 오는 것을 보며 당황했다. 기억을 되찾기는 했지만 드워프의 동네에서부터 지금까지의 일은 맞바꾸어진 듯 잊혀졌기에 자신에게 찾아오는 사람이 누구인지 알 수가 없었던 것이다.

"저… 누구시죠?"

루드니아는 두 사람을 보며 정말 아무것도 모르는 표정으로 되물었고, 루드니아의 행동에 잠시 당황하던 준호는 아쉽다며 말했다.

"예? 너무하세요! 벌써 저희를 잊다니 말이에요. 준호하고 리안나잖아요!"

"후후, 속았죠? 오래만이에요, 두 분."

"하하하! 정말 루드니아님은 여전하시군요."

"후후후."

겉으로는 웃음을 터뜨린 루드니아지만 속으론 다행이라며 가슴을 쓰다듬고 있었다.

"그나저나 축하해요. 성기사 대회의 첫 출전 하신 분이 결승까지 오르셨으니까 말이에요."

"별말씀을요. 그런데 나머지 분들은?"

게르하인에게서 이들의 이야기를 들었던지라 이들 말고 다른 사람들이 몇 명 더 있다는 것을 알고 있는 루드니아였다.

"루드니아님의 시합을 구경하기 위해 좋은 자리 잡아놓고 기다리고 있어요. 루드니아님, 멋진 시합 기대할게요."

"노력해 볼게요."

"그럼 저흰 이만."

두 사람이 사라지자 루드니아는 그간에 무슨 일이 있었는지 더 궁금증이 밀려왔지만 좀처럼 생각은 나지 않은 채 머리에 두통은 심해져 가고만 있었다.

'아무래도 죽을 땐가 보다.'

이 이유를 알 수 없는 두통에 루드니아는 답답하기 그지없었다.

[성기사 대회 결승전을 시작하겠습니다. 장내에 계신 신사 숙녀 여러분은 정숙해 주시기 바랍니다.]

장내의 안내 방송이 들리자 루드니아는 자리에서 일어났다. 일단은 지금 당장 있을 시합에 온 신경을 써야 한다는 생각이 들었기 때문이다.

그녀의 옆에 있던 레비나도 밀리아나의 응원을 받으며 자리에서 일어나 천천히 시합장으로 걸음을 옮겼다.

성기사 대회의 결승전.

이제 그 길었던 전사들의 접전은 이제 마지막을 향해 가고 있었다.

레비나는 아직 충격에서 벗어나지 못했는지 아직도 멍한 표정으로 있었기 때문에 루드니아로서는 조금 기분이 안 좋았다.

물론 자신이 한 일이기는 하지만 천하의 다윈소 드래곤을 상대하는 자가 정신을 못 차리고 있다는 것이 조금 마음에 안 들었기 때문이다.

시합 시작 전 서로 간의 정정당당한 경기를 비는 악수를 하기 위해 경기장의 가운데로 모일 때 루드니아는 미소를 지으며 그녀에게 말했다.

"아깝군요. 당신이 레그르토를 죽이길 바랬는데 말이에요."

"예?"

그녀의 갑작스러운 말에 레비나는 놀라는 표정을 지을 수밖에 없었는데, 그런 것에 개의치 않은 루드니아는 계속 말을 이어갔다.

"슬라우터 마인드 마법을 알고 계시나요?"

"예?"

"슬라우터 마인드 마법은 일종의 정신 계열의 마법으로 싸우고 있는 상대에게 자신도 모르게 살의를 느끼게 하죠."

"설마……."

"호호호, 생각보다 당신에게 마법이 잘 통하는 것 같더군요."

그제야 레비나는 자신이 왜 레그르토에게 살기를 띠었는지 그 이유를 알게 되었다.

"도, 도대체 왜……."

"호호호호."

떨리는 목소리로 그녀에게 물었지만 루드니아는 간드러진 웃음을 남기며 자신의 자리로 돌아갔고, 레비나는 그녀에 대한 분노가 치솟아 올랐다.

루드니아 때문에 사랑하던 사람과 헤어지게 된 레비나로선 어쩌면 당연한 일이었을 것이다.

자신의 자리로 돌아온 루드니아는 레비나의 몸에서 강한 살기가 뿜어 나오는 것을 느끼며 살짝 미소를 지었다.

'이제야 조금 싸울 만하겠네.'

그녀는 레비나에게서 전의가 느껴지지 않자 자신이 한 일을 말함으로써 그녀를 도발시킨 것이다.

레비나의 분노 어린 모습과는 달리 루드니아는 태연하기 그지없었다.

징!

"하압!"

드디어 시합의 시작을 알리는 징이 울리자 레비나는 고함 소리를 내며 루드니아를 향해 쇄도해 들어갔다.

챙! 챙!

그전에 보아왔던 레비나의 시합과는 완전히 다른 공격 일변도의 시합이었다.

수비는 전혀 고려하지 않은 빠른 공격에 루드니아는 자신의 거검을 천천히 마주쳐 가며 만족스런 미소를 지으며 말했다.

"그 정도로 저를 죽일 수 있다고 생각하시나요? 전 대회 우승자의 이름이 아깝군요!"

그 말과 함께 강하게 거검을 밀어붙이자 레비나는 그 힘을 견디지 못하고 밀리며 바닥으로 나둥그러졌다.

하지만 루드니아의 이어지는 공격이 있을 것이라 생각한 그녀는 급하게 자세를 일으키고 뒤로 물러섰는데 놀랍게도 루드니아는 하품을 하고 있었다.

"아함! 소드 오버러의 실력이 이 정도라니 하품밖에 나오지 않네."

"이······!"

그녀의 말에 레비나는 분노를 억제할 수가 없었고, 그 분노는 그녀의 마나에 영향을 끼치기 시작했다.

짙은 향기의 마나가 사방으로 자욱하게 깔리며 일대를 뒤덮기 시작했다.

"폭주 모드다!!"

관중석에서 그 모습을 보고 있던 콜리드는 놀라는 얼굴을 하며 자리에서 일어났고, 옆에 있던 실레이드 역시 고개를 끄덕이며 그의 말에 동감을 표시하며 말했다.

"그렇군. 둘 사이에 무슨 일이 있는 것 같은데? 제어가 불가능한 폭주 모드로 가다니 말이야."

"제어가 불가능한 폭주 모드라니요?"

실레이드의 말을 듣고 옆에 있던 준호가 이해하지 못하고 묻자 그는 자세하게 설명을 해주기 시작했다.

"보통 마나를 다스릴 수 있는 소드 마스터 급 이상의 인물들은 분노가 치솟아오르면 투기와 마나가 모두 상승하게 되지만 마나 제어력은 역으로 떨어지는 현상이 있지. 그것을 바로 정신적 마나 증폭 현상이라고 한다네. 이 상태의 전사는 보통 때는 사용하지 못하는 상급의 기술까지 사용할 수 있지만 마나 제어력이 부족해 짧은 시간 내에 모든 마나를 사용해서 전투가 가능한 시간은 그리 오래가지 않는다네. 하지만 소드 오버러 급의 경우에는 체내의 마나가 가득 찬 상태이므로 이들이 분노로 정신적 마나 증폭 현상을 겪으면 신체는 더 이상 체내에서 끌어들일 마나력이 없을 경우 마나력 증폭을 위해 외부의 마나를 끌어 쓰게 된다네. 물론 이와 함께 마나 제어력과 이성은 최하로 떨어지게 되지. 폭주 모드는 바로 이 상태를 말한다네. 소드 오버러는 증폭 현상을 겪은 그 순간만은 그랜드 소드 마스터처럼 외부 마나를 끌어 쓰게 되며 싸움을 하게 되는 거지. 하지만 여기엔 문제가 있다네."

"문제라면?"

"각 전사의 급수에는 그 한계라는 것이 있는데, 그랜드 소드 마스터가 아니라면 외부의 마나를 끌어 쓰는 경우 마나의 정제가 불가능하다는 것이라네."

"마나의 정제요?"

"그래. 모든 사물은 그 나름대로의 마나를 가지고 있다네. 각 개체마다 다른 마나를 가지고 있는 것이지. 검사들이 몸에 마나를 모은다는 것은 공기 중의 마나를 체내로 끌어들여 그것을 자신의 몸에 적합한 마나로 변환시킨다는 건데, 오버러의 폭주의 경우에는 몸에 맞지 않은 마나를 빌어 쓰기 때문에 몸이 견디질 못하는 것이지."

"그럼……."

"제어가 불가능한 폭주 모드는 그 시간이 길어지면 길어질수록 인간의 신체를 망가뜨린다네. 최초로 소드 오버러의 폭주 모드를 적립시킨 블로드스톰이란 용병은 그 방법을 알았음에도 이전에 폭주로 망가진 신체 때문에 죽임을 당했다는 이야기도 있지."

실레이드와 준호가 소드 오버러의 폭주 모드에 대해서 이야기를 하고 있을 때 경기장의 상황은 더욱 급박하게 이루어지고 있었다.

루드니아의 도발로 인해 제어가 불가능한 폭주 모드 상태로 변한 레비나의 주위에는 이제 짙은 꽃 향기가 가득 차 있었기에 루드니아는 조금 정신이 흐트러지는 것을 느낄 수 있었다.

"폭주 모드인가?"

쉽게 상대할 수 없다고 생각한 루드니아는 자신의 다원소 마나를 외부로 보내어 레비나의 마나를 소멸시키기 시작했다.

다른 사람이라면 이질적인 마나 때문에 정신력에 문제가 생길지 모르지만, 그녀에겐 이러한 마나도 자신의 몸으로 받아들일 수 있기 때문이다.

레비나는 온몸이 식은땀으로 젖어 있었다. 역시 실력이 있는 만큼 자신의 상태를 알고 제어에 들어간 것이다.

하지만 루드니아를 보는 눈에서 적개심이 흐르는 것을 보니 그 제어력도 얼마 가지 않을 것 같았다.

'일단은 진정시켜야 될 것 같은데… 어떻게 하지?'

어른들은 어린아이에게 칼을 쥐어주진 않는다. 그것은 아이에겐 아직 칼을 다룰 만한 제어력이 없기 때문이다.

어느 정도 제어력을 가진 나이가 돼서야 칼을 쥘 수 있는 것이다. 하지만 인간은 완전한 존재가 아니다. 제어력을 가진 나이가 되었더라도 심리의 변화에 따라 그 위험도는 커질 수 있는 것이다.

검의 명가에서 입문하는 제자에게 기초 훈련과 함께 가장 먼저 정신 수양을 시키는 것도 이러한 이유 때문이다. 지금의 레비나의 상태는 날카로운 칼을 가진 어린아이의 상태와 같기에 그녀로서는 그 칼을 떨구어내려는 것이다.

"하압!"

레비나의 몸이 움직이기 시작했다. 아까와는 전혀 다른 움직임으로 자신에게 쇄도해 들어가는 그녀를 보며 루드니아는 거검을 휘둘러 레비나의 옆구리를 베어갔다.

챙!

거검의 엄청난 충격과 함께 그녀는 시합장의 한편으로 튕겨져 날아갔지만 이내 몸의 중심을 되찾고는 다시 루드니아를 향해 쇄도해 들어갔다.

현재 레비나의 반응 속도는 상당히 높아져 있는 상태였기에 루드니아의 검을 휘두르는 스피드로썬 밀어내는 정도밖에 되지 않는 것이다.

'어쩔 수 없군!'

루드니아는 할 수 없다는 듯이 그녀이게 검을 들이대며 마나를 증폭시켰다.

"크리터!"

루드니아의 외침과 함께 무지갯빛의 검기가 레비나를 향해 빠르게 뻗어 나갔다.

스스슥.

다른 이들의 크리터라면 서로 다른 마나의 충돌로 인하여 엄청난 폭발이 일어났겠지만 루드니아의 크리터는 다원소의 마나, 그녀의 검의 빛에 닿는 거의 모든 것들은 먼지가 되어 소멸되어 갔기 때문에 경기장의 바닥은 스스슥 소리와 함께 먼지가 되어 사방으로 흩어져 갔다.

"끝인가."

자신의 크리터를 견딜 수 있는 사람은 대륙에서도 극히 소수에 지나지 않는다는 것을 알고 있는 루드니아는 레비나가 완전히 소멸했다는 것을 믿어 의심치 않았다.

자신의 승리를 생각하며 뒤로 돌아선 루드니아는 심판관의 승리의 선언을 기다리고 있었는데, 그 순간 등 뒤에서 섬뜩함을 느낄 수 있었다.

"헉!"

카강!

섬뜩함에 급히 검을 등 뒤로 돌려 막은 루드니아의 검에서 푸른색의 불꽃이 사방으로 튀기며 한 사람의 모습이 드러났다.

"크리터를 견뎠는가?"

십 분의 일 수준으로 크리터의 힘을 조절하기는 했지만, 그 정도도 인간이 견디기에는 힘들 것이 분명했을 텐데 레비나는 아무런 상처 없이 나타나 자신을 공격하고 있는 것이다.

자신과 검이 마주치는 레비나의 눈을 보며 루드니아는 놀라지 않을 수 없었는데, 폭주까지 들어서 있던 레비나의 눈이 안정을 되찾고 있었기 때문이다.

"용케 제어력을 되찾았구나!"

"물론이지요! 오버러의 폭주 모드를 체계적으로 적립한 분이 저의 양아버지란 것을 모르셨나요?"

"음······."

그녀의 눈이 이제 완전히 안정감을 되찾고 있었기에 루드니아는 지금부터가 진짜 대결이라는 것을 알 수 있었다.

"하압!"

거검을 앞으로 밀어 레비나를 튕겨낸 루드니아는 앞으로 쇄도해 들어가며 그녀를 향해 검을 내려쳤다. 레비나는 살짝 발을 바꾸는 정도로 가볍게 검을 피해서는 몸을 날려 뒤로 물러섰다.

자신의 브로드 소드를 가볍게 회전시키며 여유를 찾은 레비나는 루드니아를 향해 미소를 지으며 말했다.

"이제부턴 제대로 겨루어보지요, 루드니아 씨."

"바라는 바지."

서로를 향해 검을 겨누며 자세를 잡은 두 사람은 상대를 공격할 기회를 찾기 시작했다.

"하압!"

선공을 가한 것은 레비나였다. 루드니아가 다원소 드래곤의 기억을 되찾았다고는 하지만, 그녀의 검술은 허술한 점이 많았기에 검을 체계적으로 익힌 레비나에 비해 허점을 많이 드러내고 있었다.

"플라워 애로우!"

공중으로 몸을 날린 레비나는 그녀를 향해 일곱 발의 검기를 쏘았고, 루드니아는 거검으로 쉽게 검기를 막아 나갔다.

"이 정도는 어림… 헉!"

루드니아는 그녀의 공격을 보며 비웃음을 날리려는 순간 당사자인 레비나의 모습이 보이지 않아 놀라고 말았다.

"끄악!"

그 순간 오른쪽 허벅지에서 큰 통증을 느낀 루드니아는 놀라 뒤로 돌아보았지만, 역시 레비나의 모습은 보이지 않았다.

마치 사라진 것과 같았기에 루드니아는 놀라지 않을 수 없었다.

"어디로 갔지?"

조용히 눈을 감고 레비나의 마나를 추적한 루드니아는 그녀가 자신의 옆에 있다는 것을 눈치 채고는 검을 휘둘렀다.

캉!

검과 검이 부딪칠 때의 강한 쇳소리가 사방으로 울려 퍼졌고, 그제
야 루드니아는 눈을 뜨고는 자신과 대치하고 있는 그녀를 볼 수 있었
다.

"재밌군요. 설마 검의 뒤쪽으로 숨을 줄은 몰랐네요?"

"쓸데없이 크기만 한 검이니까요."

"그런가요? 하지만 저에게는 꽤 쓸모가 있답니다!"

루드니아는 한순간 검에 자신의 힘의 반 이상의 마나를 주입했고,
그 순간 그녀의 거검에서 무지갯빛 강렬한 빛이 터져 나왔다.

"앗!"

강렬한 빛에 레비나는 한순간 시력을 잃었고 그때를 노리며 루드니
아는 그녀에게 검을 휘둘렀다.

카강!

레비나는 시력을 잃자마자 마나를 돋워 상대의 움직임을 파악했고,
그 탓에 빠른 속도로 공격해 들어오는 거검을 막을 수 있었다. 하지만
시력이 회복되기 전까지는 근접전이 위험하다고 판단해 빠른 속도로
몸을 날렸다.

하지만 루드니아로선 이런 좋은 기회를 놓칠 리가 없었기에 도망가
는 레비나를 쫓으며 검을 휘둘렀다.

캉! 캉! 캉!

루드니아의 검을 제대로 막지 못하고 땅을 뒹굴면서 간신히 검을 막
으며 뒤로 기어가는 레비나의 상태는 상당히 위험하다고 할 수 있었다.

"호호호! 바닥을 기시는 폼이 참 보기 좋군요!"

"합!"

바닥을 기고 있던 레비나에게 검을 내려치던 루드니아는 간드러진

웃음을 지으며 그녀를 경기장의 구석으로 몰아갔다.

이제 몇 발자국만 더 밀려도 장외패가 확실한 순간이었기에 승리를 확신한 루드니아였는데, 그때 레비나의 표정이 바뀌는 것을 볼 수 있었다.

"후후."

"아뿔사!"

그제야 구석으로 몰린 것이 레비나의 함정이라는 것을 깨달은 루드니아는 급히 몸을 돌리려고 했지만 이미 한발 늦은 후였다.

레비나가 주먹을 들어 바닥을 치자 엄청난 폭음과 함께 바닥은 산산이 부서져 폭발했고, 그 여파로 레비나의 몸은 하늘 위로 치솟아올랐다.

"소드 해머!"

공중으로 솟아오른 레비나는 폭발로 일어난 먼지로 상황 파악이 어려운 루드니아를 향해 자신의 기술 중 하나인 소드 해머를 펼쳤다.

소드 해머는 브로드 소드에 마나를 집중하여 검의 주위에 있는 공기의 밀도를 증가시키는 기술로, 마법의 하이 그래비티(고중력 주문)와 같은 효과를 주지만 검기까지 섞여 있기에 상당한 파괴력을 지니고 있었다.

쿠구궁.

소드 해머가 작렬하자 돌로 만들어져 있는 경기장은 고중력에 산산이 부서지며 짓눌러졌다. 만약 루드니아가 그곳에 있다면 온몸이 짓눌러진 채 죽임을 당했을 것이지만, 다행히 한 발자국 먼저 소드 해머의 범위에서 몸을 날려 피할 수 있었다.

"역시 얕볼 것이 아니었군!"

소드 오버러의 실력을 우습게 보았던 루드니아는 다시 마음을 가라앉히고 거검을 들어 자세를 바로잡았다. 만약 마법과 검을 함께 쓴다면, 아니, 용언만으로 싸워도 레비나는 루드니아의 상대가 되지 않았겠지만, 미숙한 검으로 싸우고 있었기에 이렇게 호각의 대결이 가능한 것이었다.

용언을 사용하고 싶은 마음이 간절하기는 했지만, 드래곤으로서의 루드니아의 자존심이 그것을 허락하고 있지 않았기에 그녀는 마음을 가다듬으며 검을 고쳐 잡았다.

두 사람이 싸우는 경기장은 이제 원래의 크기의 반도 채 되지 않는 크기가 되었다. 시합장의 바닥이 여러 가지 기술로 산산이 부서져 나갔기 때문이다.

무슨 생각이 들었는지 근처에 있던 돌을 오른손에 몇 개 집어 든 루드니아는 자신을 경계하고 있는 레비나를 향해 던졌다.

그 순간 그녀의 손에서 빠져나온 돌은 무지갯빛의 섬광을 만들어내며 레비나를 향해 뻗어 나갔다.

"오호, 돌을 이용한 섬광비도술이로군."

"그만큼 마나가 넘쳐 나는 것이 루드니아라는 여자니까."

섬광비도술은 상당량의 마나를 소비하는 기술이기 때문에 한 번에 한 개의 비도만이 가능했고, 만약 그것이 비도가 아니라면 더 힘든 기술이라고 할 수 있었다.

하지만 마나가 넘쳐 나는 종족인 루드니아는 돌멩이를 사용하고도 몇 개의 섬광비도술을 펼쳐 낼 수 있는 것이다.

레비나는 엄청난 마나를 가진 채 무지갯빛을 뿌리며 날아오는 돌멩이에 검이 손상될 것을 염려해 막지 않고 급히 몸을 날려 비교적 안전한 왼쪽으로 몸을 날려 피했지만, 그것이 바로 루드니아가 노리고 있던 것이었다.

"하압!"

거검이 자신의 머리를 향해 정확히 내려 꽂혀오자 레비나는 소드 브레이커 기술 중 하나인 진동검을 사용하여 루드니아의 거검을 튕겨내려 했다. 하지만 애석하게도 그녀의 검은 소드 브레이커에 영향을 받을 만한 검이 아니었다.

챙!

날카로운 쇳소리와 함께 그녀의 검은 두 동강 나면서 튕겨져 나갔다. 다행히 검이 부러지는 영향으로 몸은 보호할 수 있지만 그녀의 브로드 소드는 반 이하로 짧아져 있었다.

"검이……."

하지만 그녀는 검이 부러진 것을 생각할 겨를도 없었다. 루드니아의 공격은 거기서 끝나지 않고 계속 그녀에게 밀려왔기 때문이다.

레비나는 부러진 검으로 간신히 그녀의 공격을 막아서고 있었지만, 들고 있는 검으로는 루드니아를 상대할 수 없다는 것에 패배를 생각할 수밖에 없었다.

'더 이상 방법이 없는가…….'

하지만 이렇게 포기할 수는 없었다. 자신과 레그르토의 사이를 갈라놓으려 한 루드니아란 여자를 용서할 수가 없기 때문이었다.

"하압!"

더 이상 밀리고만 있을 수 없다고 생각한 레비나는 부러진 검으로 루드니아를 공격하기 시작했다.

물론 빠른 스피드의 레비나의 공격으로 루드니아의 공격은 방어로 변하였지만, 이런 공격 일변도의 레비나의 공격이 오히려 검술에 미숙한 루드니아를 상대하기엔 유리했다. 레비나가 방어 위주로 계속 대항했다면 그녀에겐 그런 방어를 뚫고 레비나를 공격할 능력이 없기 때문이다.

거검의 넓은 검등으로 빠르게 밀려오는 레비나의 공격을 막으며 기회를 엿보던 루드니아는 천천히 뒤로 물러서다가 그녀의 신형이 약간 흔들리는 것을 보며 기회라는 것을 느끼고 방어 위주에서 벗어나 거검으로 그녀를 밀어붙이기 시작했다.

"가거라!"

근접거리에서 빠르게 거검이 밀려오자 순간 레비나는 루드니아의 검에 밀려 시합장 밖으로 퉁겨져 날아갈 위기에 처했다.

하지만 이것은 레비나의 계산된 행동이었다.

루드니아가 밀어붙이는 검에 밀려 중심을 잃고 만 레비나는 뒤로 넘어지고 말았고, 그것을 보며 루드니아는 거검을 들어 그녀에게 강하게 휘둘렀다.

하지만 두 동강을 낼 기세로 내려쳐지던 검은 레비나의 반 토막이 난 검에 의해 막혔다. 이상했다. 분명 그 정도의 기세였다면 레비나의 손에 들린 부러진 검으로 막기에는 불가능할 터인데도 어떻게 그녀가 거검을 막았던 것일까?

"연극이었구나?"

"글쎄요."

"네가 이겼다."

그 말과 함께 루드니아는 거검을 떨어뜨리며 자리에서 쓰러지고 말았다. 앞으로 쓰러진 그녀의 등에는 미쓰릴 갑옷을 뚫고 들어간 레비나의 부러진 검의 조각이 박혀 그녀의 등을 피로 물들이고 있었다.

우연히 근처에 있던 부러진 검의 파편을 발견한 레비나는 루드니아를 그쪽으로 유인했다. 그리고 실수로 넘어진 척하며 쓰러진 상태에서 루드니아가 마지막 공격을 하기 위해 근접해 왔을 때 두 발로 부러진 검의 조각을 튕겨 올려 그녀의 등에 박은 것이다.

물론 이러한 기술은 레비나가 소드 오버러로서 신체의 어느 부분에서도 마나를 다 사용할 수 있기 때문에 가능했던 기술이었다.

[레비나 선수의 승리로 성기사 대회의 우승자는 레비나 아디스로 연속 2회 우승을 차지했습니다!]

"우와아—!"

심판관이 그녀의 승리를 외치자 장내는 유일하게 성기사 대회를 연속 우승한 여성 선수인 레비나에게 엄청난 환호를 터뜨리기 시작했다.

검의 파편이 등에 박힌 루드니아는 사제들에게 업혀 초라하게 물러갔으니 이것이 승자와 패자의 차이인 것이다.

검의 파편으로 등에 부상을 당한 루드니아의 상세는 가벼운 것이 아니었다. 공중으로 치솟아오르면서 마나를 머금어 강한 회전이 가해진 파편은 그녀의 오른쪽 등의 근육을 엉망으로 만들었기에 자칫하면 평생 불구로 살아야 할지도 모르는 일이었다.

치료실에서 안쓰러운 얼굴과 함께 찡그린 표정으로 루드니아를 보고 있던 제국 황제 드미트리는 치료를 맡고 있는 고위 사제에게 물었다.

"루드니아의 상세는 어떻소이까?"

"음, 등의 근육이 많이 손상되었습니다만, 다른 곳이라면 모를까 이곳에는 고위 사제들이 많기 때문에 그리 큰 걱정은 하지 않으셔도 됩니다."

사제의 말에 드미트리는 안도의 한숨을 내쉬었지만 찡그림은 사라지지 않았다.

"그나저나 황제 폐하께서 더 걱정입니다. 어디 불편하신 곳이라도 있으십니까?"

"불편한 곳이라니??"

"이곳에 들어오면서부터 미간부터 시작한 찡그림이 사라지지를 않습니다. 어디 아프신 곳이라도?"

그 말에 황제는 잠시 자신에게 물어보던 고위 사제를 한참 동안 쳐다보더니 말했다.

"혹시 사제께서는 코에 문제가 있지 않소이까?"

"아니, 그것을 어떻게? 요즘 코감기 때문에 냄새를 잘 못 맡는데 말입니다."

"그럴 것 같았소이다."

과연 드미트리가 얼굴을 찡그리고 있는 것은 무엇 때문일까? 그것은 바로 루드니아의 몸에서 나는 악취 때문이었다. 저주 때문에 온몸에서 악취가 나는 루드니아는 등의 치료를 위해 냄새를 막는 미쓰릴 갑옷을 벗고 있었는데, 그 냄새로 인해 드미트리는 얼굴을 찡그릴 수밖에 없었던 것이다. 그리고 그로 인해 이 치료실 안에는 고위 사제와 황제인 드미트리밖에 없는 것이다.

'과연 게르하인이 소개한 사람이군.'

게르하인은 루드니아의 상처를 치료할 고위 사제는 이 사람 외엔 없다며 강력하게 추천했다.

물론 자신은 사랑의 힘으로 간신히 버티고 있지만, 현재 그는 악취로 인해 졸도할 지경에 처해 있었다.

고위 사제의 치료가 끝난 것을 본 드미트리는 사제와 함께 치료실에서 나왔고, 병사들에게 연락해서 방문에 황제 외 출입 금지란 글을 써서 아무도 출입하지 못하도록 했다.

"루드니아 아가씨의 상세는 어떻습니까?"

게르하인은 방문 밖에서 기다리고 있다가 황제가 나오는 것을 보며 물었다.

"사제의 말로는 치료만 제대로 하면 문제될 것은 없다고 하더군."

"음, 그렇군요. 그나저나 이제 그녀가 나으면 중재의 군대가 출정하겠군요."

"그렇지. 성기사 대회에서 우승은 못했지만 준우승이니 어느 정도 중신들의 불만은 잠식시킬 수 있을 것이라 생각하네."

"중소 국가로 보낸 레드 나이트의 기사가 가지고 온 소식통으로는 상당히 거대한 군세라고 하던데요. 루드니아 아가씨의 힘으로 감당할 수 있을지 모르겠습니다."

"일단은 제국의 명장들을 그녀의 휘하의 장수로 임명시켜야지. 게르하인, 자네도 간다는 것은 잊지 않았겠지?"

"물론입니다."

"이제부터가 루드니아의 진짜 시험이라고 할 수 있지."

과연 이 원정이 성공할 수 있을까. 고민할 수밖에 없는 드미트리였지만 지금까지 중재의 군대가 실패한 적은 한 번도 없었고, 중소 국가들의 오합지졸 군대가 제국의 정병을 상대할 수 있으리라곤 생각하지 않았기에 거의 70% 이상 성공 쪽으로 생각이 기울어지고 있었다.

"그나저나 스베안 황태자님께 중재의 군대에 좌군을 맡길 것이란 소문이 있던데 사실입니까?"

게르하인의 말에 드미트리는 고개를 끄덕이며 말했다.

"사실이네."

"그런… 아직 황태자님은 어리지 않습니까?"

"녀석이 부탁한 일이네. 뭐, 베르도 남작이 직접 참모로서 녀석을 보좌한다니 별문제는 없을 것이라 생각하네."

"베르도 남작이라면 상당한 인재를 거느리고 있을 테니 어느 정도 안심할 수 있겠군요."

"하지만 문제는 각 군대 간의 알력이 너무 심하다는 거야."

"알력이라면?"

드미트리는 잠시 한숨을 쉬더니 자신이 생각하고 있는 문제를 말했다.

"내 생각으로는 총사령관으로 루드니아가 결정된 것은 이미 기정사실이네만, 그것을 귀족들이 가만 보고 있을 리가 없다는 거야. 좌군이 스베안 녀석과 함께 베르도 남작의 세력이라면 우군이나 선봉은 벨크 공작의 세력으로 자리 잡겠지. 또 다른 한쪽은 레이아드 공작의 세력. 그렇게 되면 서로가 앙숙인 그들의 연계가 어려울 것은 뻔한 일이 아닌가?"

"그렇군요."

드미트리가 아무리 황제라고는 하지만 귀족들을 무시할 수 없는 일이었기에 그가 말하고 있는 군대의 편성은 어느 정도 확실하다고 할 수 있었다.

한 군대 안에 네 개의 세력이 존재한다면 아무리 정예군이라고 해도 어이없게 패배할 염려가 있었고, 그것이 바로 드미트리가 패배의 요인으로 생각하는 30%였다.

"그렇다면 후군을 그들에게 맡기시는 것이 어떻습니까?"

"그들?"

"예, 그로인 왕국의 그리드 왕자의 일행을 말씀드린 겁니다. 성기사 대회에서 보인 그들의 신위를 생각한다면 후군을 맡겨도 별문제는 없을 것이라는 생각이 듭니다."

"그렇겠군. 하지만 과연 그들이 우리의 생각대로 움직여 줄지……."

"그를 후군의 사령관으로 임명하는 것은 어느 정도 명분이 설 뿐만 아니라 루드니아 아가씨와 친하니 충분히 다른 세력에게 밀리게 된다면 충분한 도움이 될 것입니다."

한참을 게르하인의 의견을 생각하던 드미트리 황제는 고개를 끄덕이면서 말했다.

"다른 방안이 없으니 그것을 채택하는 것도 나쁘지는 않겠군. 게르하인, 자네가 그들에게 우리의 생각을 전해주도록 하게."

"예."

과연 두 사람이 고심해서 낸 새로운 패가 얼마나 성공할지는 미지수였지만, 현재까지는 허울만 좋은 총사령관인 루드니아를 돕기에 상당히 좋은 패라고 할 수 있었다.

드디어 길었던 성기사 대회가 끝나고 제국은 120개의 중소 국가에서 일어난 거대한 마도제국을 토벌하기 위한 중재의 군대가 편성되기 시작했다.

총 34만의 대군으로 이루어진 이 중재의 군대는 로아냐드 제국의 건국 이래 가장 많은 수의 중재의 군대였고, 이 대군의 편성 역시 건국 이래 가장 호화로운 편성을 이루고 있었다.

그들에 대해서 잠시 설명하면, 제국민이 가장 이례적으로 생각한 총사령관은 바로 성기사 대회에서 준우승을 차지한 레드 나이트 소속의 여기사 루드니아였다.

황제의 총애를 받고 있는 첩이란 소문도 있었으니, 지금까지 황제의 첩이 대군의 사령관이 됐다는 예는 없기 때문이었다.

물론 그녀의 검술 실력은 모두가 인정하고 있지만, 아직 어린 여자에게 대군의 통솔을 맡긴다는 것은 제국민들로 하여금 황제의 정신 상태를 의심하게 만들기에 충분했다.

다행히 그녀를 보좌하는 다른 지휘관들이 모두 이름난 인물들이었기에 어느 정도 무마는 해주고 있었다.

총사령과 루드니아와 함께 좌군의 사령관을 맡은 인물은 제국의 황태자 스베안이었다. 어렸을 때부터 신동이라 이름났으며 성기사 대회에서도 그 실력을 인정받은 바 있는 뛰어난 무인이었기에 어리기는 했지만 루드니아와 같은 의외의 인물이라고는 아무도 생각하지 않았다. 오히려 어린 황태자가 중소 국가의 반란을 잠재울 것이라는 믿음이 더 크다는 것이 사실이었다.

또 스베안 황태자의 참모를 맡은 인물이 유명한 제국의 충신 베르도 남작이라는 것에 더욱더 큰 믿음을 주고 있었다.

우군의 사령관은 크게 이름이 알려져 있는 제국의 재상 레이아드 공작의 측근인 빌리포드 백작으로, 그는 성기사 대회에 참여하지는 않았지만 현재 나이 56세의 노장이었다. 그는 이전에 두 번이나 더 중재의 군대를 맡아 중소 국가의 난을 진압한 적이 있었기 때문에 그가 이번 중재의 군대에 우군 사령관을 맡았다는 것에 대해선 아무도 이견을 내지 않았다.

선봉 사령관은 제국의 병무를 담당하고 있는 벨크 공작의 측근으로 무명(武名)을 날리고 있는 명장 데일라드 백작이 맡았다.

빌리포드 백작에 비하면 지명도가 낮기는 했지만, 그의 사설 기사단인 흑색기사단은 제국에서 손꼽힐 정도의 기사단이었기에 그 역시 다른 이들로 하여금 상당한 지지를 받고 있었다.

루드니아에 이어 이번 중재의 군대에는 또다시 의외의 인물이 사령관 직을 맡았다.

바로 그로인 왕국의 왕자인 그리드였다. 반란의 틈을 빠져나온 비운의 왕자라는 소문으로 많은 처녀들이 가슴 설레고 있었는데, 타국의 왕자가 신성제국의 후군 사령관을 맡았다는 것은 조금 괴이한 일이었다.

중재의 군대로 많은 왕가의 반란을 잠재우며 제국이 다시 왕가의 혈통을 이어주는 일은 있었지만, 도망 나온 왕자에게 군권을 맡긴 예는 없었기 때문이다.

일각에서는 명성을 날리는 세 사람에게 황제의 첩인 루드니아란 여자가 밀릴 것을 우려하여 그리드 왕자에게 후군을 맡겼다는 말이 나오고 있었는데, 그리드 왕자의 일행들이 성기사 대회에서 루드니아와 어울리며 다니고 있던 적이 많이 눈에 뜨였기 때문이다.

총 군사의 분포도를 보면 중군 12만, 좌·우군 각각 6만, 선봉 5만, 후군 3만으로 이루어져 있고 그밖에 제국에서 이어지는 보급의 군대에 2만이 포함되어 총 34만의 군대이다.

후방 보급을 담당하는 사람은 밴포드 남작으로 황제의 측근이었는데, 무명은 없지만 탁월한 상황 판단력을 가진 문관 출신으로 현재 대륙의 재무부 부대신의 직위에 있는 인물이었다.

이 엄청난 대군은 제국 내에서 빠르게 120개 중소 국가를 향한 진군 준비를 하고 있어 한 달 내에 중재의 군대는 중소 국가를 향해 진군할 것이라 보고 있었다.

　　　　　＊　　　　　＊　　　　　＊

　한편 옛 그로인 왕국의 왕성인 마도 로노와르 제국의 황성에선 연합
의 각 왕국에서 보낸 수많은 서류에 묻혀 루드웨어는 옴짝달싹도 못하
고 있었다.

　이런 관계로 거의 대부분의 일은 루드웨어를 보좌하라고 보낸 라디
안의 제자들이 하고 있었으니, 그들의 얼굴은 오랜 시간 격무에 시달려
피폐해져 있었다.

　다행히 이들은 모두 지옥의 부서라는 칠인회의 사무처 복무를 3년
간 마친 정예 요원들이었기에 보통 사람 같으면 벌써 지쳐 쓰러졌을
상황에서도 열심히 서류를 정리하고 있었다.

　"아함… 잠 온다… 아! 어디까지 말씀드렸죠?"

　황좌에 앉아 있는 루드웨어의 앞에서 연신 하품을 하며 졸린 티를
팍팍 내고 있는 멘드로는 어디까지 말했는지 잊어먹어 물었고, 그를 보
며 루드웨어는 한숨을 쉬며 말해 주었다.

　"제국의 중재의 군대까지 말했네."

　"아! 그렇군요. 아무튼… 총 34만의 대군이 저희 제국을 향해 침공
해 들어올 예정이고 총사령관은 음… 아시는 분이군요. 루드니아라는
총회주님의 부인께서 맡으셨습니다."

　그 말을 들은 루드웨어는 갑자기 크게 웃으며 자지러졌다.

　"뭐? 로, 로노와르가 대군의 총사령관을 맡았다고?! 크하하하하! 내
생전 이렇게 웃기는 일은 처음이군. 도대체 신성제국의 황제란 녀석은
뭣 하는 녀석이지? 크하하하!!"

하지만 루드웨어의 웃음에도 아랑곳하지 않고 멘드로는 계속 설명을 이어갔다.

"그렇게 좋아하실 것은 없다고 생각합니다. 좌군은 제국의 스베안 황태자가 사령관을 맡았습니다. 4살 때 제국의 역사서를 달달 외웠으며 다섯 살 때 이미 3서클의 마법을 익혔다는 신동으로, 제국 최고의 전략가인 오티무스를 7살 때 손도 쓰지 못하게 만드는 전략을 세워 격파했다는 인물이니 말입니다."

그 말에 루드웨어는 웃음이 그치고 말았다. 자신이 대륙에서 최고의 마법사라고는 하지만 군의 전략에 대해선 그렇게 밝다고 할 수 없기 때문이었다.

"우군의 사령관은 빌리포드 백작이란 사람으로, 제국 최고의 명장이라는 말이 있을 정도로 뛰어난 사람입니다. 선봉 사령관은 흑색 기사단의 단장으로 유명한 데일라드 백작이 맡았으니 아무리 총회주의 부인께서 총사령관을 맡았다고는 하지만 실제의 숨은 총사령관은 스베안 황태자일 확률이 높습니다."

"음."

"후군의 경우에는 옛 그로인 왕국의 왕세자였던 그리드 왕자가 맡았습니다."

"그런가."

일단 루드니아가 총사령관을 맡아 한참 웃었던 루드웨어였지만 이어 열거된 사람들은 결코 장난이 아니었다. 오랜 역사에 대륙의 중심을 담당한 제국인만큼 120개 중소 국가에 비해 인재의 수는 엄청났다.

현재 그의 휘하에서 이들과 대적할 수 있는 자는 거의 없다고 해도 과언이 아니었기에 아무리 그들보다 병사의 숫자가 많다 하더라도 승리를 점칠 수가 없었다.

또 그들은 제국의 정병인 반면 마도제국의 군대는 각 왕궁에서 분명 정예병을 제외하고 보내줄 어중이떠중이 빙사들이 내부분일 것은 분명했기에 전력은 결코 좋지 않은 것이다.

'맨피드란 자의 도움을 받아야 할 것 같군.'

마도제국의 군대로는 상대하기 힘들다고 생각한 루드웨어는 어쩔 수 없이 맨피드의 도움을 생각하고 있었다.

"아! 요즘 들어 제국과 사이가 나빠진 일렌하비스트 왕국에서 속국인 마법 왕국을 통해 일단의 마법병단을 보내준다고 하더군요."

"마법병단?"

"예. 총 1,000명으로 이루어진 군대로 예상대로라면 2에서 4서클 사이의 마법사일 것이라 생각됩니다. 뭐, 기초 마법은 사용할 수 있으니 도움은 되겠지요. 마법병단의 총단장은 마법 왕국의 궁정 마법사 중에서 선발된 아델이란 자가 맡고 있습니다. 현재 6서클 익스퍼트의 실력을 가지고 있군요."

"많지는 않겠지만 도움은 되겠군. 그래, 그 외에 알렌하비스트에서는 군대 지원이 없는가?"

"예. 하지만 급하면 1만 정도의 해군을 돌려준다는 약속 서한은 보내주었군요."

"쳇! 급한데 1만의 해군을 기다릴 시간이 있겠어? 휴지 서한이로군."

"그렇지요. 아무튼 각 왕국에서 보낸 병력은 시간 맞춰서 모이리라 생각합니다. 다 모이면 아함… 잠 온다… 아! 어디까지 했지요?"

"왕국에서 보내준 병력까지."

그 말에 금방이라도 쓰러질 것 같은 멘드로는 좀 잠에서 깨보려고 한 손으로 볼을 잡아당기면서 말했다.

"그런고로 다 모이면 약 40만 정도의 대군이 국경 근처의 토러스 왕국으로 집결할 것이라 생각합니다."

"음, 알았다. 졸린데 수고했다."

"별말씀을요. 그럼 전 가보겠습니다. 아직 서류가 많이 남았거든요."

"쉬라고 하고 싶지만 상황이 너무 급해서 그 말도 못하겠군."

"다 이해합니다. 뭐, 이런 일이 한두 번입니까? 사무처의 일에 비하면 양호한 편이지요. 그럼."

멘드로는 조용히 인사를 하고는 방을 나갔고 루드웨어는 작은 한숨을 쉬며 앞으로의 일에 대해서 고민할 수밖에 없었다.

'아무래도 패배하는 전쟁을 하는 것 같군. 젠장! 어쩌다가 일이 이렇게 꼬인 거지? 원래는 이럴 생각이 없었는데.'

하지만 곧 이어 루드니아가 총사령관 직을 맡았다는 생각이 들자 다시 의지를 굳히는 루드웨어였다. 파렴치한 여자에게 꼭 복수를 하고 싶었기 때문이다.

그때 어둠 속에서 또다시 이상한 기운이 느껴져 왔다.

"맨피드인가?"

"예, 폐하."

루드웨어가 말하자 대답 소리가 들려오면서 은발의 사내가 모습을 드러내 루드웨어의 앞에 부복을 하고 앉았다.

"그래, 용건은?"

"저에게 맡겨주신다면 제국의 대군을 전쟁이 시작되기 전에 반으로 줄어드리겠습니다."

"뭐?"

루드웨어는 그의 밀에 놀라지 않을 수 없었다. 전쟁도 시작하기 전에 반으로 줄게 만든다는 데 어떻게 놀라지 않을 수 있겠는가?

"저희 조직에게 힘으로 충분히 가능한 일입니다. 수락하시겠습니까?"

그의 말에 루드웨어는 또다시 생각에 잠겼다. 뭐, 반으로 줄어준다면야 좋기는 하지만, 어떤 방법으로 줄게 만들 것인가와 과연 네크로멘서들에게 그런 일을 맡겨도 좋을까 하는 고민이 생겼기 때문이다.

하지만 대군을 그대로 중소 국가로 넘어오게 내버려 둔다면 패배는 자명한 일. 그의 의견을 수락할 수밖에 없었다.

"좋다. 수락하지."

"옳으신 판단입니다. 그럼 이만."

또다시 그림자같이 사라져 가는 맨피드를 보며 그냥 황제 자리를 줘 버리고 자신이 그 멋진 역을 맡고 싶은 루드웨어였다.

"맨피드란 자… 연출력 좋군."

아직도 연극에서 벗어나지 못하는 루드웨어였다.

또다시 생각에 잠겨 있을 때 문이 열리면서 몇 명의 남자가 들어왔다.

바로 레드 드래곤 시크라와 그의 부하가 된 그로인 왕국의 바보 왕자들이었다.

"황제 폐하!"

"뭐야, 시크라."

"하하하, 별거 아니고 재밌는 일이 있어서 같이 놀자고 찾아왔지."

"흥! 지금이 놀 때냐!"

"에이! 천하의 황제 폐하가 뭘 그렇게 고민을 하고 있어? 날 따라오라고. 이 녀석들이 기찬 여자들을 데리고 왔으니까."

시크라는 루드웨어를 향해 새끼손가락을 들이대며 깔깔 웃고 있었기에 루드웨어는 분노가 치솟아오르지 않을 수 없었다.

"경비병!"

루드웨어의 외침과 동시에 방 안으로 십여 명의 경비병들이 들어왔다.

"이 제국을 말아먹는 악도들을 당장 지하 감옥에 가두어라!"

"옛!"

루드웨어의 명령이 떨어지자 경비병들은 세 사람을 우악스럽게 체포했고, 시크라는 당황하지 않을 수 없었다.

"루드웨어! 왜 그래? 놀자고 한 것이 나쁜 것도 아니잖아! 기껏 생각해 주었더니!"

"제국 황제 우롱죄도 추가다!"

"옛!"

"루드웨어!"

하지만 시크라의 외침은 경비병들에 의해 막혔고, 에이션트 레드 드래곤 시크라는 경비병들에게 끌려 드래곤 사상 처음 지하 감옥에 갇히고 마는 신세가 되어버렸다.

경비병들과 함께 이들이 사라지자 루드웨어는 자리에서 일어나서는 시종을 불렀다.

"구스!"

"예, 폐하!"

"성내의 장수들에게 긴급 회의가 있으니 회의실로 출두하라 명하라."

"예, 폐하."

시종이 명령을 받고 나가자 루드웨어는 옷매무새를 바로하고는 천천히 밖으로 걸어갔고 그의 주위로 십여 명의 기사들이 멋지게 포진하며 호위해서는 왕국의 회의실로 향했다.

이제 루드웨어도 본격적인 전쟁 준비를 시작하는 것이다.

*　　　　*　　　　*

루드니아의 궁에서는 준호의 일행이 앞으로의 일에 대해 논의하고 있었다.

"그나저나 큰일이군요. 연극으로 시작된 일이 이렇게 큰 전쟁으로 번졌으니 말이에요."

그 말에 콜리드는 고개를 끄덕이며 준호의 말에 수긍했는데, 이에 반해 실레이드는 아무렇지도 않다는 듯한 투로 이야기를 했다.

"어차피 대륙에서 전쟁으로 인간들 수만이 죽는 거야 언제나 있어왔던 일 아닌가? 뭐가 그리 고민이야?"

"무슨 말이에요? 장난으로 시작한 일이 수많은 사람의 생명을 앗아가는 전쟁으로 변했지 않습니까!"

준호는 별거 아니라는 듯이 이야기하는 실레이드의 말을 좀처럼 이해할 수 없어 반박하고 있었는데, 이에 반해 실레이드의 의견은 전혀 달랐다.

"너에게 묻지. 넌 이 전쟁이 우리 때문에 일어난 일이라고 생각하는가?"

"물론이지요. 애초에 차원도사님을 끌어들이기 위해 루드웨어님이 그로인 왕국으로 가지 않았다면 이런 일이 일어나지도 않았을 것 아닌가요?"

하지만 실레이드는 준호의 말에 고개를 저으며 말했다.

"우습군. 도대체 어떻게 한 나라를 이방인이 점령했다고 수십만이 움직이는 전쟁이 일어날 수 있다는 거지? 그것도 정작 그로인 왕국의 국민들은 가만히 있는데 제국이 일어나고, 왕국의 근처에 있던 소국들은 모두 이방인을 지지하며 제국과 싸우는 전쟁이 말이야?"

"그건……."

"준호 군, 자네가 보기에는 이 일이 우리의 연극으로 일어났다고 생각하지만 절대 아닐세. 어차피 제국과 120개 중소 국가와의 전쟁은 예견된 일이네. 우린 그 시기를 조금 앞당겼을 뿐이지."

"그런……."

"만약 제국이 이들 중소 국가에게 선정을 펼쳤다면, 또 중소 국가에서 신성제국에 대한 불만이 없었다면 애당초 우리가 그로인 왕국을 빼앗았다고 해도 이런 전쟁은 일어나지 않았을 것이네. 하지만 120개 중소 국가는 몇백 년이 지속되어 온 신성제국의 압박에 불만을 터뜨리기 시작했고, 그것이 루드웨어가 그로인 왕국을 빼앗음으로써 터져 나온 것에 지나지 않다네. 그가 아니더라도 수많은 중소 국가에서 강력한 카리스마를 가진 지도자가 태어났다면 이번과 같은 전쟁은 벌써 일어났을 것이었네."

실레이드의 말에 준호로서는 아무 말도 할 수가 없었다. 사실 생각해 보면 나라 하나를 빼앗았다고 일어난 전쟁치고는 양상이 이상하게 흐르고 있는 것은 사실이었다.

이방인에게 자신들의 우방국이 점령당했음에도 그들은 이방인을 지지하며 제국이 파병하는 중재의 군대에 대항하고 있지 않은가.

"그렇지만……."

"어차피 일어날 전쟁이야. 그런 것이 일어났다고 머리를 싸잡고 고민하고 있다니, 한심해서 참."

실레이드는 더 이상 고민할 필요도 없다는 듯 자리에 일어나서는 자신의 방으로 돌아갔다. 콜리드는 계속 고민에 잠겨 있는 준호를 보며 말했다.

"준호 군."

"예."

"오히려 잘된 일이 아닌가?"

"예?"

갑작스럽게 이 전쟁이 잘된 일이라고 말하는 콜리드의 말에 준호는 이해할 수가 없어 되물었다.

"만약 중소 국가에서 강한 카리스마를 가진 자가 나타나 국가들을 병합하여 제국에 대항했다면 사람들의 피해는 이번에 일어날 전쟁보다 더 컸을 것이 분명하네. 거의 대부분의 중소국가가 오성신을 믿고 있기 때문에 마도를 앞세우는 루드웨어에게 많은 국가가 동조하기는 했지만 오성신에 대한 믿음으로 그에게 동조하지 않는 국가들도 있는 것이 사실이지 않은가? 오히려 우린 거대한 전쟁을 축소시켰다고 할 수 있지."

"그런……."

콜리드가 그 말을 남기고 사라지자 준호는 고민에 잠겼고 리안나는 조용히 그의 손을 잡으며 말했다.

"준호 씨."

"리안나, 난 좀처럼 이해할 수가 없어. 왜 두 분은 이 일을 당연하게 생각하는 거지? 수많은 사람들이 죽어가야 하는 전쟁인데 말이야."

준호는 이계의 세상에서 이곳으로 오며 많은 혼란이 있었지만 그럭 저럭 넘길 수 있었는데, 지금의 혼란은 좀처럼 빠져나갈 수 없었다.

과거 인류의 조상이 살았던 지구도 끝없는 전쟁으로 큰 혼란과 함께 수많은 사람을 죽음으로 몰아넣었기에 그는 학교에서 전쟁의 패악에 대해서 많은 교육을 받아왔고, 그것이 얼마나 잘못된 것인가를 알고 있었다.

하지만 이곳은 전쟁이 당연하다고 생각하는 것이 좀처럼 이해가 되지 않는 것이다.

무엇인가 잘못됐다고는 생각했지만 도대체 어디서부터 잘못되었는지 잡히지가 않는 준호였는데, 리안나는 조용히 그의 손을 쓰다듬어 주면서 말했다.

"맹수들은 자신들의 영역을 지키기 위해 수많은 싸움을 한답니다."

"하지만 그건 맹수잖아. 인간은 이지를 가진 존재라고. 힘보다는 펜을 앞세워야 하는 것이 아닐까?"

그 말에 리안나는 고개를 저으며 말했다.

"그것은 먼 훗날의 일이지요. 만약 인간이 이지로써 혼란을 해결할 수 있는 능력이 있다면 무엇하러 수많은 사람들을 죽음으로 모는 전쟁을 하겠어요?"

"하지만 노력하면 되잖아!"

"모든 사람이 준호 씨와 같은 생각을 하게 된다면 가능하겠지요. 하지만 지금은 검의 힘이 우선시되고 있는 시대랍니다. 준호 씨가 살고 있는 곳이 모든 분란이 인간의 이지로써 해결된다면 이곳은 검으로써 해결되는 곳이랍니다. 하지만 수많은 전쟁 뒤에 그들도 깨닫게 되겠지요. 진쟁이 얼마나 많은 슬픔을 만들어내고 있는 일인가를 말이에요."

준호는 자신이 살고 있던 세계를 이곳에서 부합시키려 한 것부터 잘못된 것이 아닐까 하는 생각을 했다.

과거 스페인의 군대는 잉카 제국을 멸망시킨 적이 있었다. 총을 가진 스페인의 군대들은 잉카 제국의 사람들을 미개인으로 보았기에 일어난 사태였다. 하지만 그것은 문화의 차이일 뿐이었다.

수많은 전쟁으로 얼룩지며 살상 무기가 발전한 유럽의 문화와는 달리 잉카 제국의 멸망 후에도 남아 있던 아름다운 유적들을 본다면 그들은 무기 문화의 발전이 아닌 다른 문화가 발달해 있었던 것에 지나지 않은 것이다.

어쩌면 미래의 문화에 익숙한 준호는 자신이 지구의 중세와 같은 시대를 살고 있는 이곳의 문화를 열등하게 생각하고 있었을지도 모른다고 생각했다. 하지만 그 어떤 문화라고 하더라도 열등한 것은 아니다. 그 문화는 그 시대에 가장 적합한 문화일 것이기 때문이다.

오히려 많이 발전한 지식으로 이루어진 준호의 미래의 문화가 오히려 이곳에서는 열등한 문화일 것이다.

문화는 절대적인 것이 아닌 상대적인 것이기 때문이다.

하지만 그렇다고 이 문화를 완전히 이해한 것은 아니었는지라 잠시 혼자 있고 싶다는 말을 하고는 준호의 궁전의 정원으로 나와 사색에 잠기고 있었는데, 한참을 그렇게 앉아 있을 때 루드니아가 정원으로 오고 있는 모습이 보였다.

은빛의 미쓰릴 갑옷을 입고 있는 그녀의 모습은 전쟁의 여신과도 같았지만 왜 그녀가 매일 거추장스러운 갑옷을 입고 다니는지 이상한 준호였다.

"루드니아님."

"아, 준호 씨, 여기서 뭐 하세요?"

"그냥 바람이나 쐬고 있었지요."

"호호, 저도 바람이나 쐬러 나왔답니다."

루드니아는 그 긴 머리를 바람에 날리며 간드러진 목소리로 웃음을 지었고, 그 모습에 준호는 환상을 본 듯 황홀해했다.

"그나저나 루드니아님은 긴장되지 않으세요?"

"긴장이라니요?"

"얼마 안 있으면 많은 병사들을 이끌고 전쟁을 하러 가시잖아요."

"아! 뭐, 조금 머리가 아프기는 하네요."

루드니아의 아무렇지도 않은 말에 준호는 황당함을 느낄 정도였다. 어떤 사람이라도 큰일을 하기 전에는 어느 정도 긴장을 하기 마련인데 루드니아에게선 그런 것이 전혀 느껴지지 않았기 때문이다.

"루드니아님은 대단하시군요."

"대단하다니요?"

"제가 만약 루드니아님과 같은 상황이었다면 긴장돼서 어쩔 줄을 몰라 했을 거예요."

"호호호."

준호의 말에 루드니아는 또다시 웃음소리를 내며 조용히 말했다.

"그나저나 준호 씨에게 물어보고 싶은 것이 있어요. 랭귀지 마법을 사용하시는 것 같던데 이곳 분이 아니신가 봐요?"

"예, 조금 먼 나라에서 어쩌다 보니 이곳으로 오게 되었지요."

"음, 그랬군요."

준호의 대답에 그녀는 고개를 끄덕였다. 한편 준호는 그녀가 전쟁을 어떻게 생각하고 있는지가 알고 싶었기에 딱딱한 표정을 지으며 말했다.

"저, 물어보고 싶은 게 있는데… 답해주실 수 있나요?"

"뭐, 할 수 있는 것이라면요. 물어보세요."

"루드니아님은 전쟁을 어떻게 생각하고 계십니까?"

"전쟁이요? 음… 어려운 질문이네요."

한참을 준호의 질문에 고민하던 루드니아는 생각났다는 듯이 주먹으로 손바닥을 치며 말했다.

"아! 욕심꾸러기가 싸우는 것이라고 할까요?"

"예?"

그녀의 얼토당토않는 대답에 준호는 황당할 수밖에 없었다.

"전쟁이란 나라와 나라 간의 싸움이잖아요. 뭐를 얻으려고 하든 얻는 게 있으니 한쪽이나 양쪽에서 그것을 얻기 위해 싸우는 것, 그게 전쟁 아닐까요?"

그녀의 말은 조금은 원론적인 것이라 준호의 의도에서 벗어나긴 했지만, 사실 그 정도의 대답도 천하의 루드니아에게는 잘 나온 대답이라고 할 수 있었다.

"그럼 다시 질문할게요. 전쟁이 반드시 필요하다고 생각하나요?"

그 말에 루드니아는 생각할 것도 없이 고개를 저으며 말했다.

"물론 아니지요. 전쟁 자체는 쓸모없다고 생각해요."

"그럼 왜 전쟁을 하는 거죠?"

"음… 전쟁 말고 다른 방법이 없어서가 아닐까요?"

"대화나 협약으로 싸우지 않고 해결할 수 있잖아요."

준호의 말에 루드니아는 고개를 저으며 말했다.

"말이나 협약으로 해결할 수 있다면 좋겠지만 사람과 사람이 똑같지 않듯이 나라와 나라도 똑같을 순 없으니까요. 대화란 서로 간에 어느 정도 의견이 비슷해야 성립되지, 그렇지 않을 경우는 성립되지 않는 방법이니까요."

루드니아는 그 말을 함과 동시에 루드웨어를 생각했다. 두 사람은 제대로 된 대화도 하지 않은 채 서로에 대해서 미움을 가지고 있었기 때문이다.

만약 제대로 된 이야기를 나눈 후라면 이렇게 서로를 미워하고 싸우게 됐을까 하는 생각이 기특하게도 루드니아에게서 난 것이다.

그런 생각이 미치자 조금은 루드웨어를 미워하던 마음이 사라지는 루드니아였지만, 이내 자신의 몸을 감싸고 있는 귀찮은 미쓰릴 갑옷에 생각이 미치자 또다시 루드웨어가 미워지기 시작했다.

"아무튼 전 그렇게 생각해요. 그럼 이만."

"예, 저의 질문을 답해주셔서 감사합니다."

"별말씀을요."

준호의 감사의 인사를 받으며 루드니아는 궁의 정원을 빠져나와 원래 가고자 하는 곳으로 갔다.

루드니아가 가려고 했던 곳은 궁 안의 연병장이었는데, 이미 밤이 다되어가는지라 연병장에는 단 한 사람의 모습도 보이지 않았다.

루드니아는 한쪽에 세워진 목검을 들고서 조용히 눈을 감으며 마나를 주입하기 시작했고, 그녀의 목검에선 이내 무지갯빛이 새어 나왔다.

"하압!"

그녀가 마나를 주입한 검을 휘두르자 하늘 높이 무지갯빛의 검기가 빛을 내며 치솟아 올라갔는데, 한밤중에 빛나는 그녀의 검기는 폭죽과 같이 아름답기 그지없었다.

"차앗!"

또다시 마나를 주입하여 그녀가 하늘로 쏘아 올린 기술은 그리터로, 무지갯빛의 섬광이 하늘 일직선으로 치솟아올라 빛의 기둥을 만들었고 사방은 무지갯빛의 세상으로 변했다.

"휴~ 이제야 마나를 모두 되찾았네."

기억을 찾은 후에도 루드니아는 자신의 원래의 마나를 모두 되찾지 못하고 있었는데, 어느 정도 시간이 흐르자 이제 다원소 드래곤의 모든 마나를 되찾게 된 것이다.

검을 다시 원래 있던 자리에 세워놓은 루드니아는 이제부터 있을 루드웨어의 싸움에 대해서 생각했다.

'루드웨어를 이길 수 있을까?'

물론 그녀의 마음에는 이길 수 없다는 생각이 가득했다. 그녀가 지금까지 보아왔던 루드웨어는 정말 드래곤들도 부러워할 정도로 많은 능력을 가진 최고의 마법사였기 때문에 그를 상대로 싸운다는 것은 생각할 수도 없는 일이었기 때문이다.

하지만 이대로 진다는 것은 너무 억울했다.

'해츨링을 낳게 해준다면 용서해 줄 수도 있는데…….'

아직도 해츨링의 꿈을 잊지 못한 루드니아였다. 루드웨어는 아내의 이런 간절한 희망을 무시하는 나쁜 남편이었던 것이다.

드디어 신성제국의 중재의 군대가 모든 편제를 마치고 120개 중소 국가에 난립한 마도제국 로노와르를 향한 대대적인 진군이 시작되었다.

총 34만 중재의 군대는 그 엄청난 수 때문에 한곳에서 출발할 수 없었다.

이런 이유로 총 24개의 영지에서 출발한 군대는 12개의 장소로 집결한 후 진군하기로 되어 있었고, 로노와르 제국의 서부 국경에 위치한 안트라드 평원에서 총군대가 집결하여 그곳에서부터 본격적인 120개 중소 국가로의 진군이 시작되었다.

중소 국가 연합의 선두에 선 마도제국 로노와르의 군대는 안트라드 평원에 인접한 토러스 왕국에 서서히 집결하기 시작하여 중재의 군대가 본격적으로 움직이기 시작한 시점에는 약 15만에 가까운 병력이 집결되어 있었다.

토리스 왕국의 15만 병력의 임시 총사령관 직을 맡은 장군은 그로인 왕국의 명장이었던 유리스 백작과 하렌트 장군이었다.

일단 토러스 왕국이 침공당해서는 안 된다고 생각한 두 장군은 집결한 15만의 병력을 안트라드 평원으로 진군시키고 있었다.

제국의 중재의 군대가 많은 수로 인하여 여러 군데에서 모여 한곳으로 집결하는 방식을 취하고 있기 때문에 상대적으로 많은 병사들을 이용하여 각개격파의 방식을 취하기 위함이었다.

3일 간의 진군으로 안트라드 평원에 도착했을 때는 이미 평원에서 가장 가까운 곳에 위치한 신성제국 도리에프 백작의 영지에서 출발한 3만의 좌군 소속의 군대가 도착하여 진을 치고 있었다.

제국 좌군 소속 3만을 이끌고 있는 도리에프 백작의 막사에선 마도 제국의 대군이 안트라드 평원에 도착했다는 소식이 전해지자 전군에게 제일급 경계령을 내리곤 대비하고 있었다.

"적은 우리보다 5배의 대군입니다. 일단은 평원에서 후퇴하는 것이 나을 듯합니다."

도리에프 백작을 보좌하고 있는 샐리스 남작은 상황이 별로 좋지 않음을 느끼며 백작에게 군을 후퇴시켜 앞으로 다른 영지에서 올 군대와 힘을 합치는 것이 좋다고 생각하고 있었다. 하지만 도리에프 백작은 그 반대였다.

"모르는 바는 아니지만 우리가 이곳 안트라드 평원을 뺏었긴다면 집결지를 잃게 되는 것입니다. 그렇게 되면 각지의 영지에서 모이고 있는 군이 적의 대군에게 각개격파를 당할 우려가 있습니다."

"음……."

"일단 우리가 해야 할 일은 집결지를 지키는 거라 생각합니다."

"하지만 적의 숫자가 너무 많습니다."

"3일 후엔 우군의 빌리포드 백작과 함께 3만 5천의 병력이 도착할 것이고, 그 후로 계속 제국의 군대가 빠르게 집결할 것입니다. 우린 3일만 이 평원을 지키면 성공하는 것이지요."

도리에프 백작의 말에 샐리스 남작은 어쩔 수 없다 생각하고는 말했다.

"그렇다면 저에게 기병 5천을 주십시오."

"기병 5천을요?"

"예. 들어온 정보에 의하면 적의 대군은 각 왕국에서 파견된 엽합군이라 들었습니다. 그렇다면 아직 군의 통솔이 원활하지 않을 것은 당연한 일, 전 이동 속도가 빠른 기병들을 이용하여 적의 진군 속도를 늦추어보도록 하겠습니다."

그 말에 도리에프 백작은 고개를 끄덕이며 말했다.

"좋소. 남작에게 기병 5천을 드리리다. 부디 성공을 빌겠습니다."

"최선을 다하도록 하겠습니다."

샐리스 남작은 얼마 지나지 않아 마도제국의 연합군 15만을 저지하기 위해 기병 5천을 끌고 출발했다.

한편 평원을 향해 진군하고 있는 마도 로노와르 제국의 15만의 병력은 순탄하지는 않지만 그럭저럭 거대한 대군을 이끌고 잘 움직이고 있었다.

수많은 연합국에서 모여든 가지각색의 병사들이라 소란스러울 만도 하지만 이 대군을 이끌고 있는 두 명의 장수 유리스 백작과 하렌트 장군의 지도력이 뛰어나 초반에는 조금 시끄러웠지만 지금은 다소 안정세를 찾아가고 있었다.

이 대군의 긴 대열 뒤에는 군의 보급 물자를 끌고 가는 수많은 수레들이 따르고 있었는데, 정확히 376번째 수레에 붉은 머리의 남자가 허탈한 표정으로 자신의 앞에서 뒤돌아보고 있는 똑같은 표정의 두 청년과 이야기를 나누며 한숨을 쉬고 있었다. 그는 다름 아닌 루드웨어 앞에서 놀다가 황제 우롱죄로 잡혔던 레드 드래곤 시크라였다.

지하 감옥에서 약 일주일 간을 콩밥 먹던 시크라는 옛 그로인 왕국의 두 왕자와 함께 지금은 신성제국으로 진군하는 15만의 군대에 끼어 전쟁터로 향하고 있었다.

일주일 정도 시크라를 지하 감옥에 가두어둔 루드웨어는 세 녀석을 종군시켜 전쟁터로 보내 버린 것이다.

"어쩌다가 내가 이런 신세가 됐는지……."

명색이 드래곤 종족의 최고라고 하는 에이션트 급에 이른 시크라는 인간들의 전쟁에 낀 것도 억울한데, 최말단의 보급병이라는 위치로까지 좌천되자 세상이 싫어지고 있었다.

"시크라님."

"우린 이제 어떻게 되는 거죠?"

철없는 두 왕자 역시 시크라와 같은 신세가 되어 같은 부대의 보급병으로 종군하게 된지라 불안하기 그지없었다.

왕위를 다투는 내전에서 서로 전쟁을 벌이기는 했지만 거의 후방에서 명령이나 내렸었지 언제 이런 말단 병사의 노릇을 해보았겠는가?

"나도 몰라, 임마. 젠장! 장군을 해도 모자란 판에 이런 보급 말단병이라니… 억울해 죽겠다!"

시크라는 두 왕자의 하소연을 듣자 짜증이 났는지 소리를 지르며 억울해하고는 천천히 굴러가는 보급 수레에 벌러덩 누워 하늘을 쳐다보았다.

맑게 개인 하늘은 정말 한량들에게 놀기 좋은 날씨였지만 지금의 시크라는 입맛만 다실 뿐이었다.

'쳇! 황제 노릇할 때가 좋았는데.'

조금 바쁘기는 했지만 진수성찬에 수많은 시녀들에게 둘러싸여 마치 할렘과 같았던 황제 때의 일을 되새겨 보는 시크라였다.

하지만 세상은 이런 시크라의 즐거운 회상조차 허용하지 않으려는지 갑자기 보급 부대가 술렁거리기 시작했다.

"기, 기마병이다!"

사람들의 외침에 짜증이 난 시크라가 좌측을 쳐다보자 수많은 말발굽 소리와 함께 전열의 좌측에서 수많은 기마병들이 빠르게 보급 부대를 향해 돌진해 오는 것을 볼 수 있었다.

"으아!"

"우린 죽었다!!"

두 왕자는 달려오는 기마병을 보며 고개를 처박고 소리 지르며 떨고 있었다. 보급 부대에 어느 정도의 병사가 있기는 했지만 단순한 보급품의 호위병일 뿐 저 정도 숫자의 기마대를 막을 수 있는 정도는 아니었기 때문이다.

물론 앞뒤로 진군하고 있던 병사들이 구원하러 오겠지만, 거의 보병들인지라 기마대의 민첩성에는 따르지 못해 피해를 입을 확률이 높았다.

"쳇! 보급 부대를 쳐서 진군을 저지할 모양이군."

역시 에이션트 드래곤답게 단번에 적의 의도를 알아차린 시크라였다.

그가 말단 보급병의 신세가 되기는 했지만, 그래도 어느 정도의 정보는 지휘관급에 버금갈 정도로 얻을 수 있었는데, 이는 하렌트와 유리스가 시크라를 배려한 것이기에 가능했다.

기마병이 돌진해 오는 것을 보며 일선의 지휘관들은 보급 수레를 멈추고 궁병대와 보병대로 하여금 적의 기마대에 맞서게 하고 있었다. 하지만 숫자가 터무니없이 모자랐다.

15만의 대군으로 이루어져 있는지라 진군하는 군의 열이 너무나 길어 적의 기마병에 대처할 아군의 기마병이 이곳으로 도착한 후에는 보급 부대가 전멸할 가능성이 높았다.

병사의 숫자가 아무리 많더라도 보급 체계가 무너지면 오히려 많은 수의 대군일수록 그 상황은 나빠진다고 할 수 있었기에 진군 속도를 늦추는 데는 상당히 효과적인 전술이라 할 수 있었다.

뭐, 에이션트 레드 드래곤의 시크라라면 저 정도의 숫자는 브레스한 방이면 쓸어버릴 수 있기는 했지만, 왠지 싸움에 참여하고 싶은 기분이 아니었기에 될 대로 되라는 식으로 자리에 누워버렸다.

"시크라님!"

"이럴 때 주무시면 어떡합니까?"

두 왕자는 시크라가 누워버리자 당황하여 그를 흔들어 깨웠지만 그는 움직일 생각을 하지 않았다. 어느새 적의 기마병들은 보급품을 지키는 경비대와 맞닥뜨려져 접전을 벌이고 있었다.

"발사!"

약 200명 정도의 궁병이 일선 지휘관의 명령에 따라 일제히 화살을 발사했고, 하늘에 빗줄기처럼 내리꽂히는 화살은 달려오는 적의 기마대를 거꾸러뜨리기 시작했다. 하지만 오천 기 이상의 기마대인지라 200명 정도의 궁병들의 화살로는 어림도 없었다.

"중갑보병은 일 열 일자 대형!! 경갑보병은 중갑보병의 뒤로 일자 대형! 궁병은 계속 활을 쏴라!"

밀려오는 기마병들에 대항하기 위해 창을 들고 있는 중갑보병은 일자 대형으로 서 일제히 창을, 적을 향하여 삼십도 정도로 세운 후 바리케이드를 만들었고, 경갑보병은 원형 방패와 검을 들고 그들의 뒤에 다시 일자 대형으로 도열하여 난입할 적과의 백병전을 긴장하며 기다렸다.

드디어 화살의 소나기를 뚫고 기마대가 중갑보병의 스피어의 바리케이드를 향해 돌진해 들어왔다.

"우와!"

쿠궁!

스피어로 친 바리케이드에 앞서서 달리던 기마병이 말과 함께 거꾸러졌지만 뒤를 이은 중갑기병은 그런 것에 아랑곳하지 않고 밀고 들어가니 잠시 후 그 힘을 견디지 못하고 바리케이드가 무너지자 수많은 기병들이 밀려 들어오기 시작했다.

"와아!"

스피어의 바리케이드가 무너지자 이 열에 서 있던 경갑보병과 일 열의 중갑보병들은 검을 들어 본격적인 전투를 벌이기 시작했다.

"보급 수레에 불을 질러라!"

기병들은 마도제국의 병사들과 싸우는 한편 보급을 차단하기 위해 수레에 불을 지르기 시작하고 일대는 순식간에 불바다가 되며 사방이

피바다로 변하고 있었다.

"젠장!! 저리 꺼지라고!"

자신이 누워 있는 보급품에 불을 지르려고 적의 기병이 달려오자 허리에 차고 있던 검을 뽑아 녀석의 목을 베어버렸다.

"시크라님!"

"젠장! 시끄러워 죽겠군! 너희들도 검을 뽑고 싸우라고!"

"하지만……."

싸우라는 시크라의 말에 금방 기가 죽어버린 두 왕자였지만 상황을 보건대 검을 뽑지 않으면 개죽음당하기 십상인지라 어쩔 수 없이 검을 뽑아 들고는 시크라의 옆에 섰다.

기병대는 사방을 헤집고 다니며 농락하고 있어 순식간에 보급 부대의 경비병 대부분이 그들의 병장기에 고혼이 되어 땅으로 쓰러져 갔다.

"기병대다!!"

보급 부대가 기습당한 지 오 분여 정도 후에야 아군의 기마병들이 진열의 양쪽에서 빠른 속도로 몰려오고 있었지만 이미 신성제국의 기마대는 일대 대부분의 마차를 불태우고 다시 벌판의 다른 쪽으로 말을 몰아 사라져 가고 있었다.

보급 부대가 너무 길게 늘어져 있는 데다 여러 중소 국가에서 모인 연합군인지라 군의 체계가 제대로 잡혀 있지 않아 발생한 어이없는 패배라 할 수 있었다.

이 전투로 불에 탄 보급품의 숫자는 전체의 이십 분의 일도 되지 않는 적은 양에 지나지 않았지만, 이런 식으로 진군을 하다가는 또다시 같은 방법으로 습격을 당할 것은 뻔한 일이었기에 군의 편성을 다시 조정하기 위해 진군을 멈출 수밖에 없었다.

"부탁입니다, 시크라님."

"음."

잠시 진군을 정지한 후 총사령관인 유리스 백작의 막사에는 하렌트 장군과 함께 붉은 머리의 청년 시크라에게 두 왕자가 무엇인가를 간곡히 부탁하고 있었다.

시크라는 그들의 부탁을 들으며 고민에 잠길 수밖에 없었다. 일단은 그들의 말을 들으면 말단 보급병 신세는 면하겠지만, 어쩌면 차리리 보급병이 나을 수도 있었기 때문이다.

하지만 드래곤의 용심(龍心)이 있지 말단 보급병은 할 것이 못 된다고 생각한 시크라는 고개를 끄덕이며 두 사람의 부탁을 받아주기로 했다.

"좋다."

"감사합니다, 시크라님."

시크라가 승낙하자 두 사람은 얼굴 가득 미소를 지으며 기뻐하고 있었다.

사실 이 두 사람의 이런 방법은 루드웨어 머리에서 나온 것이었다. 시크라의 검술 실력이 상당한 수준에 이르렀다는 것을 두 장군에게 말한 그는 시크라를 말단 보급병으로 며칠 끌고 다니다가 어느 정도 시간이 지나면 일선의 지휘관으로 승격시키라고 말했던 것이다.

분명 시크라는 말단 보급병에 자존심이 상하다가 두 사람이 부탁을 하면 못 이기는 척하며 받아줄 것이라고 말한 것이다.

두 사람은 신성제국에 비해 뛰어난 무장이 부족한 연합에서 시크라 같은 인재를 썩히는 것은 문제라고 생각하며 이번 보급대 습격 사건으로 시크라에게 일선 부대의 지휘권을 맡겼다.

시크라가 맡을 부대는 조금 문제가 있는 부대였다. 워낙 가지각색의 나라에서 온 군대인지라 일선 병사의 경우에는 지휘관의 말을 제대로 듣는 편이었지만, 기사들의 경우에는 연계 작전이 불가능할 정도였다.

서로들 자신들의 국가에선 내로라하는 기사들이었는지라 쉽게 남의 밑으로 들어가는 것을 꺼리고 있는 것이다.

유리스와 하렌트의 경우에는 나이도 있고 어느 정도 중소 국가 사이에서 명성이 있는데다가 황제에게까지 총애를 받고 있었기에 별문제는 없었지만, 그들 외의 다른 장수들의 명령은 어느 왕국 출신이냐에 따라 병사들의 신임도가 달라지는지라 시크라 같은 루드웨어와 함께 온 중소 국가 출신이 아닌 장수가 필요했던 것이다.

시크라가 단숨에 지휘관으로 오르는 덕에 덩달아 말단 병사에서 조금 지위가 오른 자들도 있었는데, 바로 시크라의 벗이 되어버린 그로인 왕국의 리데스와 카트러스 왕자였다.

병사들이 입는 레더아머에서 단숨에 기사들이 입는 플레이트아머를 입고, 말까지 보급받은 두 사람의 입은 함지박만하게 벌어져 있었다.

역시 겉만 번지르르했던 두 사람이었기에 이런 겉모습은 상당히 중요했던 것이다.

리데스의 경우에는 그 정도가 조금 더 지나쳐 말단 병사였을 땐 다 죽어가는 눈빛이었는데 반해 지금은 반짝반짝한 눈망울로 누군가 다가오기만 해도 검을 휘두를 정도의 모습을 보이고 있었으니, 역시 옷은 날개와 함께 분위기 쇄신의 역할도 함을 증명하고 있었다.

시크라가 멋드러진 갑옷을 입고 두 왕자의 호위를 받으며 간 곳은 여러 가지 색깔과 종류, 모양의 갑옷을 입은 기사들이 모여 있는 장소였다.

과연 각 기사단에서 한칼 하는 인재들이 모여 있는 만큼 그들에게서 뿜어져 나오는 예기는 눈으로만 봐도 느껴질 정도였다. 하지만 한 기사단의 소속이 아닌 만큼 무리별로 나누어져 혼잡한 분위기를 풍겼다.

기사들은 시크라와 두 왕자가 말을 몰고 나타나자 잠시 시선을 주는 듯했지만, 이내 고개를 돌리고 자신들의 일에 열중하고 있었다. 개중에는 전투를 코앞에 두고도 갑옷을 벗고 일광욕을 즐기는 기사들도 보이고 있었기에 시크라로선 괜히 머리 아픈 일을 맡은 것은 아닐까란 생각이 들었다.

기분 나빠진 시크라는 말에서 내려 근처에 누워 일광욕을 즐기고 있는 기사의 옆구리를 발로 차면서 말했다.

"야! 여기 책임자 어딨냐?"

"이 자식이! 어디다 발길질이야!"

시크라의 발에 옆구리를 채인 기사는 성질을 내며 벌떡 일어나서는 주먹으로 칠 기세를 보였지만 시크라는 아무렇지도 않은 표정을 지으면서 그를 보며 천천히 다시 물었다.

"책임자가 어디 있냐고 물었다."

"헉!"

다시 시크라의 질문을 들은 기사는 그 순간 온몸에 힘이 다 빠지는 것을 느끼며 자리에 주저앉고 말았다. 시크라가 다시 되물으며 음성에 드래곤 피어의 힘을 실었기 때문이다.

"저, 저기에……."

두려움이 가득한 얼굴로 떨고 있던 기사는 힘들게 손을 들어서 한쪽의 막사를 가리켰고, 시크라는 미소를 지으며 두 왕자와 함께 책임자가 있는 막사로 들어갔다.

시크라가 들어간 막사에는 세 명의 기사가 사이좋게 무엇인가를 하고 있었는데, 가까이 다가가자 신성제국을 대외적으로 망신시킨다는 대국민적인 놀음인 거스탑을 하고 있는 것을 볼 수 있었다.

"젠장! 또 쌌다!"

"크크크, 이거 미안하게 됐군. 역시 아론, 니가 내 봉이다, 봉."

세 사람은 놀음에 빠져 막사 안으로 시크라가 들어오고 있는 것도 모른 채 놀음에 열중하고 있었기에 작은 한숨을 쉰 그는 천천히 그들에게 다가가서는 거스탑의 패가 놓여져 있는 담요를 빼어버려 판을 엎어버렸다.

"엥?"

"뭐야, 이 자식은?!"

갑자기 빨간 머리의 애송이가 잘 나가고 있던 판을 엎어버리자 세 명의 기사는 성질을 내며 자리에서 일어났다. 그런 그들에게 시크라는 양피지를 하나 던져 주며 말했다.

"난 오늘 부로 연합 제1기사단의 단장으로 부임한 시크라다."

"젠장! 또 머리 아픈 새끼가 들어왔군. 야! 우린 단장 같은 건 필요 없으니 딴 데 가서 놀라고. 자, 하던 거나 계속하자."

단장이란 말에 세 사람은 성질을 내던 것을 멈추고는 못 볼 것을 봤다는 얼굴로 패를 줍곤 다시 거스탑을 하려고 했지만 어찌 시크라가 이것을 가만히 보고 있겠는가? 다시 자리에 앉으려고 등을 보인 기사를 보며 그는 발을 들어 머리를 발꿈치로 찍어버렸다.

"꾸엑!"

시크라의 다리찍기에 당한 기사는 외마디 비명과 함께 쓰러졌고, 나머지 두 기사는 갑작스러운 사태에 황당한 표정을 짓다가 근처에 있던 검을 뽑아 들고는 소리쳤다.

"이 자식이! 단장이면 다야!"

"다다!"

검을 뽑은 한 기사는 규율이 엄하기로 유명한 신성제국에서도 금지하는 군대 내의 구타를 단장이란 자가 노골적으로 행하자 그의 허벅지를 향해 검을 휘둘렀다. 하지만 가볍게 한 걸음을 뒤로 옮겨 검을 피한 시크라는 강철 건틀릿으로 그의 안면을 강타하며 두 번째 혼절자를 만들었고, 이어 뒷차기로 나머지 한 명을 차서 막사 밖으로 날려 버렸다.

"끄악!"

쿵!

갑자기 부단장들의 막사에서 소란이 일더니 부단장 중 한 명이 외마디 비명과 함께 막사에서 튕겨져 날아와 땅으로 처박히자 주변에 있던 기사들은 이 상황에 놀라 모두 부단장 막사 쪽을 쳐다보았다.

밖으로 날려간 부단장이 고개를 흔들며 자리에서 일어나려고 할 때, 막사 안에서 나머지 두 부단장의 뒷덜미를 잡은 빨간 머리의 기사가 나와서는 그들을 밖으로 내던지자 다른 이들은 무언가 심상치 않은 일이 벌어지고 있다는 것을 알 수 있었다.

바닥으로 내동댕이쳐진 후 간신히 정신을 차린 두 명의 부단장은 아픈 곳을 부여잡고 천천히 자리에서 일어나서는 시크라를 노려보았다.

"젠장!"

"이 폭력 단장 녀석! 죽여 버리겠어!"

"각오해라! 이 빨간 머리 애송아!"

분노가 솟구친 세 사람은 근처에 있는 기사들에게 손짓을 하여 검을 받아 들고 시크라를 향해 자세를 잡기 시작했다.

각 왕국에서 모인 내로라하는 기사들이 모인 만큼 행실에 조금 문제가 있기는 했지만, 세 명의 부단장의 몸에서 느껴지는 투기는 가히 일류의 실력이라고 할 수 있었다.

세 사람의 투기를 느끼며 기분 좋게 미소를 지은 시크라는 두 명의 왕자를 보며 말했다.

"리데스, 카트러스, 저 건방진 녀석들을 어떻게 해줄까?"

"응? 우리가 말하는 대로 할 거야?"

"응."

"그럼 조금 건방진 녀석들 같으니까 벗겨서 스트립쇼나 시켜주라고."

"그거 좋은 생각이다, 카트러스."

"굿 아이디어지 뭐. 푸하하하!"

카트러스의 말은 세 부단장에겐 스팀이 팍팍 터져 나오는 말이라 할 수 있었다.

"개자식들! 세 녀석 다 죽여주지!"

더 이상 참지 못한 금발에 잘생긴 외모를 가진 부단장이 소리를 지르며 시크라를 향해 뛰어들었고, 그가 움직이자 나머지 두 부단장도 동시에 쇄도해 들어갔다.

"합!"

자신의 가슴을 향하여 금발의 부단장의 검이 찔러오자 시크라는 가볍게 몸을 회전시켜서 검을 피하고는 몸을 낮추어 그의 발목을 잡고 들어 올렸다.

"넌 이제부터 내 검이다!"

"우악!"

시크라는 미소를 지으며 부단장의 다리에 마나를 주입했는데, 보통 이 시대 기사들의 갑옷은 다리에서 목까지 한 세트로 되어 있는 플레이트아머인지라 순식간에 금발의 부단장은 몸이 뻣뻣해지고 말았다.

검의 명가들은 하늘거리는 버드나무도 마나를 주입하여 검 대신 사용한다는 이야기가 있긴 했지만, 시크라는 한 수위의 재간을 부린 것이다.

물론 인간의 몸은 버드나무와는 다르게 피가 돌고 있기에 남의 몸에 마나를 주입하여 경화시키는 것은 불가능한 일이라고 할 수 있지만, 갑옷과 갑옷 사이의 간격을 마나를 통하여 강제 흡착시켰기에 지금 그는 영락없이 나무 막대와 같은 모습이 되어버린 것이다.

시크라가 한 명의 부단장을 사로잡아서 검으로 사용하자 두 분단장은 황당하지 않을 수 없었다.

잡혀 있는 자의 몸이 그렇게 크지는 않았지만 백칠십은 넘는 키였고, 거기에 플레이트아머까지 착용한 상태라면 무게는 백 킬로그램을 훨씬 넘어가기 때문이다.

하지만 이런 무게에도 시크라의 얼굴에는 아무 변화도 없었고, 마치 검을 다루는 듯이 몇 번 허공에 휘둘러 본 시크라가 만족한 얼굴을 하는 것을 보며 아무 말도 못하고 있었다.

"이거 꽤 괜찮은 검인데? 어이, 어때? 오늘부터 넌 내 전속 검이다."

"이 새끼 당장 안 놔!"

"어라? 검이 반항을 하네?"

조금 기분이 나빠진 시크라는 근처에 있던 막사를 향해 인산 섬을 휘두르며 학대하기 시작했다.

"아무래도 에고 소드 같은데 정신을 못 차리는군. 역시 에고 소드는 때려야 말을 듣는다니까."

"끄억! 끅!"

반항하던 부단장은 막사에 얼굴을 강타당하며 괴로워해야 했다. 한 십여 차례쯤 막사에 후려갈기니 금발의 부단장은 조용해졌고, 시크라는 그제야 마음에 든다는 듯 검신을 쓰다듬듯이 부단장의 플레이트아머를 쓰다듬으며 만족한 얼굴로 말했다.

"이제야 조용해졌네. 자, 다음에는 방패나 골라볼까?"

"헉!"

그제야 시크라의 엄청난 능력을 알게 된 두 사람은 섬뜩하지 않을 수 없었다.

"어떤 녀석이 좋으려나… 아! 무기는 벗길 수 없으니 한 명은 역시 스트립쇼를 해야겠군. 시크라 마음 좋아졌다. 자, 선택을 하라고. 내 방패를 하겠냐, 아님 벗겠냐?"

"큭……."

어느 쪽도 선택할 수 없는 두 사람으로선 최후의 방법밖에 남아 있지 않다고 생각하고는 서로의 눈을 바라보더니 동시에 무릎을 꿇고는 시크라를 보며 소리쳤다.

"단장님께 영원한 충성을 맹세하겠습니다!"

"응? 뭐야, 그건 두 가지가 다 아니잖아."

"제발 저희의 무례를 용서해 주십시오!"

"음… 뭐, 그럼 이 정도만 할까?"

그렇게 말한 시크라는 부단장 에고 소드를 등에 걸치고는 다른 기사들을 보며 소리쳤다.

"난 이번에 연합 제1기사단 단장으로 부임한 시크라다! 뭐, 나도 이런 귀찮은 일은 하고 싶지 않지만, 너희들이 존경해 마지않는 두 장군인 유리스와 하렌트의 부탁도 있고 해서 잠시 단장 직을 맡게 되었다. 일일이 너희들을 간섭할 마음은 없으니 평소 하던 대로 노는 것을 막지는 않겠지만, 일단 전쟁터에 나가서도 평소의 버릇을 버리지 못한 녀석은 본인의 무기가 된다는 것을 잊지 말도록 해라. 이 건방진 에고 소드처럼 말이야."

그렇게 말한 시크라는 부단장 에고 소드를 들어 엉덩이를 몇 번 치고는 사람들을 향해 미소를 지었고, 그 엽기적인 모습에 다른 기사들은 아무 말도 할 수가 없었다.

고개를 돌린 시크라는 두 명의 부단장을 보며 물었다.

"이름!"

"예, 페로인 왕국의 제3기사단장의 직위에 있다가 이번에 연합 제1기사단의 부단장 직을 맡은 길버트 드 가라드라 합니다."

"멘트라공국의 제2기사단장의 직위에 있다 이번에 연합 제1기사단의 부단장 직을 맡은 아론 드 보네스라 합니다."

"길버트, 아론이라… 음, 외우기는 쉽겠군. 그래, 너희들에게 첫 번째 명령을 내리겠다."

"예, 말씀만 하십시오."

"가서 대장장이에게 내 검에 맞는 검집 좀 하나 만들어달라고 해라."

"예?"

길버트와 아론은 그가 들고 있는 검이 자신의 동료라는 것을 알고 있기에 황당하지 않을 수 없었다. 하지만 시크라의 초롱초롱한 눈에서 그것이 진심이라는 것을 알고는 조용히 고개를 숙이고 뒤를 돌아 대장장이에게로 뛰어갔다.

불쌍한 동료가 에고 소드로 전락한 것을 슬퍼하면서 말이다.

"크크크······."

신성제국의 대로에는 평소와는 다른 모습이 보이고 있었다. 수많은 군사들이 길게 열을 이루며 진군하고 있는 모습, 그들은 바로 안트라드 평원으로 향하는 신성제국의 중재의 군대였다.

제국의 서부로 향하는 일곱 개의 대로 중 서부 도시인 올란도로 뻗어 있는 대로로 진군하는 군대는 제국 중부의 알로드 백작의 영지에서 출발한 3만의 군대였다.

대로가 보이는 작은 바위산의 위에는 검은 로브로 온몸을 가린 의문의 남자가 군대의 진군 모습을 보며 음침한 웃음을 흘리고 있었고, 그의 뒤로는 일곱 명의 똑같은 복장을 하고 있는 자들이 도열해 있었다.

일곱 명의 남자 중 가운데에 서 있던 자가 천천히 웃음을 흘리고 있는 남자에게 다가가서는 말했다.

"아리우프님, 디바인 마크의 문을 열겠습니다."

그의 말에 아리우프란 남자는 조용히 고개를 끄덕였고, 그의 승낙을 받은 남자는 다시 자신의 자리로 돌아가서는 조용히 주문을 외우기 시작했다.

그가 주문을 외우자 나머지 여섯 사람도 같이 주문을 영창하기 시작했다. 그러자 그들의 몸에서 검은색의 안개가 피어 오르기 시작했고, 그 안개는 대로를 진군하고 있는 중재의 군대를 향해 서서히 흘러가기 시작했다.

갑자기 검은색의 안개가 자신들을 향해 밀려오자 진군하고 있던 병사들은 놀라며 아우성쳤다. 진군은 멈춰졌다.

"백작님, 갑자기 검은 안개가 군을 향해 밀려오고 있습니다!"

"안개?"

진열의 선두에 있던 알로드 백작이 뒤를 돌아보자 대로의 좌측에 있는 바위산에서부터 시작된 검은 안개가 서서히 자신들 쪽으로 다가오고 있음을 볼 수 있었다.

하지만 바람은 정반대의 방향에서 불어오고 있었기에 그것이 평범치 않은 안개라는 것을 알 수 있었다.

"드바인 사제님과 델라스님을 빨리 모셔오고, 이백 명 정도의 병사들로 하여금 검은 안개가 밀려오는 바위산을 조사하게 하라!"

드바인 사제는 알로드 백작과 함께 이번 중재의 군대를 참전하게 된 계절의 신 프라이도스의 고위 사제였고, 델라스는 백작가와 친분을 있는 마법 길드의 마법사였다.

백작의 말을 듣고 급하게 말을 몰고 달려온 두 사람은 군대를 향해 밀려오는 검은 안개를 보면서 크게 놀라는 표정을 지었다. 자신들을 향해 날아오는 검은 안개에 가슴을 짓누르는 듯한 어둠의 기운이 가득했기 때문이다.

"마계의 어둠의 기운입니다!"

"어둠의 기운이오?"

"예. 사악한 감정이 모여서 만들어진 안개지요. 병사들이 저 안개에 닿게 되면 사악한 정신에 지배당할 수도 있습니다."

사제의 말을 들은 백작은 머뭇거리지 않고 부관을 향해 소리쳤다.

"군을 양분하여 밀려오는 검은 안개에서 급히 피하도록 지시해라!"

"예!"

길게 진을 이루고 있는 백작의 군대는 명령이 떨어지자 일사불란하게 두 개로 나뉘어져 앞뒤로 빠르게 움직이며 검은 안개를 피하기 시작했지만, 병사들이 움직이자 안개의 속도는 갑자기 빨라지면서 진군 방향 대로의 반대쪽으로 후퇴한 군대를 덮쳐 버렸다.

"우아악!"

"아악!!"

검은 안개에 뒤덮인 병사들은 안개에 가려 그 모습이 완전히 가려졌지만, 안개 속에서 흐르는 비명은 사람들로 하여금 공포를 느끼게 하기에 충분했다.

"아아악!"

안개에 뒤덮인 병사들이 외치는 비명을 들으며 아직 안개에 덮이지 않은 병사들은 소리를 지르며 사방으로 흩어졌고 백작은 이 모습에 놀라지 않을 수 없었다.

그로선 도대체 안개 속에서 무슨 일이 벌어지는지 알 수가 없었지만 일단 문제의 안개를 없애는 것이 급선무라는 생각이 들었다.

"드바인 사제님!"

백작은 이 황당한 사태에 어쩔 줄 몰라 하며 드바인 사제를 불렀고, 사제는 고개를 끄덕이며 안개를 향해 신성 주문을 외우기 시작했다.

"모든 계절을 담당하는 프라이도스님의 권능의 힘을 받아 모든 사악함을 물리치리라! 홀리 플래쉬!"

신성 주문의 시동어가 터지자 사제의 손에서 순백의 빛이 뻗어 나와 검은 안개를 향해 뻗어갔고, 안개는 빛이 부딪치자 서서히 소멸하기 시작했다.

검은 안개가 사제의 주문으로 소멸하자 백작은 안도의 한숨을 내쉴 수 있었는데, 혼란은 지금부터였다.

안개에서 서서히 드러난 병사들은 마치 무엇엔가 홀린 듯한 모습으로 어깨를 늘어뜨리고 있었다.

사방으로 흩어졌던 병사들은 안개가 사라지자 다시 진열을 맞추기 위해 모여들기 시작했는데, 안개에 갇혀 있었던 병사들이 병장기를 들어 올리고는 모여드는 아군 병사들을 공격하기 시작했다.

"우악!"

갑작스런 아군의 공격에 진열에 갖추기 위해 모여드는 병사들은 제대로 싸워보지도 못하고 병장기에 맞고 쓰러지기 시작했다.

대로의 뒤쪽에 있던 군대는 순식간에 아군끼리의 싸움으로 아수라장이 되어버렸기에 멀리서 그 모습을 보고 있던 백작으로선 황당하기 그지없었다.

확실히 그들이 적이라면 다른 쪽에 있는 군대를 돌리겠지만 현재의 상태에선 혼전 상태에서 복장 또한 제국의 병사였기에, 어느 쪽이 주술이 걸리지 않은 아군인지 파악할 수가 없었다.

이런 이유로 시간이 지날수록 병사들의 피해는 점점 커져 가고 있었다.

"도대체 이게 무슨 일이란 말인가……."

백작은 황당함에 그 자리에 서서 망연자실한 표정을 지을 수밖에 없었다. 싸움도 하기 전에 적의 이상한 술수에 걸려 이런 일이 벌어졌다는 것이 도무지 믿어지지가 않았다.

"후방의 군대는 무조건 산개해서 흩어지라 전해라!"

하지만 이런 상황을 가만히 두고 볼 수는 없었는지라 백작은 부관에게 소리쳤고, 지휘부의 지시가 떨어지자 혼전 속에 있던 병사들은 사방으로 흩어지기 시작했다. 몇몇 이지를 잃은 병사들은 지휘부의 명령을 알아듣지 못하고 있어 얼마 정도가 지나자 혼전이 있던 곳에는 어둠의 안개에 당한 병사들만이 남았다. 백작은 궁병들로 하여금 그들을 향해 활을 쏘게 했다.

수많은 화살이 하늘을 검게 물들이며 이지를 잃은 군대를 향해 떨어졌고, 얼마 지나지 않아 아군을 공격하던 병사들은 모두 전멸하고 말았다.

혼란이 수습되었다고 생각한 백작이 더 이상 큰 피해 없이 끝냈다며 안도하는 순간, 수많은 병사들이 혼전으로 죽어간 곳에서 여덟 명의 검은 로브를 입은 정체불명의 사람이 서서히 모습을 드러냈다.

"크크크크, 재료들이 꽤 많이 준비된 것 같군."

"디바인 마크에 모인 힘을 개방하겠습니다."

"으하하하하! 우리들 네크로멘서 연합의 힘을 간악한 신성제국에게 보여주어라!"

아리우프의 명이 떨어지자 다시 일곱 명의 부하들은 하늘에 두 손을 올리며 어둠의 노래를 영창하기 시작했고, 그들의 주위에서 여섯 개의 검은빛이 사방으로 뻗어 나오며 엄청난 크기의 육망성의 마법진을 그려가기 시작했다.

육망성이 모두 완성되자 일련의 사태로 인해 죽어간 병사들의 시신이 서서히 몸을 일으키기 시작했다.

혼전과 궁병들의 화살 공격으로 사방이 찢겨지며 피가 난자한 시체들이 아리우프들의 마법에 의해 언데드가 된 것이다.

"자, 나의 군대여. 일어나 신성의 군대를 베어라!"

아리우프의 외침과 함께 언데드 군대는 서서히 몸을 움직이며 전방의 군대를 향해 걸어가기 시작했고, 그 섬뜩한 모습에 신성제국의 군대는 패닉 상태에 빠질 수밖에 없었다.

머리가 잘리고 팔이 잘리며 온몸에 화살을 맞아 고슴도치가 된 자신들의 동료가 병장기를 들고 다가오는 모습에 어찌 놀라지 않을 수 있겠는가?

"홀리 라이덴!"

백작의 옆에 있던 사제는 주문을 외워 아군을 향해 공격해 들어오는 언데드 군대를 향해 신성마법 중 고위 마법에 속하는 홀리 라이덴을 떨어뜨리며 언데드의 군대를 저지하려 했다. 하지만 그의 홀리 라이덴은 언데드 군대를 감싸고 있는 어둠의 장막에 닿자 사방으로 흩어져 버렸다.

고위 마법마저 흐트러뜨리는 엄청난 어둠의 기운이 언데드 군대를 보호하고 있는 것이다.

백작으로선 이 상황을 어떻게 해볼 도리가 없었다. 그가 전쟁에 참가해 본 적이 없는 것은 아니었지만, 언데드를 본 적은 이번이 처음이었기에 어떻게 처리해야 하는지 도저히 생각이 나지 않았다.

　사람의 이지를 상실하게 하는 어둠의 안개에 의해 계속 이어지는 언데드 군대의 공격. 이것이 교묘하게 짜여진 계획적인 일이라는 것은 알 수 있었지만, 갑작스러운 이 상황에서 제대로 된 판단을 내리는 것은 어려운 일이라 해야 할 것이다.

　"일단은 군을 물리시는 것이 나을 듯합니다."

　"물리다니요?"

　마법사 델라스의 말에 알로드 백작은 되물을 수밖에 없었다.

　"언데드 군대는 보통의 군대와는 다릅니다. 신성력이 있는 무기가 없는 한 베어봤자 소용없습니다. 언데드는 죽은 자의 군대로 그 움직임은 살아 있는 자에 비해 민첩성이 한참 떨어지는 것은 분명하지만, 저 정도의 숫자라면 아군의 피해가 클 것은 분명합니다. 일단은 후방으로 물러나 화공을 준비하는 것이 좋을 듯합니다."

　"음… 알겠습니다. 부관, 전군에게 질서 정연하게 후퇴를 지시하고 일부의 병사를 돌려 화공을 준비해라!"

　"예."

　언데드의 상대법에 대해서 모르는 알로드로선 델라스의 말을 들으며 전군을 후퇴시키며 화공을 준비할 수밖에 없었다.

　언데드는 팔이나 다리, 심지어는 목을 잘라도 죽지 않지만, 신성 무기가 없는 이상 언데드를 상대할 수 있는 방법은 불을 사용하여 태워 버리는 수밖에 없기 때문이다.

　얼마 후 알로드 백작은 화공을 준비하여 언데드 군대를 어렵사리 처리할 수는 있었지만 아군의 피해 또한 엄청났다. 3만의 대군 중 이러한 네크로멘서의 공격은 평원으로 향하는 중재의 군대 중 6개의 군대에서 동시에 일어났다.

가까운 병사들이 죽임을 당하자 전쟁의 앞날이 어두울 수밖에 없었다.

이러한 네크로맨서의 공격은 평원으로 향하는 중재의 군대 중 6개의 군대에서 동시에 일어났다.

알로드 백작의 경우에는 사제와 마법사들의 조언으로 많은 피해를 입기는 했지만 어렵게 처리할 수 있는 데 반해, 다른 군대의 경우에는 생전 처음 보는 언데드 군대에 의해 전군의 반 이상이 피해를 입음으로써 중재의 군대는 초반부터 상당한 위기를 맞게 된 것이다.

연합 제1기사단의 단장 시크라는 자신의 휘하에 있는 1천 명의 기사들과 함께 유리스 백작의 명령으로 먼저 안트라드 평원에 진을 치고 있는 중재의 군대를 향해 말을 몰아가고 있었다.

그의 등에는 처참한 몰골의 금발의 기사가 검집에 갇혀 눈물을 흘리며 시크라를 향해 빌고 있었지만 시크라는 귀찮다는 듯 지휘봉으로 에고 소드의 머리를 때리면서 옆에서 보좌하고 있는 길버트에게 지시했다.

"길버트."

"예."

"오백의 기사로 적진을 한번 휘저을 수 있겠는가?"

"맡겨주십시오."

시크라의 말에 공손히 고개를 숙인 길버트는 말을 돌려 나갔고, 곧이어 그를 선두로 하는 500기의 기사가 말을 몰아 적진을 향해 진격해 들어갔다.

이만오천을 향해 진격해 들어가는 것은 어찌 보면 미친 짓이라고 할 수 있는 일이었지만, 길버트를 비롯한 모든 기사들의 눈에는 두려움이란 보이지 않고 있었다.

자신들의 동료였던 수많은 기사들이 그동안 시크라에게 당한 시련을 생각한다면 차라리 기사로서, 적진에서 전사하는 것이 나을 것이라 생각하고 있었기 때문이다.

이미 시크라의 검이 돼버린 부관 로덴을 비롯하여 꽁꽁 묶여 기사단의 깃발이 돼버린 기사가 7명, 랜서가 된 기사가 3명, 방패가 된 기사가 12명에 이를 정도로 도저히 인간의 생각으로는 불가능한 일을 자행하고 있었기 때문이다.

그래도 이들은 조금 낫다고 할 수 있다. 심한 경우에는 이동 화장실의 똥 푸는 바가지가 된 동료도 있었기 때문이다.

이 정도면 충분히 전 기사들이 힘을 합쳐 개길 만도 하건만, 애석하게도 시크라가 한번 소리치면 무슨 일인지 온몸의 힘이 빠져나가는 듯한 느낌이 들기 때문에 자존심 강한 기사들로서도 그에게 복종할 수밖에 없었다.

그도 그럴 것이 기사라곤 해도 어찌 에이션트 급의 드래곤 피어를 견딜 수 있겠는가?

물론 제1연합기사단이 적진을 향해 진군을 시작한 지금의 시점에는 부관 에고 소드를 제외한 모든 기사가 금제에서 풀리기는 했지만, 또다시 체험하고 싶지 않은 경험인 것이다.

특출나게 미움받은 로덴이 불쌍하기는 하지만 어떡하랴. 세상은 양육강식의 법칙이 지배하는 것을.

길버트가 이끄는 오백의 기사단이 돌진해 가자 진을 치고 있는 중재의 군대는 일제히 활을 쏴 적의 기병들을 공격하기 시작했지만, 기사들은 풀플레이트아머에 말 또한 중갑을 착용시키고 있었기에 먼 거리의 화살 공격으론 우연히 갑옷의 사이에 화살을 맞고 쓰러지는 몇 명을 제외하고는 그리 피해를 주진 못하고 있었다.

궁병의 화살 공격이 돌진해 오는 기사단에게 효과가 없자 중갑보병단이 진의 정면으로 이동하며 삼열 스피어 방어진을 치기 시작했다.

삼열 스피어 방어진은 긴 창을 사용하여 돌진해 오는 적의 기마대를 막기 위한 방법으로 삼열에 선 중갑보병단이 창을 두 개 각도로 들어 바리케이드를 치는 방어진이다.

이 방법은 평원의 전투에서 돌진해 오는 기병대를 상대하기 위한 보병이 사용하는 일반적인 방어진으로 제일열의 기병은 타워실드를, 제이열은 45도, 제삼열은 30도로 랜서를 들어 적의 기마를 저지하는 것인데, 이미 나무 방책이 없는 부분에 한하여 만들어지는 임시 대(對)기병 방어진이다.

하지만 임시 대기병 방어진이라 해도 이러한 전법은 중갑을 두르고 있는 기마 기사대에게는 상당히 효과적인 방어 전술이었다.

중갑보병단이 들고 있는 창의 길이는 2미터 40센티미터의 무거운 창이었기에 땅을 지지대로 삼아 기마대를 향해 뻗고 있다면 완전한 대기마 방책으로써의 효과를 거두는 것이다.

길버트 역시 이러한 중갑보병의 대기마 전술을 알고 있는지라 돌진하는 것을 멈추고 좌측으로 기수를 돌려 적의 방책과의 사이를 약 20미터 정도의 빠른 속도로, 적의 진지의 앞을 움직이기 시작했다.

만약 이 시점에서 로아냐드 제국군에게 기마대가 있었다면, 길버트가 이끄는 기마대의 정면을 중갑보병으로 막음과 동시에 기마대로 하여금 적을 포위 섬멸할 수 있었겠지만, 15만 마도제국군의 진군을 막기 위해 기마대 5천을 모두 외부로 보냈기에 그들의 기동성을 따를 수 있는 부대가 현재 신성제국군에겐 존재하지 않았던 것이다.

화살 공격은 중갑으로 인해 효과를 보지 못하고 기동력까지 뒤지는 신성제국군으로선 자신들의 진지의 주변을 빠른 속도로 돌고 있는 길버트의 기마대를 어찌할 방법이 없었던 것이다.

하지만 길버트 역시 중갑보병의 스피어 방위진을 뚫을 수 없는지라 어쩔 수 없이 오백의 기마대 기사단을 돌려 돌아올 수밖에 없었는데, 그때 아군의 나머지 5백의 기마대가 있는 곳에서 엄청난 불꽃의 구가 적의 진지를 향해 날아오더니 큰 폭음과 함께 스피어 방위진의 한쪽을 무너뜨렸다.

"전군 공격!"

무슨 일인지는 모르지만 일단 창 방위진이 뚫리자 그 구멍을 통하여 오백의 기마 기사단을 돌려 빠른 속도로 적진을 향해 돌진해 들어갔다.

제국의 중갑보병이 기병을 상대로 한 훈련을 받았다고는 하지만, 방위진을 형성하기 위해 각 보병 간의 간격을 너무 좁혔기에 긴 창을 효과적으로 사용할 방법이 없었다. 또한 이러한 점은 길버트의 기사단으로 하여금 적의 내부를 마음대로 휘저을 수 있게 만들어주었다.

빠른 속도로 적의 내부를 치고 들어간 길버트는 무리하게 적의 진 내부로 들어가지 않은 채 움직임이 둔한 중갑보병단만을 공격했고, 무거운 갑옷과 창으로 적을 상대하기 어려운 중장갑보병은 제대로 된 반격도 하지 못하고 기사들의 먹이가 돼야 했다.

"경갑창보병은 적의 기마대를 공격해라!"

중장갑보병이 기마대의 먹이가 되자 도리에프 백작은 급히 경갑창보병을 돌려 적의 기마대를 상대하게 하려 했지만 기마대의 순발력을 보병들이 따를 방법이 없었다.

적의 경갑보병이 밀려오자 길버트는 전 기마대로 하여금 후퇴를 지시해 적의 진지를 빠른 속도로 빠져나갔기 때문이다.

이 싸움에서 제대로 된 전투는 채 20분도 되지 않는 짧은 전투였다. 하지만 아군은 길버트가 이끌었던 500의 기사 중 20명이 사망했고 40명이 중경상을 입은 데 반해 적의 중장갑보병은 340명이 사망하고 510명이 중경상을 입는, 거의 열 배의 차이가 나는 대승이라 할 수 있었다.

전투를 승리로 이끈 길버트로선 기분이 좋은 일이었지만 적의 방위진을 깬 의문의 불길에 궁금하기 그지없었다.

"도대체 그 불길은 어디서 날아온 거지?"

길버트가 중얼거리자 옆에 있던 아론이 떨리는 목소리로 말했다.

"아무래도 로덴이 진짜 에고 소드인가 봐."

"그건 무슨 개소리냐?"

아론의 말에 얼토당토않다는 소리로 길버트가 반문하자 아론은 고개를 저으며 말했다.

"네 녀석이 적진에서 들어가지도 못하고 알짱거리니까 단장님이 막 성질을 부리시더라고. 그러더니 로덴 녀석을 꺼내 들어 주문을 외우니까 갑자기 엄청난 불길이 치솟아오르더니 펑! 하고 날아가는 거야!"

"설마?"

"시크라 단장님이 로덴을 들고 마법을 사용했다니까."

"헉……."

길버트로선 도저히 믿어지지가 않았다. 한때의 동료라고 믿었던 로덴이 진짜 에고 소드였다는 것을 어떻게 믿을 수 있단 말인가!

한편 두 왕자를 옆에 두고 에고 소드의 엉덩이 갑옷을 쓰다듬으며 손질하고 있던 시크라는 조용히 주문을 외우고 있었다.

"인첸터 아이스 볼!"

그 순간 푸른빛을 띠는 마나가 에고 소드를 감싸기 시작하더니 강력한 마나의 힘을 불어넣었다.

"크크크, 드디어 진짜 마법검이 돼가는구나. 우하하하!"

"단장님! 제발 용서해 줘요. 흑흑흑."

"무슨 소리야! 넌 에고 소드야!"

"전 에고 소드가 아니라니까요. 흑흑흑!"

시크라는 보통 에고 소드가 마음에 들지 않았는지 부단장의 갑옷에 무차별적으로 마법을 인첸터시켜 레벨업시키고 있었던 것이다.

이젠 몇 가지 속성의 마법은 물론, 경도 또한 미쓰릴에 버금갈 정도로 강력해진 부단장 에고 소드는 이미 대륙에 있는 마법검 중에 상위를 차지할 정도의 힘을 가진 검으로 변해 있었다.

이는 에이션트 급의 시크라가 공을 들여 만든 결과라고 할 수 있으니 과연 로덴이 시크라의 손에서 벗어나 에고 소드에서 탈피할 수 있을런지는 의문이라 할 수 있었다.

애석하게도 시크라는 검을 너무 마음에 들어하고 있었던 것이다. 심중에는 이 전쟁이 끝난 후 자신의 보물 창고에 보관할 생각까지 품고 있으니, 드래곤의 품에서 인간 한 명 망가지는 것은 정말 눈 깜짝할 사이라고밖에 말할 수가 없었다.

큰 승리를 거두었다고는 하지만 창보병대가 있는 한 기마대가 함부로 적진을 난입할 수는 없는 일이었기에 시크라는 연합 제1기사단을 돕기 위해 급하게 이곳으로 향하고 있는 보병단을 기다릴 수밖에 없었다.

하지만 현재의 상황은 시크라에게 쉴 기회를 주지 않고 있었으니 연합기사단의 뒤쪽에서 일단의 기마대가 그 모습을 드러낸 것이다.

이들은 15만 마도제국군의 진군을 늦추기 위해 진을 빠져나갔던 샐리스 남작의 오천 기의 기마대였다.

본진이 습격당한다는 소식을 마법 구슬을 통해 들은 샐리스는 급히 기수를 돌려 평원으로 달려온 것이다.

"단장님, 적의 기마대가 아군의 본진에 출현했습니다."

"기마대?"

"예."

시크라는 늙어서 흐릿흐릿한 눈을 비비며 이글아이를 사용하여 평원의 한쪽에서 대기하고 있는 적의 기마대를 살펴봤다.

수는 약 4,600기 정도였기에 경갑을 착용하고 있는 그들은 모두 실드와 랜서를 들고 있는 전형적인 기마대의 모습이었다.

신성제국이나 마도제국 등 기마대가 될 수 있는 이들은 말과 함께 갑옷을 살 수 있는 평민 이상의 계급만이 가능했다. 하지만 신성제국의 기마대가 단순히 평민 이상의 무인들이라면 시크라 측의 기병은 각 왕국의 기사들이었기에 어느 정도 수준은 차이가 난다고 할 수 있었다.

하지만 아무리 그 수준에 차이가 난다 하더라도 적의 숫자는 아군에 비해 4배 이상, 연합 제1기사단 1천 기만을 대동하고 온 시크라로선 지원 보병단 1만이 오기 전까지는 이들과 마주치는 것은 삼가해야 했다.

"지원 보병단의 현재 위치는?"

"저희들로부터 약 20킬로미터 떨어진 곳의 위치에서 빠른 속도로 진군하고 있습니다."

"음……."

시크라는 어떻게 해야 할지 고민할 수밖에 없었다. 그때 또 다른 기사가 달려와서 적진의 움직임을 보고했다.

"단장님, 적진에서 약 4천 이상의 경갑창보병대가 움직이고 있습니다!"

"창보병?"

경갑창보병은 중장갑창보병에 비해 그 움직임이 빠르다. 신성제국의 보병 전투 진형은 100명의 보병이 10열정방진으로 이루어져 있다.

즉, 100명의 보병이 1분대로 타워실드를 앞으로 든 선두의 10명을 앞으로 사방에 타워실드를 각 방향을 보호하고 위로 타워실드를 포개어 들어 궁병의 화살을 막는 진형이다. 마치 사각의 상자와 같은 진형을 이루며 타워실드의 앞을, 긴 창을 들어 공격해 들어오는 이 방식은 신성제국 보병의 전형적인 진이었다.

4천 명 정도의 경갑창보병이라면 모두 40개의 분대로 이루어져 있는 것이다.

40개의 경갑창보병이 일렬 횡진으로 진격해 들어오자 적진으로 가는 길은 완전히 막혔다고 할 수 있었다.

"적의 기마대가 반원진으로 후방에서 진군하고 있습니다!"

"포위 섬멸을 생각하는가?"

적의 기마병이 반원진을 만들어 1천기밖에 되지 않는 시크라의 기마기사대를 둘러싸는 듯한 진형을 취하며 공격하는 것이다.

풀플레이트아머를 착용한 기마기사대의 경우는 신성제국의 경갑기마대보다 그 속도가 느릴 수밖에 없기 때문에 좌우로 빠르게 적의 포위망을 빠져나가는 것은 불가능하다고 할 수 있었다.

"단장! 빨리 군을 좌우로 후퇴하게 하심이……!"

길버트와 아론은 가만히 있다가는 포위 섬멸을 당할 것이 뻔한 일이었기에 시크라에게 작전을 종용하기 시작했다.

한참을 생각에 잠겨 있던 시크라는 길버트와 아론에게 명령했다.

"보급 마차를 버리고 전군은 랜서 돌격 형태로 방추진을 이루어 후방의 기마대의 진을 양단하라! 4배의 숫자라고는 하지만 길게 반원진을 취하고 있다면 진의 두께는 얇을 것이 분명하다!"

"예!"

시크라의 명령이 떨어지자 길버트와 아론은 기사단에게 명령하여 빠른 속도로 방추형진을 형성해 적의 반원진의 중심을 향해 돌진하기 시작했다.

숫자가 많다고는 하지만 시크라의 기마기사단은 한 사람 한 사람이 왕국의 기사대 출신의 뛰어난 기사들인지라 같은 숫자의 신성제국 기마대와는 실력에서 한 수 위라고 할 수 있었다.

제1연합 기사단은 빠른 속도로 적의 반원진을 향해 돌진해 들어갔는데, 신성기사단은 그들이 가까이 오자 반원진의 좌우익 기마대를 움직여 방추형을 감싸 안는 듯한 포진을 만들었다.

시크라의 기사단에 비해 적의 경갑기병의 스피드가 빨라 방추형의 진은 순식간에 포위되고 말았기에 적을 양단하여 포위망을 뚫는 것은 불가능하게 보였다.

"전군! 일자 평행진으로 적의 좌익을 향해 랜서 돌격!"

그때 기회를 기다렸다는 듯이 시크라의 명령이 떨어졌고, 연합기사단은 랜서를 들어 감싸 안듯이 포위하고 있는 적의 좌익 기병을 향해 돌격해 들어갔다.

실력 면에서 한 수 위인 시크라의 기사대가 갑자기 방향을 선회하여 일자평행진으로 돌격해 들어오자 좌익의 기병대는 순식간에 아수라장이 되고 말았다.

전문적으로 랜서 기술을 익힌 기사대에 의해 순식간에 좌익의 신성 제국 기병대는 무너져 내렸고, 시크라의 기사대는 랜서를 던지고 적의 좌익을 뚫어 포위진에서 벗어날 수 있었다.

무너진 제국의 좌익에 의해 우익을 비롯한 중견의 기마대의 길은 완전히 막혀 버렸기에 경갑기병대의 빠른 기동력은 막혀 시크라의 기사대에 대한 추격이 끊겨져 버렸고, 시크라는 여유있게 후방으로 아군을 후퇴시킬 수 있었다.

어느 정도 적의 기병대의 추격에서 벗어나자 그는 부관인 길버트와 아론에게 피해 보고를 지시했다.

"아군의 피해는 130명 사망, 78명이 중경상을 입었습니다."

워낙 빠르게 움직인 작전이었기에 어쩔 수 없이 사망자가 부상자보다 많을 수밖에 없었는데도 불구하고 포위 섬멸을 피한 것으로 위안을 삼을 수밖에 없었다.

"지원 보병단의 위치는?"

"약 3시간 정도 후면 본 기사단과 조우하리라 생각됩니다."

"적은?"

"경갑기마대와 경갑창보병대는 본진으로 돌아간 듯합니다."

"이곳에서 지원 보병대를 기다린다. 척후를 내보내고 휴식을 취해라!"

"예."

간신히 전투를 끝낸 시크라는 피로감을 느끼며 말에서 내려 바위 위에 앉았고, 그의 뒤를 이어 두 명의 왕자가 투구를 집어 던지고는 그 옆에 털퍼덕 주저앉으며 말했다.

"아구~ 시크라님, 온몸이 뻐근해 죽겠습니다."

"쳇! 엄살은. 네 녀석들은 내 옆에서 아무것도 안 하고 있었으면서 뭐가 그렇게 힘들다는 거냐?"

"무슨 말씀이십니까? 저희들은 시크라님을 양쪽에서 보좌하고 있었습니다!"

"말은 잘하는군."

두 왕자의 말을 들으며 투덜거리던 시크라는 에고 소드를 뽑아 또다시 손질을 하기 시작했다.

"시크라님, 이제 그만 풀어주세요."

"아쭈, 또 반항하네?"

시크라는 에고 소드가 또 반항을 시작하자 한 대 때리려고 했는데, 이번엔 보통 때와는 조금 다른 표정을 취하는 에고 소드였다.

"제가 지휘관의 말을 안 듣는 건방진 기사일지는 모르겠지만, 동료들이 죽어가고 있는 이때에 아무것도 못한다는 것은 너무 억울합니다. 이 전쟁이 끝난 후 언제든 시크라님의 에고 소드가 될 테니 제발 저에게 싸울 기회를 주십시오!"

"음……."

의지가 서려 있는 로덴의 말에 시크라는 감동받았다. 동료를 위해 싸우고 싶은 기사의 참된 마음이 느껴졌기 때문이다.

두 눈에서 눈물을 흘리며 감동한 시크라는 로덴을 덥석 안더니 소리쳤다.

"에구, 우리 기특한 에고 소드!"

"으아~"

시크라는 좋은 에고 소드를 얻었다는 데에 감동의 눈물을 흘린 것이었으니, 대륙에 산재해 있는 거의 모든 에고 소드들이 조금 건방지다는 것을 감안한다면 부단장 에고 소드는 마음도 착한 에고라고 할 수 있었다.

한편 전장에 도착하기도 전에 각 영지에서 출발한 중재의 군대들이 괴이한 사태에 엄청난 피해를 입었다는 소식이 제국 황실에 전해지자 제국 대신들과 고위 귀족들의 긴급 회의가 열렸다.

"각 영지에서 출발한 중재의 군대는 한결같이 공격을 받았습니다. 그 공격을 설명하면 먼저 검은 안개와 같은 세뇌 병기가 병사들을 세뇌시켜 아군의 병사를 공격한 후, 그 와중에 상잔하며 죽은 병사들이 언데드가 되어 다시 아군을 공격하게 하는 방법으로 참으로 비열한 술수가 아닐 수 없습니다."

회의장에 모인 대신들은 이것이 마도제국의 술수라는 것을 어느 정도 짐작할 수 있었지만 도대체 이 마법에 대해선 알 수가 없었다.

"문제는 검은 안개의 세뇌 마법이라고 할 수 있습니다. 이 마법을 파괴하지 못하는 한 어떠한 전장에서도 승리를 점칠 수 없다고 생각합니다."

"음……."

군무부대신의 말에 회의장에 있는 사람들은 모두 고개를 끄덕이며 수긍했다. 만약 이 세뇌 마법이 대군이 모인 안트라드 평원에 펼쳐진다면 제국군은 적과 싸워보기도 전에 서로 간의 상잔으로 무너질 것은 불을 보듯 뻔했기 때문이다.

제국의 궁정 마법사 마테우스는 사라진 레그르토의 후임으로 임명된 7서클 익스퍼트의 마법사였다. 그는 전장에서 보내온 자료를 보며 고심해 보고 있었지만, 어떠한 마법의 서적에도 이러한 세뇌 병기에 대한 설명이 없었기에 새롭게 나타난 신마법이라고 설명할 수밖에 없었다.

"마테우스님, 이 세뇌 마법에 대해서 알아보셨습니까?"

군무부대신은 기대를 하며 마테우스에게 물었지만, 그는 고개를 저으며 말했다.

"황궁을 비롯하여 대륙 마법 길드에 사람을 보내어 세뇌 마법을 조사해 보게 하였지만, 지금까지 확실한 대답이 들어오고 있지 않습니다. 아무래도 신종 마법의 일종이 아닐까 생각됩니다."

"신종 마법이요?"

"예. 대륙에서 금지되어 있는 네크로멘서들의 흑마법의 일종이라는 것은 짐작할 수 있지만, 이미 네크로멘서에 대한 학술 서적은 거의 폐기되어 있는 상태인지라 조사가 쉽지 않아 네크로멘서들의 흑마법이 확실하다 해도 그 마법을 디스펠할 수 있는 기본 공식조차 알 수가 없는 것이지요."

"그런……."

그의 말에 제국의 대신들은 답답할 수밖에 없었는데, 마테우스는 한

가지 방법을 제시했다.

"하지만 대륙 마법 길드 외에 해결할 수 있는 단체가 없는 것은 아닙니다."

"이 흑마법을 해결할 수 있는 단체가 있다는 말씀입니까?"

"예. 확실하게 해결할 수 있다고 말은 할 수 없지만, 저희들 대륙 마법 길드보다 한 수 위의 단체가 있는 것은 사실이지요."

"칠인회를 말씀하시는 겁니까?"

그의 말에 한 대신이 칠인회를 언급했고 마테우스는 고개를 끄덕이며 말했다.

"예. 칠인회는 비밀 마법 조직이기 때문에 어느 정도 오성신의 교리에서 벗어난 마법 연구가 가능한 집단이지요. 그들이라면 네크로멘서의 흑마법에 대한 자료가 대륙 마법 길드보다 많을 것이라 생각합니다."

"하지만 칠인회를 확실히 신용하지는 못하지 않습니까?"

그렇다. 문제는 칠인회에 대한 제국의 신용도였다. 비밀리에 활동하고 있는 단체인만큼 그들과 연결되어 있는 줄이 없는 제국으로선 그들을 찾는 것에 앞서 과연 그들을 신용할 수 있는가가 문제였고, 이러한 세뇌 마법이 칠인회에서 나오지 않았다고 단정 짓는 것도 무리가 있었다.

신종 마법을 만들어내는 것은 단순히 뛰어난 마법사 한 명이 연구를 해서 만들어낼 수 있는 것이 아니었다. 수많은 마법사들이 고심을 통해 마법 공식을 연구하고, 상당한 시간 동안의 실험을 통해서만 나올 수 있는 것이었기에 그러한 힘을 지닌 칠인회가 의심이 가지 않는 것은 아니었다.

하지만 대륙 마법 길드의 소속원치곤 칠인회가 흑심을 품고 있다고 믿는 이는 아무도 없었다. 현재의 대륙을 주름잡고 있는 마법 길드가 대륙 마법 길드이기는 하지만, 실제로 칠인회가 마음만 먹는다면 대륙 최고의 마법길드로 서는 것은 어렵지 않다고 생각하는 마법사들이 대다수를 차지하고 있기 때문이다.

"대신 분들께서는 불사의 염원이란 단체를 아십니까?"

"불사의 염원이라면 대륙 전체에서 비인륜적인 마법 실험을 자행하던 단체가 아닙니까? 전설의 용병 블로드스톰에 의해 그 조직이 붕괴되었다는 단체라고 알고 있습니다."

그 말에 마테우스는 고개를 끄덕이고는 말했다.

"예. 분명 불사의 연원이란 단체는 블로드스톰에 의해 붕괴된 것은 사실이지만 그 이면에는 다른 단체의 협조가 있었습니다."

"설마… 칠인회가?"

"예. 일부 고위 마법사들밖에 모르는 사실입니다만 그들의 붕괴에 칠인회가 어느 정도 힘을 보탰다는 것은 부정할 수 없는 사실입니다. 솔직히 아무리 뛰어난 무인이라 할지라도 단체의 협조 없이 혼자서 어떻게 수백 년을 이어온 단체를 붕괴시킬 수 있었겠습니까?"

마테우스의 말에 대신들은 모두 고개를 끄덕였다. 블로드스톰이란 용병이 인간으로선 상상도 못할 엄청난 능력을 가졌다는 걸 알고는 있었지만, 그 혼자로서 대륙 곳곳에 산재해 있던 불사의 염원이란 단체를 붕괴시켰다는 것은 조금 무리가 있었기 때문이다.

"지금까지 나타나는 그들이 한 일을 보면 제국에 호의를 가졌다고는 볼 수 없지만, 그렇다고 나쁜 감정을 가지고 있는 것은 아닙니다. 마도 제국의 이 비열한 술수가 사악한 흑마법에 속해 있다는 것을 강조한다면 칠인회에 협조를 받아내는 것은 그리 어렵지 않다고 생각됩니다."

마테우스의 말에 모든 대신들은 고개를 끄덕였다.

"그렇다면 마테우스님께 모든 권한을 맡기도록 하겠습니다."

"최선을 다해 보도록 하겠습니다."

*   *   *

제국의 황실 회의에서 이런 결과가 나오고 있었을 때 칠인회에서도 세뇌 마법 때문에 큰 소란이 일고 있었다.

"라디안님! 큰일 났습니다!!"

칠인회 정보부 소속 리차드는 이번에 받은 정보를 보고 놀라서 라디안의 집무실을 박차고 들어왔다.

"뭐야?"

리차드가 갑자기 겁도 없이 자신의 방문을 박차고 들어오자 라디안은 얼굴을 일그러뜨렸다. 그에 잽싸게 양피지를 건네주며 자신의 죄를 무마한 리차드가 화급하게 소리쳤다.

"도, 도난당한 헤른드님의 연구서가 나타났습니다!"

"뭐야?"

자료실에서 도난당한 스승의 연구가 나타났다는 말에 라디안은 급히 그가 건네준 양피지를 받아 들었다. 양피지에는 제국에서 파견된 중재의 군대에 대한 사항이 적혀 있었는데, 거기에 제국에 상당한 피해를 입힌 마법 중에 검은 안개의 세뇌 마법에 대한 것이 적혀 있었다.

"이런……."

헤른드 라비에타가 컴플레이티니스 언데드를 다시 인간으로 돌리기 위해 실험을 하는 도중 나타난 현상이 있었는데, 그것이 바로 어둠의 기운에 의한 세뇌였다.

정신 마법 계열의 공식과 함께 어둠의 기운을 형상화시켰을 때 나오는 현상으로, 이 형상화된 어둠의 기운에 썬 인간은 일종의 정신 세뇌가 일어나게 된다.

만약 이 기운이 군대를 상대로 행하여진다면 살심이 증가하게 되고 시술자의 명령에 의해 목숨조차 아끼지 않고 상대를 공격하게 되는 것이다.

보통 인간의 신체를 가지고 있기에 그들을 쓰러뜨리는 것은 문제가 되지 않지만, 적을 아군으로 만들 수 있다는 그 하나만으로도 상당한 병기가 된다고 할 수 있었다.

또 이 마법을 행하게 되면 어둠의 기운이 그들을 보호하는 어둠의 장막을 형성하게 된다.

이 어둠의 장막으로 인해 신성에 대한 저항력이 높아져서 보통의 신성력으론 이들의 상태를 벗어나게 할 수 없었기에 치료 또한 어렵다고 할 수 있었다.

"도대체 이게 무슨 일이란 말인가."

칠인회의 대다수 인원을 투입해도 찾지 못했던 것이 총회주가 전쟁을 일으킴과 동시에 그의 편에서 나타나자 라디안은 황당하지 않을 수 없었다.

분명 신성제국의 군대에게 나타났다면 루드웨어 측에 그 자료를 훔친 조직이 존재한다는 뜻이기 때문이다.

"리차드."

"예."

"급히 루드웨어님에게 통신을 연결해라!"

라디안의 명령을 받은 리차드는 급히 대답을 한 후 집무실을 나갔고, 라디안은 자리에 앉아 곰곰이 생각에 잠겼다.

'만약 루드웨어님마저 모르는 일이라면 무엇인가 엄청난 조직이 이 전쟁을 이용하여 일을 꾸미고 있다고밖에 생각할 수 없다.'

정보의 중요성을 대륙에서 가장 먼저 깨달아 가장 방대한 정보망을 구축하고 있는 칠인회의 눈에도 띄지 않는 단체라면 결코 간단하게 해결할 수 있는 존재들이 아니었다.

"2회주님, 3번 마법 구슬로 총회주님을 연결했습니다."

"알았다."

비서실에서 루드웨어와 통신 구슬이 연결됐다는 말이 들리자 라디안은 3번 구슬에 가볍게 손을 갖다 댔고, 그 순간 푸른 빛이 어른거리면서 한 사람의 얼굴이 드러났다. 루드웨어였다.

"도대체 무슨 일이냐? 요즘에 조금 바쁘니 웬만하면 연락하지 말라고 그랬잖아."

루드웨어는 통신 구슬로 라디안의 얼굴을 보자마자 귀찮다는 듯이 투덜거렸는데, 이미 익숙해질 대로 익숙해진 라디안인지라 상관하지 않고 자신의 말을 했다.

"총회주님, 근래에 총회주님 근처에 비밀 단체가 하나 접근해 오지 않았습니까?"

"얼래? 그건 어떻게 알았냐?"

루드웨어는 갑작스런 라디안의 질문에 크게 놀란 얼굴로 되물었다.

"총회주님이라면 어떤 녀석들이라는 것을 알고 계시겠죠?"

"응. 아무래도 네크로멘서 계통의 녀석들 같던데?"

"네크로멘서라면 오성신의 규율에 어긋나는 자들이라 대륙에서 사라지지 않았습니까?"

"무슨 소리. 녀석들도 마법의 한 계통이라고. 어쩌면 그 중독성은 보통의 마법보다 더하면 더한 것이 네크로멘서인데 그들이 쉽게 사라질 거라고 생각했나?"

루드웨어의 말에 라디안도 고개를 끄덕일 수밖에 없었다.

원소계의 마법을 배우는 것도 어느 정도 흥미를 가지게 하지만, 어둠의 계통의 흑마법은 그 연구가 제대로 이루어지지 않은 것이기 때문에 끝없이 진리를 탐구하는 마법사들에겐 흑마법이 더 구미가 당길 수밖에 없는 것이다.

칠인회 내에서도 네크로멘서 계열의 마법을 연구하는 자가 적지 않았다. 또한 사장된 마법을 발견한다는 것은 마법사로서는 상당한 즐거움이었기에 요즘은 네크로멘서 계열의 흑마법을 연구하는 자의 숫자가 크게 늘어나고 있는 추세였다.

"그런데 그런 녀석들이 나타났다고 해서 네 녀석이 나에게 연락을 할 리는 없고… 도대체 무슨 일인데?"

"총회주님, 아무래도 그 네크로멘서들이 헤른드님의 연구 자료를 훔쳐 갔던 것 같습니다."

"뭐? 헤른드의 연구 자료라면 어둠의 기운을 이용한 세뇌 안개?"

"예. 제국의 각 영지에서 평원으로 향하는 중재의 군대 반 이상이 그 세뇌 안개와 언데드로 인해 상당한 피해를 입었다고 합니다."

"음……."

그 말에 루드웨어는 잠시 생각에 잠기는 듯하다가 라디안을 보며 말했다.

"근래에 그들 조직의 수장인 맨피드란 자가 중재의 군대가 평원에 도착하기 전에 그 군대를 반으로 줄여준다고 해서 허락을 한 적이 있었는데, 아무래도 세뇌의 안개를 쓴 것 같군."

"설마 그들의 힘을 받아들였다는 것입니까?"

라디안은 루드웨어가 하는 말에 놀라지 않을 수 없었다. 루드웨어가 맨피드란 자가 네크로멘서의 일원이라는 것을 알면서도 그 힘을 받아들였기 때문이다.

"도대체 회주는 생각이 있으십니까? 네크로멘서들은 오성신 전체가 금지하고 있는 자들인데 그들의 힘을 받아들이다니요!"

"별수없잖아. 그냥 싸우다간 중재의 군대를 당할 힘이 없는 걸 어떻게 하라고!"

"그런 녀석들의 힘으로 전쟁에 승리한다고 해도 다음에는 제국이 아닌 오성신의 신성 군대를 상대할 수도 있는 일이라는 것을 왜 모르십니까!"

"뭐, 그거야 대충 처리하면 되겠지 했지."

"윽!"

라디안은 루드웨어의 대책없는 말에 할 말을 잃고 말았다.

"에잇! 전 이제 모릅니다! 어차피 녀석들이 헤른드님의 연구 자료를 악용한 이상 가만히 내버려 둘 수 없으니 신성제국에 칠인회 마법병단을 지원하겠습니다!"

"어이, 라디안! 그건 또 무슨 말이야!"

"처음부터 이 전쟁에는 참여하지 않겠다는 말씀은 드렸습니다. 하지만 네크로멘서 녀석들이 신성제국이 아닌 우리 칠인회를 도발했기 때문에 가만히 내버려 둘 수가 없군요. 총회주님, 부디 몸조심하시기를 바랍니다."

"야! 네 녀석이 어떻게 이럴 수 있는 거야!"

"어떻게라니요? 이제 총회주님 뒷바라지 해드리는 것도 질렸습니다!"

"젠장! 넌 해고다, 이 자식아!"

라디안이 막 나가자 루드웨어는 통신 구슬을 부여잡고 뻔뻔하게 얼굴을 돌리고 있는 라디안을 보며 소리쳤는데, 해고라는 말을 듣던 라디안은 오히려 미소를 지으면서 말했다.

"해고요? 좋습니다. 하지만 저와 함께 루드웨어님도 총회주의 자리를 떠나야 한다는 것을 잊지 말아주십시오."

"뭔 개소리냐, 그건!"

"칠인회의 탄핵소추권을 발동하여 일곱 회주 중 다섯 명이 찬성하면 총회주님을 쫓아낼 수 있다는 거죠. 뭐, 일만 저지르는 총회주보다야 제가 다른 회주들에게 지지율은 높으니까 충분히 가능한 일이겠지요."

"젠장!"

라디안은 의미심장한 미소를 지었고 그에 반해 루드웨어의 얼굴은 심하게 일그러지고 말았는데, 천천히 통신 구슬로 고개를 돌린 라디안은 그를 보며 손가락을 하나 들어 보이며 말했다.

"뭐, 칠인회에서 마법병단을 신성제국에 보내지 않는 방법이 없는 것은 아닙니다."

"엉? 어이, 라디안~ 우리 화 풀고 조용히 이야기하자고~ 응?"

라디안의 말에 루드웨어는 비굴한 표정으로 손을 비비며 말했다. 만약 칠인회에서 신성제국에게 마법병단을 보내면 네크로멘서의 활약으로 그나마 우위를 보이던 전쟁 상황이 또다시 뒤집어질 수도 있기 때문이다.

"네크로멘서 조직의 수뇌부를 잡아 칠인회로 보내주십시오."

"응?"

"다시 한 번 말씀드리지요. 네크로맨서 조직의 수뇌부를 잡아 칠인 회로 보내주십시오!"

"무슨 소리야! 칠인회 정보망에도 걸리지 않는 그들을 내가 어떻게 잡아 네 녀석에게 보낸다는 거야?"

루드웨어는 라디안의 말에 할 수 없다는 표정을 지으며 소리치고 있었지만, 라디안은 단호했다.

"무슨 소리입니까? 그들이 총회주님에게 접근한 것만으로도 그들의 수뇌부를 알아낼 수 있는 좋은 기회가 생긴 것이 아닙니까?"

"하지만… 녀석들은 나에게도 정확한 정체를 알려주지 않고 있단 말이야."

"바로 그것을 알아내는 것이 총회주님의 일인 겁니다. 그럼 한 달 후에 다시 뵙기로 하겠습니다. 만약 그때까지 제대로 된 정보나 그들을 잡아오지 못한다면 바로 신성제국으로 마법병단을 보내겠습니다. 그럼."

"야……!"

라디안의 말에 루드웨어는 뭐라고 말을 하려고 했지만, 그는 들어보지도 않고 통신 구슬을 끊어버리고는 의자에 몸을 기댔다.

"루드웨어님이라면 어느 정도 일은 처리해 주시겠지만… 음, 역시 불안한 것은 어쩔 수 없군."

강제로 맡겼다고는 해도 분명 루드웨어라면 투덜거리면서도 이 일을 할 것이다. 그것을 알고는 있지만 역시 불안감을 느낀 라디안은 또다른 한 사람을 루드웨어의 곁으로 보낼 생각을 했다.

적진을 한번 휘젓고 잠시 휴식 시간을 가진 시크라는 드디어 지원군 1만 보병을 만나 그 힘을 합칠 수 있었다.

시크라를 지원하러 온 갈리도 왕국의 아트리만 남작은 지원 보병 1만을 이끌고 있다고는 하지만 보병단의 단장보다 기사단의 단장이 한 끗발 높은 관계로 시크라가 대장을 맡게 되었다.

시크라는 적이 아직 1만의 지원군이 도착했다는 걸 알지 못한다는 것을 생각하며 복병전을 계획했다.

안트라드 평원의 서부 숲에 약 2천의 병사를 배치한 시크라는 나머지 8천의 병력을 다시 서부 숲의 남쪽에 진두시켜 놓은 후 제1기사단을 이끌고 적의 진지를 향해 말을 몰아갔다.

안트라드 평원에서 진을 치고 있던 신성제국의 군대는 진을 한번 휘젓고 사라졌던 마도제국의 기사들이 나타나자 다시 소란스러워지긴 했지만, 이전과 같은 일은 없을 것이라 생각했다.

상대가 실력이 뛰어난 기사들로 이루어진 기마대이기는 하지만 천 명 정도의 숫자에 지나지 않았기에 오천의 기마대가 돌아온 지금이라면 충분히 그들을 상대할 수 있었기 때문이다.

신성제국 3만 군의 책임자인 도리에프 백작은 샐리스 남작에게 다시 오천의 기마대로 하여금 적 기사대를 향해 공격을 지시했고, 샐리스 남작은 즉시 오천의 경갑기병대를 이끌고 시크리가 인솔하는 기사대를 향해 말을 몰아가기 시작했다.

전의 전투에서 샐리스 남작은 반원진을 취함으로써 진의 두께가 얇아 적에게 당했다는 생각을 하며 이번에는 오천의 기병대에게 일자형의 진으로 돌격을 지시하면서 진의 두께를 두껍게 했다.

오천의 기병대가 두껍게 일자형의 진으로 돌격해 오자 전과 같은 방추형 랜서 돌격은 불가능하다는 것을 생각하며 길버트는 무어라 말하려고 했는데, 시크라가 에고 소드를 들어 올리면서 소리쳤다.

"전군! 후퇴!"

"우와악!"

갑작스러운 후퇴의 명령을 들은 기사대는 모두 기수를 돌려 뒤로 잽싸게 내빼기 시작했고, 적이 자신들의 모습을 보며 후퇴를 하자 샐리스 남작은 전속력으로 적을 추격하라 명령했다.

일단 적의 경갑기병대는 시크라의 기사대에 비해 스피드가 빠르기 때문에 후미의 기사들이 적에게 공격받는 것은 시간문제였는데, 한참 말을 몰아가던 시크라가 갑자기 기수를 돌리더니 에고 소드를 뱅뱅 돌리며 적을 향해 소리쳤다.

"본장은 연합 제1기사단의 단장 시크라다! 신성제국의 악도들아! 각오해라!!"

다른 기사들은 모두 도망가기 바쁜데 갑자기 어떤 미친놈이 갑옷 입은 사람을 검처럼 휘두르며 기수를 돌려 자신들을 향해 돌진해 오자, 샐리스 남작을 비롯한 기병대는 어안이 벙벙할 수밖에 없었다.

"끄아악!"

시크라의 손에 잡힌 채 검을 돌리는 식으로 돌려지고 있는 로덴이 비명을 지르기 시작했다. 한데 이미 시크라의 인첸터에 의해 마법이 걸려 있는 그가 비명을 지르자 갑옷에 걸려 있는 이블 사운드에 의해 그의 비명은 악마의 괴성과도 같이 퍼지기 시작해 뒤를 쫓고 있던 기병대의 간담을 써늘하게 했다.

"우랏차!"

그사이에 적의 기병대의 진에 뛰어든 시크라는 맨 앞에 있는 기사를 향해 에고 소드를 휘둘렀는데, 강철의 투구 양 옆에 날개를 붙여 칼처럼 만든 부단장 에고 소드는 투구의 날개로 상대의 목을 땅에 떨어뜨렸다.

"속지 마라! 저건 인간이 아니라 검이다!"

갑자기 인간을 휘두르며 달려드는 미친놈을 보며 기병대는 당황하지 않을 수 없었다. 샐리스 남작은 당황하는 기병대를 진정시키며 공격을 지시했고, 그제야 정신을 차린 기병대는 검을 뽑아 시크라를 향해 공격해 들어왔다.

하지만 미친(?) 기사 시크라의 검술은 엄청났기에 기병들은 속수무책으로 부단장 에고 소드의 밥이 되어 땅으로 떨어졌고, 다시 도망칠 기회를 만든 시크라는 기수를 돌려 잽싸게 적의 진을 빠져나갔다.

"공격!"

미친 기사에게 오천의 기병대가 우롱당했다고 생각한 샐리스 남작은 노기가 솟구쳐 올라 전 기병대에게 추격을 지시했다. 또다시 추격전이 시작되었다.

한참을 그렇게 추격전을 벌이던 샐리스 남작은 무엇인가 이상하다는 것을 느끼며 기병대의 진군을 멈추게 하려고 했다. 그 순간 다시 미친 기사가 기수를 돌려서는 자신들을 향해 말을 몰아왔고, 그것을 보며 이번에는 녀석을 완전히 없애 버리겠다고 생각한 남작은 그 이상한 에고 소드의 울림에 동요하지 않게 병사들을 향해 소리쳤다.

"검의 울림 소리에 현혹되지 말고 공격하라!!"

"우아!"

미치기는 했지만 굉장한 검술의 소유자인 그 기사에 의해 또다시 많은 기병들이 쓰러졌다. 하지만 이번에는 전과 달리 녀석의 몸에도 상처를 입힐 수 있었다.

"끄아악!"

기병대 중 한 명이 시크라가 타고 있는 말의 목에 검을 박았고, 그 순간 시크라는 외마디 비명 소리를 내며 말과 함께 땅으로 쓰러졌다.

다행히 땅에 떨어지면서 몸의 중심을 잡아 넘어지는 것은 면할 수는 있었지만, 말이 죽었기에 그로선 도망갈 방법이 없었다.

"저 미친 녀석의 목을 베라!"

샐리스 남작의 독려에 많은 기병들이 시크라를 향해 검을 휘둘렀다.

하지만 말이란 것이 워낙 공간을 많이 차지하고 있기 때문에 그에게 접근하는 것조차 말을 잘 다루지 못하면 다른 동료들에게 밀려 제대로 공격조차 못하고 있었기에 시크라로선 어느 정도 버틸 수 있었다.

"단장을 구하라!"

그때 시크라를 공격하고 있던 기병대의 한편에서 큰 소리와 함께 일단의 기사단을 돌입했는데, 그들은 바로 제1연합 기사단의 기마대였다.

단장이 적군들에게 포위되자 약 50명의 기사들이 급히 말을 몰아 단장을 구하기 위해 돌진해 왔다. 시크라에게 정신이 팔려 있던 기병대는 기사들의 돌입에 대응하지 못하며 베어지기 시작했다.

"뭐 하는 거냐! 적은 50명 정도밖에 안 된다!"

하지만 중장갑을 한 기사들의 돌격력은 상당했기에 기병대는 적에게 완전히 뚫려 버렸고, 시크라는 피가 흐르는 왼팔을 부여잡은 채 적의 말을 빼앗아 탄 후 구출하기 위해 달려온 50명의 기사들과 함께 재빨리 도망치기 시작했다.

"저 녀석의 목을 반드시 베고 말리라!"

어이없는 전투가 계속되자 샐리스 남작은 광분하며 시크라를 향해 말을 몰았고, 그의 뒤를 따라 오천의 기병대 역시 그들을 쫓기 시작했다.

"단장의 부상이 심하다! 숲으로 도망치자!"

도망치던 녀석들의 뒤를 쫓던 샐리스 남작은 녀석들이 미친 기사의 상처가 심하다는 것을 알고는 멀리 보이는 숲을 향해 말을 몰아 도망을 가자 앞뒤 생각하지 않고 계속 말을 몰아 쫓아갔다.

숲은 나무들 때문에 기마병이 움직이기에는 불편하다고 할 수 있었다. 샐리스 남작은 광분하여 녀석들을 따라 숲까지 들어오기는 했지만 무성한 나무의 나뭇가지 때문에 움직임이 불편해지자 이를 갈면서도 포기할 수밖에 없었다. 그런데 그때 사방에서 큰 소리를 지르며 창을 들고 있는 경갑창보병들이 기마대를 향해 공격해 오는 것을 볼 수 있었다.

"젠장! 복병이다! 전 기마대는 숲 밖으로 후퇴하라!"

이런 움직임이 불편한 숲에서 경갑창보병을 상대로 기마병이 싸우는 것이 불리하다는 것을 알고 있는 샐리스 남작은 기병대에게 후퇴를 지시하며 숲 밖을 향해 말을 몰아갔다.

하지만 숲을 벗어나기도 전에 갑자기 함성 소리가 울리며 그들이 들어왔던 숲의 입구를 통해 엄청난 수의 보병들이 밀려와 후퇴하고 있던 기마병을 공격하기 시작했고, 후방의 숲의 안쪽에는 도망쳐 갔던 기사대가 철퇴를 들고는 기병들을 향해 돌격, 기병들을 공격하기 시작했다.

사방에서 보병들과 기사대가 철퇴를 들고 공격해 들어오자 샐리스 남작은 하늘이 무너지는 듯한 충격을 받았다.

그때 기병대를 향해 밀려오고 있던 적의 기사대에서 또다시 사람같이 생긴 검을 휘두르며 공격해 들어오는 미친 기사를 보게 되었고, 그 순간 샐리스 남작의 머리는 열이 올라 더 이상 참을 수가 없었다.

모든 것이 저 미친 기사 때문이라고 생각한 샐리스 남작은 앞뒤도 가리지 않고 시크라를 향해 전속으로 말을 몰아갔다.

하지만 그는 흥분 상태에서 시크라에게 닿기도 전에 앞에 있던 나뭇가지를 보지 못해 머리에 나뭇가지를 부딪히면서 뒤로 자빠져 버린 샐리스 남작은 목이 꺾이면서 그 자리에서 절명하고 말았으니, 애초부터 상상을 불허하는 허무맹랑한 정신 구조를 가지고 있는 시크라에게 정상적인 샐리스는 상대가 되지 않는 싸움이었던 것이다.

시크라를 상대하기 위해선 그에 버금가는 정신 구조를 가진 사람이 필요한 것이다.

평원의 서부 숲에서 복병으로 적의 기마대를 완전히 괴멸시킨 시크라는 의기양양해하며 군을 통솔하여 적진을 향해 진군하기 시작했다.

간신히 숲에서 빠져나온 백여 명의 기병대에게 샐리스 남작의 죽음과 함께 적에게 오천의 기병대가 괴멸당했다는 소식을 들은 도리에프 백작은 황당하기 그지없었다.

시크라를 생각하는 도리에프 백작으로선 분통이 터질 수밖에 없었다.

뭐, 이렇게 결과가 나온 것을 보면 시크라의 연기력에 박수를 쳐주어야 하는 것이지만 도리에프 백작으로선 분통이 터질 수밖에 없었다.

이런 보고가 있은 지 얼마 후 어느새 마도제국의 연합군 1만은 평원에 진을 치고는 신성제국군과 대치에 들어갔다.

아직도 신성제국군이 연합군의 두 배 이상의 숫자였기에 이번에도 자신의 지략으로 적을 없애 버리겠다는 생각을 한 도리에프 백작이었다.

그들이 쉴 시간을 주지 않고 밀어붙이기로 결심한 그는 중갑보병을 정방진을 이루어 선두로 세우곤 천천히 군을 앞으로 진격시키기 시작했다.

기사단이 있다고는 하지만 격전으로 이제 천기도 되지 않았고 보병들 역시 거의 대부분이 경갑보병이었기에 연합군으로선 적의 중갑보병과 맞서 싸운다는 것은 패배를 향해 진격한다는 것밖에 되지 않았다. 때문에 적과의 접전을 꺼릴 수밖에 없었는데, 이미 시크라는 생각해 둔 것이 있었다.

적이 타워 실드를 앞에 세운 정방진이라는 것을 알고 있던 시크라는 쉬고 있는 동안 준비해 둔 것을 시작했다.

"통나무 돌격대 준비!"

그의 명령이 떨어지자 기사들이 준비해 둔 작전을 실행하기 시작했다.

"돌격!"

시크라의 명령이 떨어지자 그의 기사단은 진격해 오는 적의 중갑기사단의 정방진을 향해 돌격해 들어갔다. 도리에프 백작은 적 기사대의 돌격을 보며 놀라지 않을 수 없었다.

"아뿔싸!"

이미 적은 자신들의 정방진에 대한 해결책을 준비해 두고 있었던 것이다. 정방진을 향해 달려오던 기사들은 모두 6인 1조를 이루어 3기씩 옆으로 서 가운데 숲에서 베어낸 나무를 밧줄로 연결하여 돌격해 들어오고 있었던 것이다.

정방진은 백병의 보병들이 타워실드로 모든 면을 방어하며 진군하는 형태인지라 대보병이나 기마를 상대로는 상당한 힘을 내는 진세였다. 하지만 그것이 흐트러지면 군열이 무너져 혼란스럽게 변하고 만다.

시크라는 6인의 기사들로 하여금 50센티미터 정도의 통나무를 끌고 가 적의 정방진의 정면에 충돌시키는 방법을 사용한 것이다.

이 방법은 주로 공성전에서 성문을 파괴할 때 쓰는 방법이었는데, 시크라는 정방진을 상대하기 위해 재빨리 그 방법을 생각하여 지시한 것이다.

수십 개 조의 기마대가 적의 정방진을 향해 통나무를 끌고 가 밀어붙였고, 엄청난 무게의 통나무 공격에 전면에서 진군하고 있던 정방진은 무너지기 시작했다.

"진격!"

적의 정방진이 무너지자 때를 기다리고 있던 아트리만 남작은 대기하고 있던 보병들에게 진군을 지시했다. 우렁찬 함성 소리와 함께 연합군은 진격을 시작했다.

"반격하라!"

도리에프 백작은 병사들을 향해 반격을 지시했지만 정방진이 무너지면서 이미 수습할 수 없을 정도로 군열이 무너져 있는 중갑보병들은 제대로 명령을 수행할 수 없었고, 그 틈을 타 연합의 보병들은 중갑병들을 도륙하기 시작했다.

통나무 돌격이 끝난 기사대는 군열을 가다듬고 있는 보병진에 난입하여 철퇴를 휘두르며 적이 정신을 차리지 못하게 만들었기에 도리에프 백작으로선 중갑보병에게 후퇴를 지시할 수밖에 없었다.

하지만 중갑주를 걸치고 있는 중갑보병은 그 움직임이 느릴 수밖에 없어 경갑을 입은 연합의 병사들에게 쫓기며 도륙당했다.

"궁병대는 전장을 향해 활을 난사하라!"

도리에프 백작의 명령이 떨어지자 후방에 있던 궁병들이 전장을 향해 활을 난사하기 시작했다. 그의 지시는 상당한 효과를 보았다.

중갑을 입은 신성제국의 병사들보다 경갑의 연합군 보병들이 화살 공격엔 취약했기 때문이다. 화살 공격에 무너지는 병사들을 보며 아트리만 남작은 전군에게 후퇴를 지시했고, 그제야 전투는 끝날 수 있었다.

연합군은 적의 화살 공격에 피해를 입었다고는 하지만 적의 주력인 중갑병을 상대로 큰 승리를 거두었다는 것에 사기가 높을 수밖에 없었

고, 이에 반해 신성제국군은 주력인 중갑병이 대패를 당하자 많은 수에
도 불구하고 사기가 떨어질 수밖에 없었다.

이 전투로 신성제국군의 중갑병 1만 중 4천에 가까운 병사들이 진사
하고 대부분이 부상을 입는 결과가 나온 것이다. 이에 반해 연합군의
보병은 1,200명이 전사하고 2천 정도의 병사들이 중경상을 입은 결과
가 나왔기에 대승을 거두었다 할 수 있었다.

이 싸움으로 인해 작전을 지휘했던 시크라의 인기도 엄청나게 상승
하여 순식간에 괴짜에서 스타로 발돋움했다.

스타라는 것은 눈 깜짝할 사이에 만들어지는 진리가 나온 싸움이라
할 수 있었다.

37장 에고 소드에 당한 시크라

　루드니아가 이끄는 중군과 그리드 왕자의 후군, 스베안 황태자의 좌군 등 모두 10만의 병사들이 황성에서 출발하여 안트라드 평원으로 움직이기 시작했지만, 현재 들어온 전세는 결코 좋은 것이 아니었다.

　의문의 집단으로부터 각 영지에서 출발해 합류하기로 한 군대들이 상당한 피해를 보았고, 현재 안트라드 평원에 제일 먼저 도착한 도리에프 백작의 경우에는 적의 공격에 상당한 피해를 입었다는 보고가 들어와 있기 때문이다.

　임시로 만들어진 지휘관들의 회의 마차에선 중재의 군대의 여러 지휘관들이 현재의 상황에 대해서 의견을 나누고 있었다.

　"대략 추정해 본 결과 약 12만의 병력이 의문의 집단의 공격으로 전투 불능에 빠져 있기 때문에 실질적인 중재의 군대 총병력은 22만으로 그 수가 줄어 있는 상태입니다. 이런 상태에서 만약 안트라드 평원을 적군에게 내주게 되면 제일 먼저 공격을 받게 될 곳은 오트 남작의 영지인데, 오트 남작의 성은 천혜의 요지이긴 하지만 그 병사 수가 1만이 넘지 않기 때문에 적의 대군에게 성을 빼앗기는 것은 시간문제입니다. 오트 남작의 성이 그들의 손에 들어가면 안트라드 평원으로부터 오트 남작의 성, 그리고 중소 국가로 이어지는 전략적인 방어선이 구성되기 때문에 저희로선 불리한 위치에서 전쟁을 할 수밖에 없게 되지요."

그리드 왕자의 설명에 좌중에 있던 사람들은 고개를 끄덕였다. 루드니아는 한참 그의 실명을 듣고 있다가 말했다.

"그렇다면 우리 군의 최우선은 안트라드 평원을 지키는 것이겠군요."

"예, 그렇습니다. 안트라드 평원을 지킬 수만 있다면 적의 침공로를 막으며, 뒤로는 오트 남작으로부터 지원을 받을 수 있기 때문에 현재의 상태를 공세로 바꿀 수 있습니다."

그 말에 알겠다는 듯이 고개를 끄덕인 루드니아는 자리에서 일어나더니 좌중을 보며 말했다.

"지금의 진군 속도로는 제시간에 군이 도착하기는 불가능하다고 할 수 있습니다."

그렇게 말한 루드니아는 지도의 한 부분을 지휘봉으로 가리키고는 말했다.

"아시다시피 이곳이 현재 우리 군의 위치예요. 제국은 어느 곳에서도 황성으로 향하는 대로가 있기 때문에 우린 그 길을 따라가지만, 대로가 있지 않은 방향으로 간다면 어느 정도 시간을 단축할 수 있으리라 봅니다."

그녀가 그런 말을 하며 가리킨 곳은 바로 대로를 크게 우회하게 만드는 오마르 산이었다. 지휘관들은 그녀의 말에 고개를 저으며 말했다.

"불가능합니다. 오마르 산을 넘으면 좋기야 하겠지만, 우리 군 전체가 빠져나가기에는 길이 너무 협소합니다."

"물론입니다."

"그럼 왜?"

"전군이 갈 필요는 없지 않습니까? 필요 인원만이 이 산을 넘도록 하겠습니다."

"별동대를 조직해 먼저 보낼 생각이십니까?"

"예."

그 말에 좌중에 있던 지휘관들은 일리가 있는 의견이었기에 고개를 끄덕이며 수긍했다.

"그렇다면 별동대를 누구에게 맡기실 생각입니까?"

스베안 황태자였다. 그녀가 싫기는 했지만 이런 중요한 시점에서 그녀가 싫다고 딴지를 걸 만큼 황태자가 바보는 아니었기에 조용히 자신의 의문점을 물어보고 있는 것이다.

"제가 직접 갑니다."

"무슨……!"

그녀의 말에 마차 안의 지휘관들은 모두 놀라는 표정을 지었다. 현재의 전황에서 별동대가 중요한 것은 사실이지만, 그 지휘를 총사령관이 한다는 것은 조금 무리가 있는 일이기 때문이다.

"군의 총사령관이 별동대로 움직인다니, 그게 말이나 되는 일입니까?"

베르도 남작은 그녀의 말에 반대를 했고 다른 사람들 역시 고개를 끄덕였지만 루드니아는 달랐다. 조용히 미소 지으며 그녀는 그를 보며 말했다.

"어차피 여러분들이 저의 지시를 따라주지 않으니 중재의 군대를 통솔할 수 있는 능력이 없습니다. 베르도 남작 역시 그것을 잘 알고 있지 않습니까?"

너무나 직접적인 말에 베르도 남작은 조금 당황할 수밖에 없었다.

"무슨 말을 하시는 겁니까?"

"임시 총사령관은 스베안 황태자께서 맡으시게 될 것입니다. 전 별동대를 이끌고 안트라드 평원에 먼저 도착하여 적을 압박하면서 바로 중소 국가의 영으로 진입할 생각입니다. 적은 설마 별동대가 본대를 기다리지 않고 중소 국가로 진군할 것은 생각지도 못할 것입니다."

"음… 그렇다면 본군으로 별동대의 후방에 밀어닥칠 마도제국의 본대를 견제하실 생각입니까?"

"예."

어느 정도 일리가 있는 의견이었고, 또한 자신이 밀고 있는 스베안 황태자가 임시기는 하지만 본군을 이끌게 되기 때문에 베르도 남작으로선 반대할 수가 없었다.

"그럼 루드니아님께서 별동대를 지휘하시는 것으로 결정을 보지요."

"예."

이렇게 해서 루드니아는 귀찮은 총사령관 직을 떨치고 별동대를 조직하여 오마르 산을 넘게 되었다.

루드니아가 이끄는 별동대의 총인원은 약 5만 명. 지휘관인 루드니아를 보좌하는 장군으로 준호의 일행들과 함께 후군의 사령관인 그리드 왕자의 일행인 차원도사 천우가 마법사 보좌관으로 그녀를 따라가게 되었다.

일단은 귀찮아서 내버린 총사령관 직이었지만 그녀의 선택으로 인해 중재의 군대는 각 세력 간에 불화가 어느 정도 사라지는 결과를 맞이하게 되었고, 그와 함께 의문의 집단으로부터 많은 수가 줄어든 중재의 군대에 새로운 돌파구를 맞이할 수 있는 기회를 만들었다고 할 수 있었다.

이런 것을 보면 과연 루드니아가 철없던 그녀가 맞는지 의심이 갈 지경이었는데, 이런 모드가 오래가지 않을 것이라 짐작한 준호 일행들이 그녀의 뒤를 따른 것이고, 차원도사의 경우에는 그리드 왕자의 부탁으로 사악한 마도사 루드웨어의 손에 잡힌 요정 아르키아네스의 구출을 부탁받아 그녀를 따르고 있는 것이다.

한편 본군의 사정이 이렇게 변해 있을 때 안트라드 평원에선 도리에프 백작이 시크라를 상대로 고전을 면치 못하고 있었다.

서로 비슷한 병과에 위치한 두 군대가 싸울 때 유리한 쪽은 얼마나 많은 병력을 지니고 있는가와 훈련을 제대로 받았는가도 있지만, 군의 사기도 많은 것을 차지하고 있었다.

아무리 병력이 많고 훈련을 잘 받았다고 해도 군의 사기가 저하되면 승리를 점치기 어려운 것이 전쟁터인 것이다.

이런 면에서 볼 때 병력이 많고 훈련을 잘 받은 쪽은 신성제국 측의 도리에프 백작의 군대였지만 사기와 허황됨에서는 시크라의 군대가 한 수 위였다.

시크라는 군의 선두에 서서 자신의 부단장 에고 소드를 하늘 높이

쳐들고는 마도제국의 군대를 보며 외쳤다.

"보라! 하늘의 뜻이 우리와 함께하고 있으니 우리들의 조국을 수백 년의 시산 동안 압성을 해온 로아냐드에게 우리의 힘을 보여주자!"

그 외침과 함께 부단장 에고 소드에 마나를 주입하자 하늘의 대기가 갑자기 이상하게 변하더니 짙은 먹구름이 신성제국의 군대로 밀려가 우박을 떨어뜨리기 시작했다.

"우악!"

갑작스러운 우박에 신성제국의 진은 난리가 나 우박을 피하고자 사람들이 아우성거렸다.

이러한 우박은 시크라의 컨트롤 웨더에 의한 것이었다. 고서클의 마도사가 있다면 바로 알아챌 수 있었겠지만 지금의 상황으로썬 하늘이 시크라의 군대를 돕는다는 것으로밖에 생각할 수 없는 일이었다.

작은 곳에 한해서 우박이 떨어지는 것은 모르지만 이렇게 대군을 상대로 우박을 떨어뜨릴 수 있는 것은 고서클의 마도사만이 가능하기 때문이다.

다만 도리에프 백작은 마법의 힘이란 것을 어느 정도 알아채고 그것이 시크라가 들고 있는 마법검에서 이루어진 것이라 생각했다.

그 정도의 마법검은 대륙의 4대 마법검이나 가능한 일이기 때문에 시크라의 마법검이 굉장한 검이라고 생각할 수밖에 없는 도리에프였다.

그런 그에게 한 기사가 찾아와서는 말했다.

"제가 나가 저자의 목을 베겠습니다."

"무슨 소린가?"

"분명 저자가 적군을 이끄는 장군임에 틀림없으니 기사로서 일 대

일을 신청한다면 그가 거부하지는 못하리라 생각합니다."

어느 정도 일리가 있는 의견이었기에 도리에프는 고개를 끄덕이며 말했다.

"미첸, 자네에게 맡기겠네."

"예, 녀석의 목을 베어오도록 하겠습니다."

자신있게 말하며 달려나가는 미첸을 보며 도리에프는 그가 저 얄미운 적장의 목을 베어오기만을 빌었다. 또 그것을 어느 정도 믿고 있었는데, 미첸은 도리에프가 거느린 기사단의 단장으로 현재 소드 마스터 초급의 실력을 지니고 있는 뛰어난 기사였기 때문이다.

두 개의 군대가 서로 기회를 노리고 있는 이때에 갑자기 신성제국의 편에서 한 명의 기사가 말을 타고 앞으로 튀어나와 두 군대의 중앙에 말을 세우고 소리치자 병사들은 웅성거리기 시작했다.

"사악한 마도제국의 허수아비들이여! 난 신성제국의 기사 미첸 갈라프라 한다! 그대들이 마도제국의 앞잡이가 되었으나 만약 기사의 자존심마저 잃지 않았다면 나와 기사로서 검을 겨루어보는 것이 어떤가!?"

그의 외침이 들려오자 신성제국의 군대에서는 큰 환호성이 터져 나왔고 그에 반해 마도제국 측에선 위기감이 밀려오고 있었다.

제1연합 기사단이 나름대로 실력있는 기사가 모여 있기는 했지만 신성제국 정예 기사의 실력과는 차이가 있었다.

이들 중에서 제대로 겨룰 수 있는 실력을 지닌 인물은 세 명의 부단장뿐이지만, 한 명은 에고 소드가 되었기에 이제 남은 것은 두 사람밖에 없었다.

길버트와 아론 두 부단장은 서로의 얼굴을 보고 있었는데, 어쩔 수 없다는 듯이 아론이 자신의 검을 챙겨 들고는 자리에 일어나며 말했다.

"어쩔 수 없군. 그래도 내가 자네보다 검술은 조금 나으니 내가 하도록 하지."

"미안하네. 질 것은 뻔하니 지더라도 살아서 돌아오라고 말해야 할 것 같군."

"……."

지는 것을 당연하다고 말하는 길버트를 보며 조금 열이 받은 아론이었지만 솔직히 제국의 정규 기사를 상대로는 자신이 없었다.

또 보아하니 결투를 위해 나온 기사의 방패에는 한 기사단의 단장을 뜻하는 황금색 선이 그려져 있었기에 소드 마스터에 버금가는 실력이나 소드 마스터일 확률이 높았기에 더욱 그렇게 생각될 수밖에 없었다.

하지만 일단은 기사의 체면에 한 명이라도 나가야 했기에 그가 나서고 있는 것이다.

기사들이 준비해 둔 말 위에 오른 아론은 미첸이란 자를 향해 말을 몰아가 10미터 정도의 앞에 말을 세운 후 검을 뽑아 들고는 소리쳤다.

"본인은 제1연합 기사단의 부단장 아론이다! 진정한 신성의 믿음은 없는 채 더러운 욕구로만 가득 찬 로아냐드의 기사에게 뜨거운 맛을 보여주겠다!"

"와아!"

역시 실력이 안 되면 말발이라는 옛 성인의 교훈을 그대로 답습하는 아론이었다. 말로 한 수의 재간을 보여준 아론은 검을 들어 미첸이란 자를 향해 뛰어올랐고, 미첸 역시 검을 들고 아론에게 부딪쳐 갔다.

챙!

두 사람은 말 위에서 서로를 향해 검을 마주쳐 갔다. 아론은 소드 마스터 급에 이르지는 못했지만 그래도 검술은 꽤 하는 편이었기에 쉽게 미첸의 검에 밀리지 않고 있었다.

하지만 역시 정규 기사의 검술을 배우고 실력이 한 수 위의 존재인 미첸에게는 상대가 되지 않았다. 약 오 합까지는 그런대로 버티기는 했지만 그것이 넘어가면서 점점 지쳐 가고 있는 아론이었고, 칠 합에선 검의 스피드가 낮아져 생긴 틈새로 미첸의 검이 파고들면서 그의 플레이트아머의 가슴을 강타했다.

"끄악!!"

롱 소드로 가슴을 가격당한 아론은 밑으로 떨어질 뻔했지만 간신히 중심을 잡고는 이어지는 이격을 막아 나갔다. 하지만 더 이상 미첸을 상대할 힘이 없었는데, 그때 연합 측에서 한 기사가 달려나와서는 삼격으로 아론의 머리를 베려 하던 미첸의 검을 튕겨냈다.

"드디어 왔는가!"

자신의 검을 막은 자가 기다리고 있던 적의 대장 시크라는 것을 알고는 소리쳤고, 시크라는 아론을 돌려보냈다.

"아! 잠깐! 자네의 검을 주고 가게!"

"검이요?"

"그래."

이유는 모르지만 달라고 하니 자신의 검을 건네주었는데 시크라는 그 검을 왼손에 들었다.

"단장, 무슨 생각을……."

"그냥 가!"

시크라의 말에 투덜거리며 아론은 사라졌고, 드디어 시크라와 미첸의 대결이 시작되었다.

부관 에고 소드를 손에 든 시크라는 검을 들어 미첸을 가리키며 소리쳤다.

"로아냐드의 약골 기사 녀석, 내가 그 허약함을 고쳐 주도록 하지."

"흥! 한번 해보시지!"

시크라의 말에 미첸은 시크라를 향해 공격해 들어갔는데, 시크라는 부단장 에고 소드로 그의 검을 막고는 대치에 들어갔다.

"헉!"

미첸은 시크라의 엄청난 힘에 놀랐기에 급히 검에 마나를 집어넣었다. 사람 모양같이 생긴 검이기 때문에 쇠몽둥이 정도로 생각되는 검을 상대하기 위해서였는데, 그때 시크라가 왼손에 들린 검을 부단장 에고 소드의 손에 끼웠는데 그 순간 미첸은 믿을 수 없는 일을 보게 되었다.

"끄아악! 거, 검이 검을 휘두르다니……!"

시크라에게서 검을 받은 부단장 에고 소드는 대치 상태에 있는 미첸의 목을 향해 들고 있던 검을 휘둘렀다. 설마 검이 검을 휘두를 것이라고는 생각지도 못했던 미첸은 제대로 방어도 해보지 못한 채 일검에 목이 베이며 죽임을 당할 수밖에 없었다.

상대의 목을 베자 시크라는 크게 웃으며 승리의 포즈를 취한 후 하늘 높이 에고 소드를 들어 올리며 소리쳤다.

"크하하하! 적장을 베었다!"

"우와아아아!"

시크라가 적장을 베자 연합군의 병사들은 크게 환호를 지으며 기뻐했는데, 어느 순간 그 함성이 사라지고 황당하다는 얼굴로 변하고 말았다.

"끄어억!"

갑자기 자신들의 대장인 시크라가 비명과 함께 말 위에서 떨어진 것이다. 더욱 놀라운 것은 시크라가 떨어지면서 놓친 검이 살아 움직인다는 것인데, 그것은 양측 군대 모두에게 놀라운 일이었다.

"크하하하! 드디어 자유다!!"

그는 바로 에고 소드가 된 부단장 로덴이었다.

시크라가 적을 간단히 베기 위한 술수로 로덴에게 한 손으로 검을 휘두를 수 있게 만들었다. 그 작전은 유효하게 먹혀 들어가 승리의 포즈를 취하느라 검을 회수할 생각을 하지 않았던 시크라는 자유를 염원하던 로덴의 검에 맞아 쓰러지게 된 것이다.

"크으윽… 에고 소드가… 나를……."

머리에 상처를 입은 시크라는 자신을 공격한 에고 소드를 원망하며 쓰러졌다.

그를 쓰러뜨림으로써 마나의 경직에서 풀려난 로덴은 그래도 단장이기 때문에 오랫동안 한 자세로만 있느라 뻐근해진 몸을 간신히 움직여서는 시크라를 말에 태우고 연합군 측으로 돌아갔다.

다행히 로덴의 일격에 당한 시크라의 상처는 그렇게 크지는 않았지만, 문제는 정신적인 것에 있었다.

자신의 에고 소드에게 당했다는 자괴감에 빠진 시크라는 진영 한구석에 쪼그려 앉아 폐인이 되어가고 있었으니 여러 부단장들과 아트리만 남작으로선 당황할 수밖에 없었다.

수적으로 밀리고는 있지만 사기 하나만큼은 충천하는 마도 연합군을 이렇게까지 이끈 것은 황당한 인물이기는 하지만 시크라의 힘이었기 때문인데, 그가 저렇게 폐인이 되어 있으니 어떻게 해볼 도리가 없었기 때문이다.

로덴이 가세해서 4명이 된 지휘부에선 이 일에 대해서 고심하며 회의를 하고 있었지만 좀처럼 별다른 의견이 나오지 않았다.

그러던 중 이론은 무슨 생각이 났는지 로덴을 보며 밀했다.

"사실 시크라님이 저렇게 자괴감에 빠진 것도 다 네 녀석이 탈출했기 때문이니 이렇게 된 바에 다시 에고 소드의 본분으로 돌아가는 것이 어때?"

"개자식! 죽여 버리겠어!"

그 말이 나옴과 동시에 로덴은 얼굴이 시뻘게지면서 검을 뽑아서 아론을 향해 달려들었고 나머지 사람은 그를 말리느라 진땀을 뺄 수밖에 없었다.

말이야 바른 말이지 어느 누가 살아 있는 채로 에고 소드가 되어 남에게 휘둘러지는 것을 좋아하겠는가?

"에고 소드를 교체하는 건 어떨까?"

길버트의 말에 좌중에 있는 사람은 모두 황당한 눈을 하며 그의 얼굴을 쳐다보았다. 마치 네가 에고 소드 역할을 하겠느냐는 식으로 말이다. 물론 그런 눈초리가 돌아오니 길버트는 자신의 의견을 다시 속으로 집어넣을 수밖에 없었다.

회의장에 있던 사람들이 모두 고심하고 있을 때 천막의 장막이 열리면서 한 사람이 모습을 드러냈는데 그의 모습을 확인한 지휘관들은 모두 자리에서 일어났다.

바로 자괴감에 빠졌던 시크라였기 때문이다. 시크라는 아직도 충격에서 벗어나지 못했는지 초췌한 얼굴을 하고 있었기에 다른 이들의 불안감을 더욱 증폭시키고 있었다. 회의장에 있는 사람들을 한번 훑어보던 그는 한쪽에 자신의 에고 소드가 두려운 듯 물러서고 있는 것을 보더니 눈물을 흘리며 그를 덥석 안았다.

"흐흐흑!"

"끄아악!"

갑자기 시크라가 덮쳐 오자 로덴은 경악을 하며 뒤로 물러서려고 했지만 잽싼 시크라에게 잡히고 말았는데, 시크라는 눈물을 흘린 채 로덴을 어루만지며 중얼거렸다.

"흐흐흑, 내 에고 소드야, 그렇게도 주인이 싫었던 거냐……."

"젠장! 누가 에고 소드입니까!"

"애써 부인할 필요 없다. 이제 완전히 단념을 했으니까."

그 말에 좌중에 있던 사람들은 모두 놀라지 않을 수 없었다. 그렇게 부단장 에고 소드에 목을 매던 시크라가 자신의 생각을 포기했기 때문이다.

두 눈에 가득한 눈물을 닦으며 자리에 앉은 시크라는 자신을 보고 있는 사람을 보며 말했다.

"흐흐흑, 떠나겠다는 놈 붙잡지 말라는 옛 성인의 교훈도 있고 해서 자유를 희망하는 에고 소드를 보내주기로 결심했다. 에고 소드의 자유를 억압하는 것은 나쁜 주인만 하는 짓이니까."

하지만 아직도 미련이 많이 남았는지 시크라의 손은 로덴의 허벅지를 쓰다듬고 있었기에 회의장에 있던 사람들은 모두 식은땀을 흘릴 수밖에 없었고 당사자인 로덴은 닭살이 확장하는 한편 안색도 시퍼렇게 변하고 있었다.

어쨌든 시크라가 회의에 참석을 했다는 것에 의의를 두고 있는 지휘부들은 드디어 작전 회의에 들어갈 수 있었다.

길버트는 현재의 대치 상황에 대하여 시크라에게 설명을 하기 시작했다.

"현재 대치 상황은 조금 미묘하다고 할 수 있습니다. 적의 기마대는 이미 저희 군의 복병전으로 거의 괴멸한 상태이기 때문에 적으로선 기마대를 이용한 작전은 불가능하다고 할 수 있습니다. 하지만 기마대가 없다고 해도 궁병대가 있기 때문에 실드를 가지고 있지 않은 경갑보병대로 이루어져 있는 우리 군으로선 숫자적으로 불리한 이때에 쉽게 접근하지 못하고 있습니다. 그렇기 때문에 기마대가 있다고 해도 신성제국군이 선공을 가하지 않는 한 저희로선 섣불리 움직일 수가 없는 상태이지요."

"음……."

"적의 공격이 언제쯤 있으리라 생각됩니까?"

그 말에 길버트는 고개를 저으며 말했다.

"그건 알 수 없습니다. 적은 주력인 중갑보병이 크게 대패한 상태이기 때문에 쉽게 움직일 생각을 하지 않고 있고, 또 그들로서는 안트라드 평원을 본군이 올 때까지 지키는 것이 주목적이기 때문에 그들로선 계속 움직이지 않는 것이 더 나은 선택일 테니까요."

"음… 그렇담 적을 끌어내는 수밖에 없겠군요."

"예. 하지만 적은 아군의 도발에 쉽게 넘어오지 않을 것입니다."

"그렇겠군요."

급하게 평원으로 달려온 덕분에 화살 공격을 막을 실드를 준비하지 않은 군으로선 본군이 도착하기 전에 적을 안트라드 평원 밖으로 밀어내는 것은 힘든 일이라고 할 수 있었다.

"서부 숲의 나무를 이용하여 화살을 막을 마차를 만들어 공격하는 것은 어떻습니까?"

"마차?"

"예. 공성전 때 사용하는 것으로 성 위에서 쏟아지는 화살을 막기 위해 사용하는 방법입니다. 나무로 화살이 날아오는 방향을 막아 적의 성문까지 들어서는 공성차입니다."

아론의 의견에 좌중에 있던 사람들은 고개를 끄덕였고 시크라도 그 의견이 나쁘지 않다고 생각하며 명령을 내렸다.

"아론 부단장의 의견을 수용하겠다. 지금 당장 서부 숲으로 군을 이동하여 공성차의 제작에 들어가도록 하시오!"

"예."

이렇게 해서 시크라의 1만의 군대는 새로운 국면에 접어들게 되었다. 하지만 간단한 모양의 공성차라고는 해도 1만의 군대를 움직이게 만들 양을 제작한다는 것은 상당한 시간을 요하는 작업이었기에 시크라의 군대는 이틀이라는 귀중한 시간을 소비하게 되었고, 이 시간 이후에 있을 정국의 변화에 상당한 영향을 미치게 되었다.

이 회의가 있은 후 신성제국의 우군의 일부가 약 3일 후에 안트라드 평원에 도착하게 되며, 중군과 후군, 그 외에 각 영지에서 출발했던 군대 중 반이 우군이 도착한 지 3일 후에 집결하게 되었다. 또한 마도제국의 연합군은 5일 후에야 안트라드 평원에 집결하게 된다.

이틀 후 드디어 시크라의 1만 병사는 공성차를 이용하여 적의 화살 공격을 막으며 적진을 향해 총공격을 시작했다.

"제1연합 기사단 돌격!"

이 시기에는 아직 기사단의 풀플레이트아머를 뚫을 만한 활은 없었기에 중갑을 입은 기마기사단이 적진을 향해 돌격을 해오자 신성제국 군은 중갑보병을 이용하여 바리케이드를 형성하며 적의 공성차를 향해 불화살을 이용한 화공을 지시했다.

하지만 생나무로 만들어진 공성차는 쉽게 불에 타지 않았기에 화공이 완벽하게 이루어지기도 전에 적의 보병은 근거리까지 접근하게 되어 전투는 혼전 상황에 빠지고 말았다.

세 명의 부단장이 각각 나뉘어 적진의 내부를 기사단을 통해 뒤흔들고 있었기에 신성제국으로선 원활한 의사 전달이 각군에게 이루어지고 있지 않아 신성제국 군대의 일반적 운용이라고 할 수 있는 중갑보병과 경갑보병, 궁수대의 원활한 연계 작전은 불가능하다고 할 수 있었다.

만약 기마대만 남아 있어서도 가장 문제가 되는 적의 기사단을 잠시간이라도 묶어놓을 수 있었겠지만 이미 기마대는 이전의 싸움으로 전멸했기 때문에 상황은 극히 어렵다 할 수 있었다.

게다가 가끔씩 시크라의 마법이 작렬하며 일부의 진을 무너뜨리고 있었기에 마법사가 없는 신성제국의 군대로선 사기가 저하되었다.

적의 공세에 제일방어선 중갑보병이 무너졌고 적의 경갑보병은 창보병 돌격을 감행한 후 곧바로 검을 뽑아 근접전에 들어가기 시작했다.

제국과 중소 국가들의 보병 편성을 보면 먼저 중갑보병은 창보병과 도끼나 메이스와 같은 중보병으로 나누어지며, 경갑보병 중 창보병의 경우에는 근접전을 위해 검이나 방패를, 검보병의 경우에는 검과 방패를 휴대하지만 경갑보병이 무기를 선택하는 것은 각 지휘관의 취향에 따라 다른 경우가 종종 있기 때문에 각각의 군에 차이가 있다고 할 수 있었다.

아트리만 남작의 보병은 창과 함께 근접용의 검을 휴대하고 있는 경갑보병이었다.

이런 이유로 창돌격의 후에 바로 검을 사용한 급접전이 가능했기에 이러한 변화는 빠른 속도로 이루어져 적진에서 난전을 벌일 수 있는 것이다.

이에 반해 신성제국의 중갑병은 창보병 계열이었기에 근접전이 약할 수밖에 없었고 경갑보병의 경우에는 창과 방패를 지니고 있는 계열의 창보병이 주를 이루고 있었다.

이는 신성제국이 군 통솔의 원활함을 위해 각 영지에서 일관된 병과를 조직해서 보냈기 때문에 일어난 현상이었다.

즉, 신성제국은 적의 화살 공격을 막으며 공격해 들어가는 정방진을 이용한 공격이 주를 이루는 병과였고 마도제국은 화살 공격을 배제한 백병전용 병과라는 차이다.

이러한 차이는 전세를 마도제국에게 더욱 유리하게 만들기에 충분해 신성제국으로선 적군에게 밀릴 수밖에 없었다.

"경갑창보병은 이 열 횡진으로 적군을 밀어붙여라!"

상황이 어렵게 돌아가기는 했지만 도리에프 백작은 쉽게 당할 마음은 없었다. 중갑보병이 적과 대치 상황에서 밀리기 시작하자 그는 급히 경갑보병을 후퇴시킨 후 이 열 횡대로 길게 늘어뜨려 적을 밀어붙이기 시작한 것이다.

경갑보병의 이 열 횡진은 제일열이 방패를 앞으로 내세워 적의 공격에서 몸을 보호하면 이 열에서 창을 앞으로 내밀어 적을 밀어붙이는 공격이었다.

이는 장병기의 효능을 높인 전투 방법으로 단병기를 가지고 있는 적을 상대로 상당한 효과를 가진 진세라고 할 수 있었다.

도리에프 백작의 명령에 의해 경갑보병의 이 열 횡진이 전진을 시작하자 시크라의 경갑보병은 후방으로 물러설 수밖에 없어 혼란함이 가중되고 있었는데, 그때 적의 이 열 횡진 뒤쪽으로 일단의 기마기사단이 난입하여 진을 흐트러뜨리기 시작했다.

정방진과는 달리 이 열 횡진은 후방 공격에 약할 수밖에 없는 약점을 지니고 있었는데, 그것을 눈치 챈 시크라가 기마기사단을 인솔하여 적의 진을 길게 돌아 단번에 전진하고 있는 적의 이 열 횡진 후방을 공격한 것이다.

일단 기마기사단에 의해 진이 무너지자 이 열 횡진은 급속도로 무너져 가기 시작했고, 도리에프 백작은 더 이상의 피해를 줄이기 위해 입술을 깨물며 후퇴를 지시할 수밖에 없었다.

"전군 후퇴하라!"

도리에프 백작의 명령이 떨어지자 신성제국군은 후퇴하기 시작했지만 마도제국의 보병들은 그들을 가만히 내버려 두지 않고 계속 공격하며 진격을 시도했다. 한데 그때 아무도 예상하지 못한 일이 벌어지고 말았다.

"저, 적병이다!"

갑자기 들린 적병이라는 사람들의 외침에 시크라는 평원의 한쪽을 쳐다보았는데, 그 순간 자신들 군대의 패배를 예상할 수 있었다.

적병이 출현할 리 없다고 생각한 오마르 산 쪽에서 엄청난 대군이 빠른 속도로 전장을 향해 진격해 들어오고 있었기 때문이다.

"전군은 후퇴하라!"

오마르 산 쪽의 대군을 상대할 수 없다고 생각한 시크라는 전군에게 후퇴 명령을 내릴 수밖에 없었다. 반면 아군의 원조로 도리에프 백작은 후퇴를 하던 중 급속히 반전을 꾀하며 원군의 출현으로 우왕좌왕하고 있던 마도제국의 병사에게 반격을 가함으로써 전황은 도리어 역전되어 버렸다.

도리에프 백작의 군이 반전을 시도하자 시크라의 경갑보병들의 후퇴 속도는 느려질 수밖에 없었기에 오마르 산에서 출현한 수만의 대군은 빠른 속도로 전장으로 파고들면서 마도제국의 보병들을 도륙하기 시작했다. 그리고 이미 마도제국 병사들의 후퇴를 예상이라도 했는지 일단의 궁병대가 활을 들어 후퇴하고 있는 마도제국의 보병들을 향해 활을 난사하니 마도제국의 병사들은 엄청난 패배를 당하고 후퇴할 수밖에 없었다.

간신히 적의 추격을 뿌리치고 후퇴를 한 시크라가 숨을 몰아쉬며 평원의 서부 숲에서 살아남은 병사들을 살펴봤을 때 좌절감에 빠질 수밖에 없었다.

시작할 때 1천의 기마기사단과 1만의 보병대는 이제 300명도 안 되는 기사들과 1천 명 정도의 보병만이 남아 있었기 때문이다.

또 그 와중에 보병의 대장인 아트리만 남작이 전사하고 세 명의 부단장 중 아론이 전사하고 말았다.

로덴의 경우에는 그동안 에고 소드를 한답시고 그의 갑옷에 시크라가 수십 개의 마법을 인첸터시켰기 때문에 적의 칼날에서 간신히 목숨을 부지할 수 있었지만 흉갑은 흉측하게 우그러져 있었고 왼쪽 팔엔 심한 검상을 입고 있었다. 거기다가 말마저 적병의 창에 꿰여 죽어 보병들과 함께 뛰어온지라 도착했을 때는 숨을 헐떡이며 정신을 제대로 못 차리고 있었다.

"시크라님… 대패입니다… 흑흑흑……."

"이젠 어떻게 해야지요?"

자신의 곁에서 알짱거리며 눈물을 흘리고 있는 두 왕자들을 보며 시크라는 한숨을 내쉴 수밖에 없었다. 노련한 기사들도 죽는 판에 저 두 명의 화상은 어떻게 목숨을 부지했는지 신기할 뿐이었다.

"어쩌긴… 계속 후퇴하며 본군과 합류한다."

시크라의 말에 제장들은 고개를 숙이며 아무 말도 못할 뿐이었다. 거의 완벽하게 잡아놓은 승리를 예상치도 못한 적의 원군으로 인해 대패로 마감했기 때문이었다.

설마 적이 험한 오마르 산을 넘어올 것이라고는 생각지도 못한 것이 패배의 원인이었던 것이다.

38장 안트라드 평원의 승리

오마르 산의 원군으로 간신히 패배를 면한 도리에프 백작은 감사의 인사를 전하기 위해서 원군으로 온 군대로 말을 몰아 지휘관부의 막사에 들어갔다.

막사 안으로 들어간 백작은 생전 보지도 못한 지휘관들을 보며 막사를 잘못 찾아온 것은 아닐까 생각하며 나갔다가 다시 막사를 살펴봤지만, 역시 지휘관기가 꽂힌 막사인지라 이상하게 생각하고는 안으로 들어갔다.

"저… 여기가 지휘관부의 막사가 맞는지?"

"어서 오시지요, 도리에프 백작님."

그때 붉은 갑옷의 한 기사가 당황하며 물어보는 도리에프 백작을 보며 말했는데, 다행히 그의 얼굴을 알아볼 수 있었던 백작은 안도의 한숨을 내쉬며 말했다.

"게르하인 공, 오랜만에 뵙는군요."

"예, 오랜만입니다."

작위 면에선 도리에프 백작이 게르하인보다 높은 사람이기는 하지만 레드 나이트의 단장인 게르하인은 소비에르에서 황제를 따라 망명해 온 인물로 제국의 직위로 신분을 나눌 수 있는 사람이 아니었기에 경어를 사용하고 있는 것이다.

"이번 원정에 레드 나이트가 나온다는 말은 들었지만 도와주신 분이 레드 나이트의 단장 게르하인 공이라니 놀랄 따름입니다."

하지만 게르하인은 그의 말에 고개를 저으며 말했다.

"도리에프 백작께선 잘못 알고 계시는군요. 물론 저의 레드 나이트가 이곳으로 온 것은 사실이지만 이번 오마르 산을 넘어 군을 인솔해 오신 분은 제가 아닙니다."

그 말에 백작은 크게 놀라는 얼굴을 하며 물었다.

"그렇다면 저희 군을 도와주신 분이……?"

게르하인은 그의 말에 뒤로 물러서서는 미쓰릴 갑옷을 입고 있는 여인을 공손히 가리키며 말했다.

"이번 중재의 군대 원정의 총사령관 직을 맡고 계시는 루드니아님이십니다."

그 말에 백작은 놀라지 않을 수 없었다. 이번 원정의 사령관이 황제의 애첩이라고 소문이 난 루드니아란 여자라는 것은 알고 있었지만, 설마 오마르 산을 넘고 자신을 도와준 지략의 지휘관이 루드니아라고는 생각지도 못했기 때문이다.

"당신이 도리에프 경인가? 만나서 반갑군."

루드니아는 도리에프가 지휘관의 막사에 들어와서는 자신을 무시하는 듯 게르하인과 이야기를 나누자 삐쳐서 조금 차가운 음성으로 경어를 사용하지 않고 말을 건넸다. 보통의 다른 귀족이라면 그 말투에 조금 기분이 나빠졌을지도 모르지만 도리에프 백작은 그렇게 자기 잘난 줄만 아는 귀족이 아니었다.

그 역시 많은 전투에 참가한 경력의 소유자로 귀족으로의 명예보다 군의 위계질서를 더 중시하기 때문이다.

도리에프 백작은 베르도 남작의 세력에 속한 인물로 영지 내에선 영민들에게 칭송을 받는 뛰어난 귀족이었다. 그는 허울만 좋은 총사령관이기만 한 그녀였지만 실례를 범했다 생각하며 손으로 자신의 머리를 치고는 미소를 지으며 말했다.

"실례했습니다. 루드니아님께 인사가 늦었군요. 도리에프 백작이라 합니다."

자신의 반말에 조금도 화를 내지 않고 오히려 자신의 실수를 인정하는 백작의 모습을 보며 루드니아는 조금 마음이 풀렸다.

"그나저나 루드니아님께선 중군과 함께 오실 줄 알았는데, 오마르 산을 넘는 험한 길을 직접 선택하시다니 놀랐습니다."

"안트라드 평원의 전황이 좋지 않음을 소식을 통해 들었기에 오마르 산을 넘어 시간을 단축시킬 수밖에 없었지요."

"과연 대단하십니다. 제국의 어느 누구도 감히 시도해 보지 못한 단축로를 이용하시다니 말씀입니다."

"과찬의 말씀이십니다."

"그런데 이후엔 어떻게 하실 생각입니까? 평원에서 도착할 군대를 기다리시겠습니까?"

그 말에 루드니아는 고개를 저은 후 지휘관 막사에 있는 탁자에 놓여 있는 지도를 가리키며 말했다.

"현재 들어온 정보에 의하면 남부 중소 국가들은 마도제국에 협력하지 않은 국가들이 많다고 하더군요."

"그렇습니다. 현재 그로인 왕국을 중심으로 해서 점점 세력을 확장해 가고 있기 때문이지요."

"그래서 저흰 남부 해안을 따라 군을 빠르게 이동시켜 단숨에 마도제국의 중심부라 할 수 있는 그로인 왕국을 침공할 생각입니다."

루드니아의 말에 도리에프 백작도 고개를 끄덕이며 말했다.

"괜찮은 방법이군요. 남부 해안을 따라 빠른 속도로 진격해 들어간다면, 마도제국의 연합국 페로인 왕국과 멘트라 왕국만을 상대하면 단번에 그로인 왕국으로 진격할 수 있을 테니까요."

"그것 말고 한 가지 이점이 더 있습니다."

"한 가지 이점이 더요?"

"예."

루드니아는 지휘봉으로 두 나라를 가리키며 말했다.

"들어온 정보에 의하면 두 나라는 수백 년간 앙숙 관계였다고 하더군요."

"예."

"그렇다면 저희 군이 이 두 나라의 국경을 사이에 두고 진격해 들어가면 어떻게 될까요?"

"오! 그렇군요!"

그제야 도리에프 백작은 루드니아의 말을 알아들을 수 있었다. 비록 마도제국의 연합에 들었다고는 하지만 수백 년의 원한이 쉽게 사라지지는 않은 것은 분명한 일, 만약 신성제국의 군이 이 국경선으로 이동

한다면 두 군은 서로 간의 반목으로 작전이 원활하지 않을 뿐 아니라 잘만 조장한다면 두 국가를 서로 싸우게 만들 수도 있기 때문이다.

도리에프 백작은 루드니아의 설명을 들으면서 이 여자가 결코 세간에서 말하던 황제를 꼬시는 데 정신을 팔고 있는 여인은 아니라고 생각했다.

"오마르 산을 넘어 오셨다면 보급품이 원활하지 않겠군요."

"예."

"저희 군은 후방에 있는 오트 남작의 성에서 평원으로 이어지는 보급로가 있으니 현재 본진에 남아 있는 모든 보급품을 루드니아님에게 넘겨드리겠습니다. 그렇게 많은 양은 아니지만 남부 해안의 중소 국가에서 어느 정도의 물품을 지원받는다면 충분히 그로인 왕국까지의 진격에는 보급이 원활하리라 생각됩니다."

"그렇다면 고맙게 받겠습니다."

"천만에 말씀입니다."

이렇게 해서 루드니아는 문제였던 보급 물자를 완벽하게 보충할 수 있었기에 이제는 남부 해안을 따라 이동하는 시간을 단축시킬 수 있었다.

*   *   *

한편 시크라의 패전이 전해진 마도제국의 군대는 진군 속도를 더욱 가속시켜야 됨을 느낄 수밖에 없었다.

"이렇게 된 바에야 신성제국의 침공을 최대한 막는 방법밖에 없겠군요."

"그렇습니다. 일단 마도제국이 연합국으로 침공을 한다면 그 여파로 중소 국가들의 연합이 붕괴될 수도 있으니까요."

"그렇습니다. 아직 완벽한 결집이 되지 않은 연합국이니만큼 신성제국의 본격적인 침공은 그들을 흔들리게 하기에 충분할 테니까요."

유리스와 하렌트가 지휘관 마차 안에서 회의를 하고 있을 때 마차의 문이 열리면서 어깨를 늘어뜨리며 한 장수가 들어왔는데 그는 바로 시크라였다.

시크라는 패전으로 인해 의기소침해하고 있었지만 유리스와 하렌트는 그간의 사정을 모두 들었기 때문에 그를 책망할 생각은 없었다.

오히려 그를 부추겨 주어야 함을 느꼈는데, 일단은 패전을 하기는 했지만 그것은 아무도 예상하지 못한 오마르 산을 넘어온 원군 때문이다. 지금의 시점에선 뛰어난 지휘관이 모자른 것이 마도제국 연합군의 사정이었기에 그를 다시 일선으로 내보내야 함을 느꼈다.

"수고하셨습니다."

유리스의 말에 시크라는 고개를 숙이며 말했다.

"미안하다. 너희들이 준 군대를 거의 잃고 말았구나."

"별말씀을요."

시크라의 말에 유리스는 손을 내저으며 말하더니 하나의 양피지를 그에게 건네주었다.

"이건?"

유리스가 건네준 양피지를 보며 시크라가 묻자 그 대답은 하렌트가 해주었다.

"선봉 3만의 사령관 증명서입니다."

"응? 그건 무슨 소리냐?"

"아무래도 저희가 시크라님에게 소수의 군만을 맡게 했던 것이 실수였던 것 같아서 내린 결정입니다. 만약 그 당시에 병력이 어느 정도만 더 있었어도 그런 패전은 없었을 테니 말입니다."

"그건 그렇지만… 좋아, 알았어! 이번에는 반드시 승리를 안겨주지!"

"믿겠습니다."

시크라는 자신을 믿어주며 다시 군의 통솔권을 준 유리스와 하렌트의 행동에 감동했다. 이제 다시 한 번 군을 통솔하게 된 것이다.

*　　　　*　　　　*

한편 옛 그로인 왕국의 왕성에 있던 루드웨어는 2차 신성제국 침공군 20만을 출발시킨 후 책상에 가득 쌓인 서류들을 보며 한숨만 내쉬고 있었다.

일단은 멘드로들이 어느 정도는 해결해 주고는 있었지만 이미 지칠대로 지쳐 버린 그는 이미 며칠 전에 실신하여 실려간 후였기에 서류들은 모두 루드웨어가 처리해야 했던 것이다.

앞에 쌓여 있는 서류를 보며 괴로워하고 있을 때 루드웨어는 이질적인 기운이 방 한구석에서 나오는 것을 느끼고는 또다시 연출력 좋은 맨피드란 자가 나타났다는 것을 알 수 있었다.

"왔는가?"

"예, 폐하."

루드웨어의 말이 떨어지자마자 서서히 방의 구석에서 맨피드가 모습을 드러냈다. 언제나와 같이 한쪽 무릎을 꿇으며 정중한 자세를 취하고 있는 그를 보며 루드웨어는 미소를 지으며 말했다.

"중재의 군대에 대한 일, 멋지게 처리했더군."

"벌써 소식을 들으셨을 줄은 몰랐습니다. 예, 제 조직의 힘을 이용하여 중재의 군대에 약간의 손실을 주었지요."

"만족할 만한 일이었다."

"감사합니다."

루드웨어는 그를 보며 라디안이 말했던 일이 생각났지만 지금 당장 그를 조사할 수는 없었기에 잠시 그 일을 미루기로 결심한 후 가장 중요한 일을 그에게 맡기기로 결심했다.

"맨피드."

"예, 폐하."

"그대에게 중요한 일을 하나 맡기려고 하네만 들어줄 수 있겠는가?"

맨피드는 루드웨의 말에 어느 정도 신임을 얻었다는 생각을 하며 미소를 지으며 대답했다.

"예, 저희가 처리할 수 있는 한도라면 성심껏 협력해 드리겠습니다."

"그래? 그럼 말이야……."

맨피드의 대답에 루드웨어는 자리에 일어나더니 맨피드란 자에게 다가가 그의 손목을 잡고는 자신의 자리로 끌고 왔고, 갑작스러운 그의 행동에 맨피드는 영문을 몰라 했다.

"폐하, 도대체?"

"미안하지만 그 책상 위의 서류 좀 처리해 주겠나?"

"예?!"

루드웨어의 이 황당한 부탁에 맨피드로선 등에 식은땀이 흐를 수밖에 없었는데, 역시나 그런 것에 아랑곳하지 않고 루드웨어는 계속 말을 이었다.

"자네들이 어느 정도 마도제국의 정보를 가지고 있는 듯하니 이 정도의 서류쯤은 문제가 아니라고 생각하네. 그럼, 자네들이 해결해 준다 생각하고 난 이만 가보도록 하지. 며칠 간 잠을 제대로 못 잤더니 피곤해 죽겠구먼. 그럼 부탁하네."

"폐, 폐하……."

루드웨어가 맨피드의 말을 채 듣지도 않고 방을 나가 버리자 그는 산더미처럼 쌓여 있는 서류를 보며 쓴웃음을 지을 수밖에 없었다.

루드웨어란 자가 황당한 사람이라는 것은 알고 있지만 한 나라의, 그것도 전쟁 중의 극비 서류를 정체도 확실히 모르는 자에게 맡긴다는 것은 보통 사람이라면 상상도 못할 일이었다.

새삼 루드웨어란 자에게서 두려움을 느끼는 맨피드는 어쩔 수 없이 약속은 했던 것이기에 책상 위의 서류를 집어 들 수밖에 없었다.

"루드웨어… 만만히 볼 상대는 아닌 것 같군."

옥새를 들어 서류에 도장을 찍으면서 맨피드는 자신도 모르게 중얼거렸다.

*　　　　*　　　　*

드디어 본격적인 안트라드 평원의 전투가 시작되었다. 신성제국군은 임시 총사령관으로 있는 스베안 황태자 밑으로 거의 대부분의 군대가 평원에 대기하고 있던 도리에프 백작의 군대와 합류하여 총 17만의 대군이 평원에 진을 이루었고, 마도제국 연합군의 14만의 병력도 평원에 도착하여 적과의 본격적인 전쟁을 준비하기 시작했다.

일단은 신성제국의 병력이 마도제국보다 너 숫자가 우세한 것은 사실이지만 그것은 이 평원에 국한된 것이었디.

일단은 신성제국에서 계속 병력이 도착할 예정이기는 하지만 의문의 집단으로부터 큰 피해를 입은 상황이었기에 앞으로 도착할 병력은 평원에 있는 군대의 반도 되지 않는 숫자였다. 하지만 이에 반해 마도제국 연합군은 계속적으로 대군이 지원될 것이기에 스베안으로선 숫자로 밀어붙이는 것도 조금 힘들다고 할 수 있었다.

그런 이유로 적의 2차 군대가 오기 전에 평원에서 적을 몰아내야 하는 그로선 답답하지 않을 수 없었다.

또 남부 해안으로 별동대를 조직하여 떠난 루드니아의 군대에게 적 병력을 돌리지 않기 위해서는 이들 다음으로 오는 2차 군대의 발을 묶어야 하기 때문에 결코 지금의 상황만으로 신성제국이 유리하다고 볼 수 없었다.

신성제국의 중재의 군대는 안트라드 평원에서의 전투는 그렇게 유리하게 풀리지 않았다. 약 한 달 간의 전쟁은 안트라드 평원을 두 제국 병사들의 시체로 뒤덮었고 양측 모두 큰 피해를 내며 서로 간의 피해만을 가중시키고 있었다.

그리고 다시 한 번 마도제국의 원군이 안트라드 평원으로 밀려오자 신성제국의 군대는 전격적인 후퇴를 명령하고 후방의 요지인 오트 남작의 성으로 전군을 옮김으로써 마도제국은 드디어 신성제국의 영토로 진군하게 되었다.

드미트리 황제는 자국의 영토가 마도제국에 의해 침공당하자 더 이상 참지 못하고 전군의 동원령을 내렸다.

하지만 유리스와 하렌트는 시크라에게 10만에 달하는 병력을 주어 신성제국의 황성으로 진격하게 함으로써 드미트리 황제의 전군 동원령이 각 귀족들에게 전달되어 군을 모으기도 전에 신성제국의 심장부를 향해 공격하게 했다.

이 때문에 각지에서 모인 귀족군은 시크라의 10만 군대에 의해서 각개 격파를 당하면서 신성제국은 건국 이래 최고의 위기에 봉착하고 말았다.

하지만 그들에게 어느 정도 희망이 없는 것은 아니었는데, 바로 남부 왕국으로 향한 루드니아의 5만의 군대였다.

이미 마도제국에 반발하는 남부의 중소 국가에서 물자와 군대를 보조받음으로써 약 10만에 가까운 군세를 유지하게 된 루드니아는 남부 해안 국가를 거쳐 드디어 페로인 왕국과 멘트라 왕국의 국경에 군을 진격시킬 수 있게 되었다.

루드웨어는 중재의 군대가 남부 왕국을 거쳐 마도제국의 국경이 접해 있는 두 왕국의 국경선에 중재의 군대 10만의 병력이 진군하고 있다는 소식을 듣자 크게 놀라지 않을 수 없었다.

"10만의 병력이?"

"예. 아마 안트라드 평원에서 저희 제국에 협조하지 않은 남부 해안 국가를 따라 움직이며 단번에 두 왕국의 국경까지 군을 진군시킨 것 같습니다."

"이런."

루드웨어로선 당황스럽지 않을 수 없었다.

이미 동원할 수 있는 거의 모든 군대는 안트라드 평원으로 보내어 현재 신성제국을 침공하고 있기 때문이다.

물론 현재의 전황으로 보면 신성제국의 황도까지 진격하는 것은 시간문제였지만, 만약 남부 왕국을 거친 군대가 두 왕국을 지나 마도제국의 황도에 먼저 도착한다면 자신의 패배였기 때문이다.

"두 왕국의 총병력은 어느 정도 되는가?"

"예, 예상대로라면 페로인 왕국과 멘트라 왕국 역시 각 3만 정도의 병력이 남아 있으리라 생각됩니다."

"6만이라… 본 제국의 병력은?"

"3만 정도의 병력이 남아 있습니다."

"3만이라면 두 왕국의 군대와 합친다면 그들을 상대할 수 있겠군."

"그것이……."

"그것이 뭐?"

"현재 두 왕국이 서로 전투를 벌이고 있습니다."

"뭐?"

루드웨어는 그의 말을 들으며 놀라지 않을 수 없었다. 가뜩이나 힘을 합쳐도 모자란 판에 적군이 코앞에 있는데 서로 싸운다는 것이 어디 말이나 되는가!

"젠장! 도대체 뭐 하는 짓들이야!!"

루드웨어로선 그들의 멍청한 짓에 분통을 터뜨리지 않을 수 없었다. 뭐, 언제나 루드웨어가 위기에 처해 있을 때면 나타나던 인물이 있었는데 어둠 속의 그림자 속에서 그는 서서히 모습을 드러내기 시작했다.

정체를 모르는 인물이라고는 하지만 루드웨어로선 그가 반갑지 않을 수 없었다.

"오! 맨피드 공!"

"폐하께 인사드립니다."

맨피드는 정중하게 루드웨어에게 인사를 하고는 말했다.

"남부 왕국으로 신성제국의 군대가 침입을 했다고 하더군요. 폐하께서는 그것으로 고민하고 계시지 않습니까?"

"오! 역시 맨피드 공이오. 공은 그것을 해결할 방도가 있겠지?"

"물론입니다."

맨피드가 미소를 지으며 자신있게 대답을 하자 루드웨어는 만족의 미소를 띠었다. 나중에 저자의 요구가 있겠지만 지금 당장으로썬 맨피드의 힘이 필요하기 때문이다.

"그렇다면 짐은 자네에게 그 일을 맡기고자 한다."

"예."

고개를 숙여 간단히 대답한 맨피드는 빛이 가려질 때의 그림자처럼 조용히 사라져 갔다.

그가 사라지자 옆에서 보고를 하고 있었던 멘드로는 우려의 빛을 보이며 루드웨어를 보며 말했다.

"총회주, 저자를 너무 신임하는 것은 좋지 않을 듯합니다. 저자는……."

"알고 있다. 하지만 저자들의 힘은 지금 당장은 우리에게 꼭 필요한 힘이 아니던가?"

"그건 그렇지만……."

"일단은 지켜보도록 하지. 저자들은 그림자 같은 이들. 빛이 사라진 곳에선 그림자를 찾을 수 없는 법이니 언제가 그들이 빛에 모습을 드러낼 때 우리는 그들의 진정한 목적을 알아내어 처단해야 할 것이다."

"예."

루드웨어의 말에 멘드로는 고개를 끄덕이며 대답했다. 루드웨어의 말대로 아직 정체가 완전히 드러나지 않은 상황에서 저자들을 섣불리

조사하게 된다면 또다시 빛이 사라진 그림자와 같이 사라질 수 있기 때문이다.

*　　　　*　　　　*

한편 페로인 왕국과 멘트라 왕국의 국경 사이에 있던 루드니아의 군대는 의외로 쉽게 두 왕국 사이에 불화를 일으킨 후 서로 간의 싸움으로 불을 붙이는 데 성공하고 있었다.

루드니아가 사용한 방법을 살펴보면, 먼저 기동력이 빠른 기마대를 이용하여 두 왕국의 국경 사이로 움직이다 갑자기 페로인 왕국을 공격한다.

두 왕국 역시 바보는 아닌지라 자신들의 국경을 통해 두 나라가 서로 사이가 안 좋은 것을 이용하여 중재의 군대가 빠져나가려 하는 것은 알고 있었기에 어느 정도 서한을 통해 서로의 협력을 약속한 상태였지만, 갑자기 국경 사이에서 기마대가 방향을 돌려 페로인 왕국을 치자 당황한 나머지 제대로 반격을 하지 못하게 되었다.

이 상태에서 만약 멘트라 왕국이 빨리 페로인 왕국으로 군대를 보냈으면 아무 문제가 없었을 테지만 전투는 페로인 왕국의 영토 안에서 일어난 것이라 멘트라 왕국은 조금 지체하는 듯한 모습을 보이게 되었다.

어느 정도 시간이 지난 후 멘트라 왕국의 군대가 밀려오자 기마대는 유유히 후퇴를 하여 빠져나가게 되었는데, 멘트라 왕국의 군대가 시간을 지체한 것을 아는 페로인 왕국으로선 열이 날 수밖에 없었다.

또다시 루드니아의 기마대가 움직여 이번에는 멘트라 왕국을 공격하니 이번에는 페로인 왕국이 전의 그들이 군대를 늦게 보낸 것을 생각하며 시간을 늦추니 똑같은 일이 반복되었고, 이러한 일이 두 나라 사이의 감정을 더욱 악화시켜 나가는, 이윽고 서로 간의 싸움으로까지 번지게 된 것이다.

루드니아는 이 두 왕국의 싸움이 고조되어 가고 있을 때 자신의 군사를 진격시킴으로써 적은 수의 피해로 두 왕국의 군대를 처리할 수 있었던 것이다.

"루드니아님, 좋은 계략이었습니다."

두 왕국의 군대를 간단한 계략으로 이간질시키며 승리를 얻게 되자 게르하인은 루드니아의 계략에 탐복하며 칭찬을 아끼지 않았고 루드니아는 의기양양해하며 잘난 척을 해댔다. 그런 그들에게 어둠의 그림자가 밀려오고 있다는 것은 어느 누구도 알지 못하였다.

"사령관 각하! 전장을 보십시오!!"

"전장?"

39장 네크로멘서와의 대전

갑작스러운 부관의 외침에 루드니아와 게르하인은 이야기하던 것을 멈추고 두 왕국의 집안 싸움이 있었던 전장을 바라본 결과 놀라지 않을 수 없었다.

마치 여름날에 소나기를 퍼붓는 짙은 먹구름과 같이 전장에 검은 구름이 짙게 깔리우고 있었기 때문이다.

"저건……."

루드니아는 갑작스럽게 전장에 검은 먹구름이 깔리자 당황하지 않을 수 없었다. 이런 일을 겪어본 적이 없었기 때문이다. 그때 한 남자가 급히 루드니아의 앞으로 말을 몰아왔다.

"차원도사 천우 장군?"

그렇다. 루드니아에게 달려온 인물은 차원도사 천우였다. 천우는 먹구름의 정체를 어느 정도 간파하고는 총사령관인 루드니아에게 달려온 것이다.

"저 구름엔 강한 음기가 흐르고 있습니다."

"음기요?"

음기라는 말을 처음 들어보는 루드니아는 천우의 말에 되물을 수밖에 없었는데, 그는 루드니아가 알아들을 수 있게 천천히 설명을 해주었다.

"제가 온 곳에선 음양오행설이란 것이 있습니다. 세상은 양과 음, 불, 물, 나무, 쇠, 흙의 다섯 가지 성질로 이루어져 있다는 것이지요. 지금 저기 보이는 검은 먹구름에는 음의 기운이 팽배해 있습니다. 음은 추운 겨울과 같은 기운입니다. 이러한 전쟁터에서 죽은 병사들의 원혼은 음기가 강하기 때문에 저 음기가 강한 먹구름에 모이게 되는 것이죠."

하지만 그렇게 말한다고 해서 알아들을 수 있는 루드니아가 아니었기에 한참을 듣다가 더 이상 참지 못하는 듯 머리를 감싸 쥐며 천우를 보고 소리를 질렀다.

"아! 이론은 그만두고 일단 저 구름이 뭔지 말해 봐!"

"예. 쉽게 말한다면 음기의 덩어리입니다. 전장의 원혼을 흡수하여 무엇인가 강한 주술을 부리려 하는 것 같군요."

"주술?"

"예. 이곳에서 말하는 음기의 주술사라면… 네크로멘서를 들 수 있겠군요."

네크로멘서라는 말에 루드니아의 주위에 있던 제장들은 크게 놀라지 않을 수 없었다. 지금은 루드니아의 허를 찌르는 전략으로 어느 정도 승리에 가까워졌다고 할 수 있었지만, 의문의 네크로멘서들의 집단 때문에 군의 피해가 막심해 승리를 점치기 어려웠을 때가 있었기 때문이다.

"역시 각 영지에서 출발한 중재의 군대를 공격한 것은 마도제국의 짓이었군요."

"비열한 자식들이군요. 승리를 위해서 신성이 거부한 힘을 사용하다니 말입니다."

제장들은 마도제국의 비열함에 욕하고 있었지만 루드니아는 손을 들어 그들을 조용히 시켰다. 일단은 그들을 욕하는 것보다 앞으로 일어날 일에 대처하는 것이 더 중요했기 때문이다.

"천우 장군께선 저 먹구름이 무슨 일을 하려는지 알고 계십니까?"

"글쎄요. 자세히는 모르겠지만 저 정도의 음의 기운을 가지고 있는 기운이라면 한 가지 추측은 할 수 있겠군요."

"한 가지 추측?"

하지만 천우의 설명은 계속 이어지지 않았다. 그의 대답이 될 현상이 지금 전장에서 일어나고 있었기 때문이다.

두 왕국과의 싸움과 루드니아의 군에서 죽은 병사들의 시신에 어둠의 구름이 닿자 시체들의 몸이 부서져 나가며 뼈가 서서히 일어서기 시작했기 때문이다.

"스켈레톤!"

네크로멘서들의 언데드 마법 중의 하나인 스켈레톤 병사는 죽은 자의 뼈로 만들어지는 존재이다. 병사들의 시체를 살을 뭉그러뜨리며 서서히 일어서고 있는 스켈레톤들은 생전에 병사들이 사용했던 갑옷과 함께 무기들을 가지고 있어 루드니아의 군대에서는 이 호러 분위기의 녀석들 때문에 때도 아니게 공포 분위기가 조성되고 있었다.

"크하하하하!!"

스켈레톤 병사들이 서서히 몸을 일으키자 시커먼 구름 속에서 십여 명의 검은 로브를 입고 후드로 얼굴을 가린 마법사들이 모습을 드러냈다. 그들의 맨 앞에 있는 흰색의 뼈로 만든 본갑옷을 입고 해골로 만들어진 스틱을 들고 있는 것이 척 봐도 '난 네크로멘서다'라고 말할 수 있는 그는 루드니아의 군대를 향해 큰 소리로 웃어대기 시작했다.

놀랍게도 증폭 마법이라도 걸렸는지 사방으로 퍼지는 데다가 그의 웃음소리는 제각기 다른 12개의 겹치는 음성이었기에 병사들로 하여금 두려움을 느끼게 하기에 충분했다.

루드니아의 곁에서 그들을 보고 있던 천우는 본갑옷을 입고 있는 자의 몸에서 풍겨 나오는 기운을 확인하고는 크게 놀라지 않을 수 없었다.

"저자는?!"

천우는 그자가 과거 왕자들의 내전으로 사방에 널려 있는 시체들을 묻어주기 위해 그로인 왕국에서 만난 의문의 네크로멘서라는 것을 알 수 있었다.

네크로멘서들의 대장인 듯한 그자가 해골바가지 스틱을 쥐고 서서히 주문을 외웠다.

어둠의 기운이 그의 주위로 몰려들기 시작하더니 하나의 형체를 이루어가기 시작했고, 완전한 형체가 이루어지기 시작했을 때 병사들은 다시 한 번 놀라지 않을 수 없었다.

"사이클로프스다!"

사이클로프스는 외눈박이 거인 몬스터로 마도제국 이전에 존재했다고 알려져 있는 거인족이었다. 그들은 30미터가 넘는 키에 엄청난 힘을 가졌다고 알려진 존재였다.

아니나 다를까, 병사들 앞에 모습을 드러낸 사이클로프스는 엄청난 몸집으로 병사들을 내려보고 있있는데, 그 수가 십여 명에 달하니 이젠 두려움에 후방으로 도망치는 병사들까지 생기고 있었다.

물론 도망치는 병사들은 제국의 정병이 아닌 남부 해안의 국가에서 루드니아에게 힘을 협력하기 위해 보내진 병사들이었다.

제국의 정병들도 두렵기는 하지만 그들은 철저하게 훈련을 받은 병사들이어서 사이클로프스가 주는 두려움을 간신히 참고 있었다. 하지만 그들 역시 무서운 것은 마찬가지였기에 무릎을 휘청이며 그 자리에서 쓰러지는 병사들도 나오고 있었다.

네크로멘서들이 하고 있는 일을 보고 있던 게르하인은 인상을 쓰며 루드니아에게 말했다.

"이거 일이 어렵게 됐군요. 스켈레톤 솔져는 힘의 주체인 네크로멘서들만 있다면 다시 되살아나는 존재인데다가 고대 거인족인 사이클로프스까지 나타나다니 말입니다."

루드니아는 그의 말에 고개를 끄덕이며 말했다.

"응. 저 사이클로프스 정도야 어떻게 나의 힘으로 처리해 볼 수 있겠지만 스켈레톤 병사들은 문제가 있는데……."

게르하인은 그녀의 말에 조금 놀랐다. 그녀의 실력이 많이 향상되기는 했지만 저 거대한 존재를 상대하지는 못할 것이라 생각했기 때문이다.

'혹시… 기억을 되찾으신 건가?'

루드니아가 기억을 상실했다는 것을 알고 있었던 게르하인으로선 그렇게 생각할 수밖에 없었다.

그때 그래도 한 명의 구세주가 두 사람에게 천천히 말을 몰아오며 말했다.

"괜찮다면 저 스켈레톤 병사들과 네크로멘서들은 제가 처리하고 싶군요."

그 말에 루드니아와 게르하인은 고개를 돌렸는데, 그는 바로 방금까지 검은 구름에 대해서 설명을 해주고 있었던 차원도사 천우였다.

"천우 장군, 할 수 있겠습니까?"

"글쎄요. 하지만 일반 병사들로 저들과 싸울 수는 없지 않겠습니까?"

"그렇긴 하지만……."

"그렇다면 제가 나서야지요. 제가 이 전쟁에 직접 나서게 된 것도 바로 저들 때문이니까요."

그 말에 두 사람은 놀라지 않을 수 없었다. 차원도사 천우는 정말 눈에 안 띄는 존재였다. 준호의 일행에 있으면서도 마치 없는 것 같은 존재였기에 루드니아는 그가 더 신경이 쓰였었는데, 설마 그런 그가 네크로멘서라는 존재 때문에 군에 합류하고 있었는지는 몰랐다.

"좋습니다. 그럼 천우도사께 한번 맡겨보지요. 저 거인족은 우리 군이 어떻게든 처리해 보겠습니다."

"그렇게 해주시면 고맙겠습니다. 해골은 모르겠지만 저런 거인은 저도 어떻게 상대해야 할지 감이 오지 않으니까요."

그 말과 함께 차원도사 천우는 천천히 앞으로 나섰는데, 그때 준호가 말을 몰아와서는 루드니아에게 고개를 숙이며 말했다.

"차원도사를 돕고자 하는데 허락을 바랍니다."

"예, 허락하지요."

준호가 나서자 리안나가 찾아왔고, 두 사람이 나서자 실레이드와 콜리드까지 나서니 준호 일행은 드디어 암흑의 무리인 네크로멘서들의 집단과 싸우게 되었다.

루드니아의 진영에서 다섯 명의 사람이 튀어나오자 네트로멘서들은 그들을 상대하기 위하여 백여 명의 스켈레톤 병사들을 움직였는데, 그 모습에 차원도사 천우는 품에서 종이 몇 장과 붓을 꺼내더니 무언가를 쓰기 시작했다.

싸움도 하기 전에 종이에 글을 쓰고 있는 차원도사 천우를 사람들은 이해할 수가 없었다.

그는 병사들의 시체 사이를 돌아다니며 이마에 글씨를 쓴 종이를 붙이고는 목검과 작은 종을 꺼내 들더니 종을 흔들며 목검은 종이를 붙인 시체들을 가리키며 무엇인가 알 수 없는 말로 된 주문을 외우기 시작했다.

"음부의 망자여, 일어나라!"

그가 인상을 쓰며 빠른 속도로 작은 종을 흔들며 주문을 외우자 이마에 부적이 붙은 병사들은 서서히 자리에서 일어나기 시작했다.

"우아!"

루드니아의 진영에 있던 병사들은 그 모습에 놀라 모두 탄성을 내지를 수밖에 없었다. 설마 점잖은 신사였던 차원도사가 네크로멘서였을 줄은 몰랐던 것이었다.

물론 차원이 다른 곳에서는 차원도사 천우를 도가의 도사로 여겼지만 지금 이곳에서는 시체를 조종하는 이는 네크로멘서밖에 생각할 수 없기 때문이다.

하지만 이렇게 놀라는 병사들과는 달리 차원도사를 돕기 위해 온 준호의 일행은 놀라지 않았다.

이미 어느 정도 차원도사에 대해서 알고 있었기 때문이다.

차원도사가 종을 흔들며 목검을 휘두르자 부적의 병사들은 서서히 움직여 스켈레톤 병사들을 향해 공격해 들어가기 시작했다.

무기를 들고 있는 스켈레톤 병사들에 비해 차원도사가 조종하고 있는 시체들은 아무 무기도 가지고 있지 않았지만 그 스피드만큼은 스켈레톤 병사들을 압도하고 있었고, 그들과 부딪치게 되자 차원도사의 시체들이 얼마나 강한 존재인가를 알게 해주었다.

부적을 붙인 시체들은 빠른 속도로 스켈레톤 병사들을 향해 껑충껑충 뛰듯 움직이더니 두 손을 세워 스켈레톤 병사들의 뼈를 강하게 치기 시작했는데, 그들의 손에 부딪친 스켈레톤들은 엄청난 충격에 산산이 부서져 나가기 시작한 것이다.

이에 반해 차원도사들의 시체는 스켈레톤들의 검을 맞는 때도 있었지만 그들의 검은 시체들에 약간의 손상만을 줄 뿐 결정적인 타격을 주지 못하고 있었다.

차원도사가 움직이고 있는 시체들은 열 구 정도에 지나지 않았지만, 십 분 정도 만에 네크로멘서들이 만들어놓은 스켈레톤 병사 백여 개를 모두 부서뜨리는 괴력을 나타냈음에도 그들의 검에 맞아 쓰러진 시체들은 단 한 구도 없었다.

"와! 굉장하군요!"

준호는 차원도사의 능력이 약하지 않을 것이라 생각하기는 했지만 이 정도일 줄은 생각지도 못했다.

한편 자신들이 보낸 스켈레톤 병사들이 모두 쓰러지자 네크로멘서들의 대장은 인상을 찌푸리며 두 명의 부하들에게 손짓을 했다.

스켈레톤으로는 상대가 거느린 시체들을 상대할 수 없다고 생각했기 때문이다. 대장의 명령을 받은 네크로멘서들은 고개를 끄덕이고는 차원도사를 향해 뛰어오기 시작했다.

"이번엔 내가 상대해 볼까?"

실레이드는 네크로멘서들이 뛰어오자 미소를 지으며 자신의 검을 뽑아 들고는 마주쳐 갔다.

스피드만은 일행 중 최고라고 할 수 있는 실레이드는 순식간에 네크로멘서들의 정면에까지 쇄도해 들어갔는데, 상대가 이렇게 빠르리라고는 생각하지 못한 그들은 당황하며 양쪽으로 갈라져서는 품에서 검은 물체를 꺼내어서 병사들의 시체에게로 집어 던졌다.

쿠궁!

그들이 던진 검은 물체는 병사들의 시체에 닿자 폭발하듯 터져 나가더니 시체를 산산조각 내버렸다.

사방으로 흩어진 시체의 피와 살은 땅으로 떨어지자 서서히 끓어오르는 듯한 현상이 일어나기 시작했는데, 그것을 보며 두 명의 네크로멘서들이 주문을 외우자 끓어오르는 피와 살에서 인간 모습의 형상이 서서히 형성되어지기 시작했다.

"블로디 고렘?"

실레이드는 그들이 만든 괴인간을 보며 조금 놀라는 표정을 지으며 말했다.

네크로멘서들의 주문이 모두 끝나자 두 개의 블로디 고렘은 서서히 발을 움직여 가며 실레이드를 향해 천천히 걸어오기 시작했기에 그는 빠른 속도로 움직이며 순식간에 두 고렘을 허리에서부터 두 동강을 내어버렸다.

눈 깜짝할 사이에 두 고렘을 베어버린 실레이드는 칼에 묻은 피를 털어내며 별거 아니었다는 표정을 짓고 있었다.

하지만 놀랍게도 블로디 고렘의 허리가 다시 붙기 시작하며 원상태로 돌아가 다시 실레이드를 향해 걸어가기 시작했다.

"쳇! 역시 시전자를 죽여야 되는가 보군."

검으로는 녀석들을 쓰러뜨릴 수 없다고 생각한 그는 시전자인 네크로멘서들을 죽이기 위해 다시 몸을 움직였는데, 그 순간 두 마리의 고렘이 붉은 빛과 함께 사라지더니 시전자를 죽이기 위해 뛰어가던 실레이드의 앞에 튀어나왔다.

"뭐야! 이거!'

갑자기 자신의 앞으로 나온 고렘을 보며 실레이드는 검에 마나를 집중시켜 그대로 검기를 날렸는데, 애석하게도 검기는 녀석들의 몸을 뚫고 나갈 뿐 아무런 상처도 주지 못했다.

하지만 검기가 뚫고 나오는 것을 본 실레이드는 거기서 끝내지 않았다.

"증기로 날려주겠다! 익스플로젼!"

검으로 안 된다는 것을 깨달은 실레이드는 익스플로젼 마법을 사용했고, 그의 마법에 두 개의 고렘은 불꽃의 폭발과 함께 완전히 부서져 사방으로 날아갔다.

별거 아니라는 듯 실레이드가 녀석들이 있던 곳으로 뛰어 지나가려고 하는 순간, 주변에 검은색의 독기가 퍼져 올라오기 시작했다.

"실레이드님! 시독입니다!"

"시독?"

그 검은 독기에 차원도사가 깜짝 놀라며 소리쳤는데, 이미 실레이드는 독기의 영역 내로 진입해 들어간 후였다.

시독은 시체가 부패할 때 나오는 독으로, 보통은 구더기 같은 것이나 미생물들이 사언 처리를 하지만 네크로멘서 계통의 자들이 특수한 처리를 할 경우 상상도 못할 강한 독기를 만들어낼 수 있었다.

차원도사 역시 이러한 시독을 만들어낼 수 있었기에 그 검은색의 독기가 시독이라는 것은 알 수 있었다.

하지만 드래곤인 실레이드는 자신이 독에 중독될 리 없다고 생각하며 거리낌없이 독기를 뚫고 빠져나왔는데, 그 순간 자신의 피부가 시꺼멓게 변색된 것을 볼 수 있었다.

"헉! 뭐야?!"

순식간에 블랙 드래곤이 된 것 같은 자신의 몸 색깔에 그는 당황하지 않을 수 없었다. 차원도사는 그가 시독에 중독되었다고 생각하고는 그에게로 달려갔다.

차원도사가 뛰어나오자 두 명의 네크로멘서들은 다시 시체들에 검은색 물체를 던져 두 개의 블로디 고렘을 만들어낸 후 그의 앞을 막았다.

"흥!"

차원도사는 자신의 앞에 있는 블로디 고렘 두 마리를 보며 코웃음 치더니 검지손가락을 깨물어 두 개의 종이 위에 무엇인가를 휘갈겨 썼다. 그리곤 뒤로 몸을 날리면서 그것을 고렘들을 향해 날리며 소리쳤다.

"파사부(破邪符)!"

그 순간 그가 던진 종이에서 강렬한 빛이 터져 나오면서 블로디 고렘을 향해 작렬했고, 빛은 고렘을 감싸기 시작했다.

"꾸어억!"

빛에 감싸인 블로디 고렘은 고통스러운 비명 같은 것을 내지르더니 어느 순간 핏덩어리로 변해 산산이 흩어졌고, 검은색의 독기를 내뿜으며 산화되어 갔다.

한편 시독에 중독된 실레이드는 큐즈 마법을 사용하여 자신의 몸을 치료하려 했지만, 독 자체는 치료되었지만 피부를 검게 물들인 것이 사라지지 않자 분노에 떨고 있었다.

"흑흑흑… 하얗고 뽀송뽀송한 피부는 나의 자랑이었건만… 이것이……."

좌절감이 밀려오고 있었다. 그렇게 사랑스러워하던 피부가 검게 물들어 흉측하게 변해 버렸으니 얼마나 충격이었겠는가? 이런 독기로 검게 물든 피부로 드래곤으로 폴리모프한다면 은색 피부에 까만색 점이 군데군데 박혀 있는 바둑이 드래곤이 될 실레이드였다.

드래곤 최초의 얼룩 드래곤. 얼마나 흉측한 단어란 말인가.

그런 생각에 눈이 뒤집힌 실레이드는 자신의 피부를 이렇게 만든 나쁜 네크로멘서들을 살기가 가득한 눈빛으로 째려보기 시작했는데, 그 살기가 얼마나 강했던지 루드니아의 병영에 있던 병사들조차 흠칫하며 식은땀을 흘리지 않을 수 없었다.

"이 자식들! 몽땅 쓸어주마!! 하이퍼 파이어 스톰 볼!!"

진짜 열받은 실레이드는 콜리드 용으로 만들어놓았던 궁극의 서클의 개량 마법을 네크로멘서들을 향해 날렸다.

에이션트 급 오크를 겨냥하여 만든 이 하이퍼 파이어 스톰 볼은 그 이름처럼 엄청난 위력을 가진 마법이었으니, 실레이드의 손에서 엄청난 마나를 일으키며 형성된 파이어 스톰 볼은 네크로멘서들을 향해 빠른 속도로 날아갔다.

엄청난 열을 동반하는 마법은 땅을 스치지 않았음에도 불구하고 그 엄청난 위력의 여파에 주변의 땅은 붉게 물들어 끓어오르는 듯할 정도였다.

"본실드!"

네크로멘서들은 그 엄청난 위력의 마법에 놀라 피하지도 못하고 실드 기술인 본실드를 사용하여 급히 실레이드의 마법을 막으려고 했다. 하지만 안타깝게도 피하면 피했지 막아서는 안 되는 마법이었다는 것을 몰랐던 것이다.

쿠구궁!

네크로멘서들에게 파이어 스톰 볼이 작렬하자 엄청난 폭발음이 일어나며 일대의 공기가 스톰 볼이 터진 곳으로 말려 들어가면서 거대한 돌풍을 일으키기 시작했고 엄청난 불꽃의 폭발은 그 주변으로 버섯구름을 만들 정도의 위력을 자아냈다.

"젠장!"

콜리드는 스톰 볼 폭발의 여파가 군대에게도 미친다는 것을 생각하고는 급히 오크언 마법으로 거대한 실드를 만들어냈고, 루드니아 역시 그것에 생각이 미쳐 다원소 드래곤의 힘으로 광대한 실드를 형성시키기 시작했다.

"모두 엎드려! 폭발광을 봐서는 안 된다!"

"우아악!"

"내 눈!!"

콜리드의 거대한 외침에 많은 사람들이 고개를 숙이며 엎드리기는 했지만 개중에 호기심으로 가득 찬 이들은 스톰 볼의 폭발 때 일어나는 강렬한 빛을 본 후 망막이 손상당하고 마는 불상사가 벌어졌다.

어느 정도의 시간이 지나자 스톰 볼의 폭발로 생긴 여파는 가라앉기 시작했지만 하늘은 그 엄청난 폭발에 자욱하게 연기가 생기며 그 일대를 어둠으로 뒤덮고 있었고, 엄청난 열기의 지열이 대지의 평균 온도를 10도 이상 상승시켜 한여름의 열기보다 더한 기운을 느끼게 하고 있었다.

스톰 볼이 터진 곳에는 거대한 크레이트가 형성되었고, 두 명의 네크로멘서는 흔적도 찾을 수 없는 재가 되어버렸다.

크레이트의 앞에는 실레이드가 한쪽 무릎을 꿇으며 힘에 부친 듯이 숨을 몰아쉬고 있었는데, 전에 보였던 하이퍼 파이어 스톰 볼은 상대도 안 될 정도로 강한 여파를 밀고 온 것을 보며 콜리드는 그가 얼마나 분노했는지 짐작을 해볼 수 있었다.

네크로멘서들이 있었던 곳의 스켈레톤 병사들은 그 폭풍에 휘말려 거의 대부분이 어디론가 사라져 버렸는데, 후에 폭발에 날려간 스켈레톤 병사들 중 안전하게 착지한 녀석들이 반경 30킬로미터밖에까지 날아가 주변 왕국의 국민들에게 상당히 해를 끼쳤기 때문에 상당히 사회적 이슈가 되기도 했다.

한쪽에서 피투성이가 된 채 무릎을 꿇고 있는 사이클로프스들 사이로 한 사람의 인영이 드러났다.

바로 본아머를 입고 있던 네크로멘서들의 대장이었다. 그는 피투성이가 되어버린 몰골로 일어났는데 한쪽 팔이 부러져 흐느적거리듯 흔들리고 있는 것으로 보아 복구 불능일 정도로 심한 부상을 입었다는 것을 알 수 있었다.

"크윽… 이 괴물 같은 자식들……."

이 엄청난 사태를 일으키는 마법을 사용한 녀석들을 보며 그는 고통스러운 신음을 내뱉더니 품에서 텔레포트 스크롤을 꺼내 푸른 빛과 함께 사라졌다.

폭발이 끝나자 콜리드와 루드니아는 펼쳐 놓았던 실드를 해제시키고 병사들을 쳐다보았다. 한데 그 순간 엄청난 충격을 받을 수밖에 없었다.

갑작스럽게 친 실드인지라 그 여파를 모두 막아내지 못했기 때문에 도열하고 있던 병사들의 상당수가 폭풍에 휘말려 날아가 버린 후였고, 남아 있는 자들 역시 눈을 감싸 쥐며 뒹구는 이들이 많았기 때문이다.

"게르하인! 게르하인!"

주위를 둘러보던 루드니아는 게르하인이 보이지 않자 다급하게 외쳤는데, 그때 쓰러진 말의 시체 아래서 목소리가 들려왔다.

"여기 있습니다."

게르하인은 말의 시체에서 간신히 몸을 일으켜 세우더니 말했다.

"폭발광에 말이 날뛰어서 처리하느라 밑에 깔리고 말았군요."

다행히 아무 상처도 없었기에 루드니아로서는 안심할 수 있었지만 이렇게 있을 순 없었다.

"게르하인, 이번 폭발로 얼마나 피해를 입었는지 조사를 해주세요."

"예."

게르하인은 루드니아의 명령에 대답을 하고는 병사들이 있는 뒤쪽으로 걸어갔다.

준호 일행들은 다행히 콜리드가 펼쳐 놓았던 실드에 의해 목숨을 부지할 수 있었지만 혼자 실레이드 근처에 나가 있던 차원도사 천우가 걱정되었기 때문에 주변을 뒤지기 시작했다. 하지만 폭발의 여파로 근처에 남아 있는 것은 거의 없었다.

"차원도사께서 폭발에 날려가신 것일까요?"

준호는 자신을 본래 세계로 돌려보낼 사람인 그가 사라지자 다급하지 않을 수 없었는데 그때 리안나가 깜짝 놀라며 소리쳤다.

"저기 있어요!"

리안나가 가리킨 방향은 크레이터가 형성되어 있는 곳에서 얼마 떨어지지 않은 곳이었다.

땅이 들썩거리면서 한 사람이 모습을 드러냈는데, 흙투성이의 옷과 머리였지만 준호는 그것이 차원도사라는 것을 알 수 있었다.

"차원도사님!"

준호는 땅에서 빠져나오고 있는 차원도사의 곁으로 뛰어갔다.

차원도사는 실레이드에 의해 엄청난 기운의 불덩어리가 날아가자 범상치 않은 기운이라는 것을 느끼고 그대로 있다간 그 여파에 피해 입을 것을 감지했다.

그래서 빠른 속도로 지둔술을 사용하여 땅 밑으로 파고들어 그 여파에서 몸을 피할 수 있었지만, 뜨거운 열기에 의해 근처의 땅 역시 뜨겁게 달구어졌기 때문에 한순간에 차원도사 찜이 될 뻔했다.

다행히 내공을 사용하여 어느 정도 그 열기를 막아낼 수 있었지만, 모두 막아내지 못한 상태였기에 온몸의 군데군데에는 화상을 입고 있었다.

"힐!"

준호와 함께 차원도사에게 간 리안나는 신성 마법을 사용하여 급히 차원도사의 화상을 치유했고, 신성력에 의해 그의 화상은 뽀얀 살로 돌아가기 시작했다.

화상이 모두 치료되자 차원도사는 리안나를 향해 고맙다는 인사를 했다.

"고맙소."

"천만에요."

"그나저나 엄청난 위력이군요. 도저히 인간의 힘이라고는 볼 수 없을 정도로 말입니다."

차원도사는 그렇게 말한 후 아직도 숨을 헐떡이고 있는 실레이드를 쳐다보았다. 처음 보았을 때도 범상치 않은 기운을 가졌기에 의심을 하긴 했었지만, 방금 전의 일로 그 심증을 완전히 굳힐 수 있었다.

이 정도의 강력한 마법을 사용할 수 있는 존재는 지상계에선 고위 마족과 드래곤이라는 존재뿐이었기 때문이다.

네크로멘서들의 공격은 막을 수 있었지만 문제는 아군에 의한 피해였다.

설마 아군에 의해 10만의 병력 중 3만은 죽임을 당하고 4만은 죽을 알아들 도망을 가거나 마법으로 인해 전투 불능의 상태에 빠졌으니 엄청난 피해라고 할 수 있었다.

루드니아는 실레이드의 정체를 알고 있는지라 드래곤의 원로급 되는 사람에게 뭐라고 욕도 못하며 속만 앓은 뿐이었다.

"제대로 운용할 수 있는 병력은 3만 정도에 지나지 않는다는 말이군요."

"예. 그나마 거기에서 1만의 병력은 남부 해안의 중소 국가에서 원병을 받은 것이라 제국의 정병은 2만에 지나지 않습니다."

게르하인의 말을 들으며 루드니아는 더 속이 터질 수밖에 없었다.

"그렇다면 결사대를 조직해야겠군요. 예상되는 적의 병력은 어느 정도나 됩니까?"

"제국 짐공에 거의 대부분이 빠져나간 상태이니 대략 3만 정도로 예상되고 있습니다."

"음… 그렇담 제국 정병 2만으로 그로인 왕성을 공략합시다."

공성전에 있어서 공격 측의 병력은 성을 공략하기 위해선 대략 3배의 병력이 필요하다고 알려져 있었지만, 그것은 마법을 제외한 상태에서의 가정이다.

아군의 거의 대부분을 전투 불능으로 만들어 버린 실레이드의 마법과 그랜드 소드 마스터의 콜리드, 네크로멘서를 압도하는 이계의 술사 차원도사가 가세하고 있다면 공성전의 병력 차이는 충분히 메워질 수 있었다.

"남부 왕국의 병력은 제외하십니까?"

게르하인의 말에 루드니아는 고개를 끄덕이며 말했다.

"예. 일단은 병력 운용에서 힘들 뿐 아니라 마도제국의 대마법사와 싸우게 되면 그들은 두려움에 오히려 제국 병사들의 방해가 될 것이 분명하기 때문입니다."

루드니아의 말에 그는 고개를 끄덕이며 말했다. 실제로 네크로멘서가 나타나 마법으로 스켈레톤이나 사이클로프스를 만들었을 때도 남부 왕국 5만의 병력들은 거의 패닉에 빠져 움직이지도 못하는 상태였었다.

"알겠습니다. 병사들에게 출진 준비를 시키도록 하겠습니다."

"부탁합니다."

"예."

게르하인과 루드니아는 이제 사령관과 부관으로서의 죽이 잘 맞는 듀엣이 되어버렸다.

　　　　　*　　　　　*　　　　　*

　한편 그 시간 마도제국의 황성에서는 엄청난 마나의 폭발로 이미 어느 정도 사태를 짐작하고 있던 루드웨어가 네크로멘서들의 장 맨피드를 만나고 있었다.

　"예상외로군."

　"……."

　맨피드로선 할 말이 없었다. 그는 이번 승리를 마도제국의 황제 루드웨어에게 가져다 줌으로써 본격적으로 네크로멘서의 이름을 외부에 알릴 예정이었는데, 이번 패배로 자신의 계획이 완전히 틀어져 버렸기 때문이다.

　하지만 이렇게 끝낼 수 없다고 생각한 맨피드였기에 최후까지 사용하지 않으려던 비법을 사용할 수밖에 없었다.

　"폐하."

　"말하라."

　맨피드가 무슨 결심을 한 듯 얼굴을 굳히며 말하자 루드웨어는 무슨 생각이 있는 듯하여 그를 보며 말했다.

　"무슨 방법이라도 있는가?"

　"예. 최후까지 남겨두려 한 저희 조직의 마지막 한 수가 남아 있습니다. 하지만 그 한 수를 사용하면 이제 더 이상 저라는 존재는 이 대륙에 남아 있지 않게 될 것입니다."

　"음……."

　도대체 무슨 수이기에 그가 이렇게까지 말하는지 궁금하지 않을 수 없었다.

"컴플레이티니스 언데드인가?"

그 순간 맨피드는 무엇인가에 크게 놀란 듯 얼굴을 들어 황제 루드웨어의 얼굴을 쳐다보았다.

"역시 폐하께서는 칠인회의 분이셨군요."

"그렇다. 너의 조직에서 헤른드의 컴플레이티니스 언데드에 관한 연구서를 가져갔다는 것은 이미 나의 앞에 모습을 드러냈을 때부터 알고 있었지."

"……."

멘피트는 루드웨어의 말에 아무런 말도 못하고 고개를 숙이고 있었다.

하지만 이제 화살은 활을 떠난 후였다.

"폐하, 네크로멘서들을 어떻게 생각하십니까?"

"네크로멘서들이라… 오성신의 교리에 어긋난 자들이 아닌가?"

"그렇습니다. 하지만 오성신의 교리에 벗어난다 하여 그것이 죄악입니까? 처음 네크로멘서들이 추구한 것은 신성과 마성에 의한 인간의 생명의 비밀이였습니다. 하지만 인간의 생명은 오성신에 의한 것이므로 그것에 대한 연구는 대륙의 여러 나라로부터 압박을 받아왔습니다. 네크로멘서들은 그 생명의 위협에서 자신들을 보호하기 위해 암흑 마법을 이용한 언데드를 만들게 된 것뿐이지요."

그의 말에 루드웨어는 고개를 끄덕이며 수긍을 해주었다. 과거 고대 마도제국에서는 네크로멘서들의 연구와 마법을 오성신의 교리에 어긋난다 하여 압박을 가하진 않았다. 오히려 네크로멘서들은 하나의 마법 학문 분야로서 오원소 마법보다 더 번성한 학문이었다.

하지만 마도제국이 무너지면서 네크로멘서들의 언데드들이 그 멸망에 상당한 영향을 끼침으로써 대륙에선 네크로멘서들을 배척하게 되었던 것이다.

하지만 마도제국의 붕괴에 오원소 마법의 마도사들 역시 상당한 영향을 끼쳤음에도 그들은 살아남을 수 있었다.

두 개의 동등한 학문이 하나는 사악한 기를 가지고 있다 하여 배척당한 것뿐이며, 루드웨어는 그것을 알기 때문에 칠인회에서 언데드 연구를 그렇게 막고 있지 않는 것이다.

"그대가 원하는 것은 무엇인가?"

"네크로멘서들이 다시 양지로 나갈 수 있는 땅을 만들어주십시오."

그렇다. 맨피드, 그가 원하고 있는 것은 자신이 속한 네크로멘서들이 다시 양지로 나갈 수 있는 땅을 원하는 것뿐이다.

지금처럼 그림자 속에 파묻혀 여러 국가들을 뒤에서 조종하고 있는 것은 그들이 원하는 것이 아니었다. 다만 자신들의 연구와 결과를 대륙으로 나가 마음껏 펼쳐 보이고 싶은 것뿐이었다.

지나친 오성신에 대한 믿음으로 말미암아 사장되어 가고 있는 네크로멘서들의 연구를 이 세상에 알려 인간의 수많은 소원 중 하나인 생명 연장의 꿈을 실현시키고 싶은 것뿐이었다.

어느 정도 맨피드의 마음을 느낄 수 있었던 루드웨어는 고개를 끄덕이며 말했다.

"내가 이 땅의 개혁에서 성공한다면 마도제국 안에서만큼은 너희 네크로멘서들을 양지로 나오게 할 것을 약속한다."

루드웨어의 약속을 받은 맨피드는 그 자리에 엎드리며 눈물을 흘렸다.

수많은 세월 동안 많은 기득권자들에게 붙어 힘을 제공했지만, 그러한 기득권자들은 모두 오성신의 신자들, 언제나 마지막 순간 네크로멘서들은 배신을 당해야 했다.

하지만 이번 마도제국의 황제는 신성제국과 맞서는 마도의 인물. 또한 그가 칠인회의 인물이라면 네크로멘서들의 모든 암흑 마법과 연구를 순수한 학문으로 받아들여 줄 것은 확실하기 때문에 맨피드는 그 말 한마디로도 격정의 눈물을 흘리는 것이었다.

"폐하, 네크로멘서의 장… 맨피드… 목숨을 다해 폐하의 변혁에 힘이… 되겠습니다……."

고개를 숙이며 그렇게 대답한 맨피드는 자리에서 일어나서는 조용히 그림자 속으로 사라졌다. 과연 악은 무엇일까? 그가 사라지자 루드웨어는 그런 생각이 들었다.

선과 악의 경계선은 모호하기 그지없었다. 지상계에서 인간들의 약육강식은 추하게 보이는 죄악에 속하지만 마계에선 오히려 그것이 선에 가깝다.

네크로멘서들의 학문. 그것은 오성신의 입장에서 본다면 큰 죄악이지만 학문과 마도의 입장에서 본다면 인간의 생을 돕는 선에 속하는 것이기 때문이다.

하지만 완벽의 세계는 존재하지 않는다. 또 존재해서도 안 된다. 인간은 모순이 없다면 살아갈 수 없는 존재들이기 때문이다. 하지만 그 모순에서 바로잡을 수 있는 것이 있다면 바로잡는 것, 그것이 바로 불완전의 세계에서 완벽에 가까운 세계로 가기 위한 발전인 것이다.

"멘드로!"

루드웨어가 소리치자 접견실의 문이 열리면서 라디안의 제자인 멘드로가 와서는 공손히 절을 하며 말했다.

"예, 총회주."

"지금 당장 신성제국으로 가 있는 시크라를 불러들여라."

"예? 하지만 일주일 정도만 있으면 신성제국의 황성을 정복하여 대업을 이루실 수 있을 텐데요?"

"신성제국의 군대, 그리고 그들의 마법사들을 지금의 상태에선 막을 수 있는 여력이 없다. 시크라라면 단시간 안에 이곳으로 올 수 있을 터. 에이션트 레드 드래곤의 힘을 빌려 성을 방어한다."

그 말에 멘드로는 고개를 숙이고는 천천히 걸음을 옮기며 접견실을 빠져나왔다. 루드웨어는 이제 최후의 싸움을 준비하고 있는 것이다.

미쓰릴 갑옷을 입은 성녀 루드니아의 앞에는 이제 그녀가 인솔하고 있는 2만의 기사들이 시립해 있었다.

"드디어… 대륙을 어지럽히는 마왕 루드그리엔과의 결전의 때가 왔습니다. 대륙의 평화를 위해 마도제국 로노와르를 멸망시켜 오성신의 위대한 신성을 알립시다!"

"와아!"

루드니아의 옥구슬 굴러가는 아름다운 목소리가 결전의 시기를 알리자 기사들과 병사들은 광란에 빠져 함성을 질렀다.

그들에게 이제 오성신의 신성은 안중에도 없었다. 은빛의 미쓰릴 갑옷을 입은 성녀 루드니아, 그녀만 있으면 죽어도 여한이 없다는 생각을 가진 기사들은 자신들의 성녀 루드니아의 말대로 대륙의 평화를 어지럽히는 마왕 루드그레인을 죽여 성녀를 독차지하겠다는 생각뿐이었다.

한편 마도제국의 황성 안에서도 3만의 마도제국의 연합국에서 선발된 기사들과 병사 역시 결의에 차 있었다.

임시로 만들어진 단상에는 대마도제국 로노와르의 마황제 루드그레인이 옥좌에 앉아 3만에 이르는 자신의 군사를 보고 있었다.

칠인회 라디안의 제자 멘드로는 결의에 찬 얼굴로 루드웨어에게 말했다.

"총회주, 결전의 시간입니다."

조용히 앉아 군사들만을 지켜보고 있던 루드웨어는 그의 말에 음흉한 미소를 지으며 말했다.

"파렴치하면서도 그것도 모자라 바람까지 난 드래곤인 로노와르를 벌할 때인가?"

"예, 총회주."

"흥! 그런 계집을 성녀라 칭송하는 제국의 기사들이 불쌍할 따름이군. 악녀와 성녀를 구분하지 못한 동태눈깔을 가진 죄로 죽어야 되니 말이야."

"그렇습니다."

자리에서 일어난 루드웨어는 멘드로가 가지고 온 마검을 받더니 빼들었다.

검에서 흐르는 푸른색의 마법의 빛은 3만이 넘는 병사들의 눈을 가리게 할 만큼 강렬한 빛을 뿜어냈다.

"보라! 마도제국 로노와르의 제군들이여! 이제 저 저주스러운 제국을 이 땅에서 몰아낼 시간이 도래했다! 거짓된 오성신의 믿음에 눈이 먼 대륙의 모든 인간을 위해 우리 모두 검을 뽑아 진정한 믿음의 땅을 만들자!"

"와!"

수백 년을 로아냐드 제국의 압제에 시달린 연합 중소 국가의 기사들은 드디어 제국의 압제에서 벗어날 시기가 도래했다 믿으며 병장기를 높이 들고 마도제국의 황제 루드그레인의 이름을 소리 높여 외치기 시작했다.

"마도제국 황제 루드그레인 만세!"

"마도제국 황제 루드그레인 만세!"

한편 두 사람이 이렇게 자신들이 거느린 군대를 독려하며 최후의 결전을 준비하고 있을 때 그로인 왕국의 숲에선 예상치도 못한 인물들이 숨어 있었다.

그 인물들은 바로 레그르토와 에비나, 다크 나이트 밀리아나였다.

레비나는 자신을 우롱한 여기사 루드니아와 마도제국의 황제 루드그레인을 겨냥하여 그들을 죽이기 위해 이곳으로 용병들을 이끌고 온 것이다.

그녀가 거느린 용병단은 용병왕 블로드 스톰의 이름에 모인 인물들로 5천여 명의 일, 이급 용병들이었다.

그들 중에는 세 사람과 함께 상당한 검술을 지니고 있는 사람이 있었는데, 바로 지크프리드란 사람이었다.

그는 요즘 대륙에서 용병으로 이름을 날리고 있는 인물로 실력 또한 소드 오버러 급에 달하고 있었으며 차세대의 용병왕이라는 닉네임도 가지고 있는 뛰어난 인물이었다.

이 용병단이 레비나의 아버지 블로드 스톰의 이름으로 모였다고는 하지만 레비나 일행으론 그들을 운용하기 힘들었는데 지크프리드가 가세함으로써 그러한 고민은 말끔히 사라진 상태였다.

그들은 마도제국과 신성제국의 군대가 서로 간의 싸움으로 많은 피해를 입었을 때 그 기회를 틈타 오천의 용병을 이끌고 들어가 루드니아와 루드그레인의 목을 벤다는 작전이었다.

"과연 성공할 수 있을까요?"

양부인 블로드 스톰의 원수를 처단할 기회가 온 레비나는 불안하기 그지없었다. 두 사람 다 상당한 힘의 소유자이며 그와 함께 많은 수의 군대를 가지고 있었기 때문이다.

불안해하는 레비나를 보며 레그르토는 그녀의 어깨를 어루만져 주며 말했다.

"물론이오. 우린 성공할 수 있을 것이오."

"레그르토."

두 사람은 이 긴장된 와중에서도 서로 간의 사랑을 확인하고 있었다. 밀리아나는 두 사람의 모습을 보며 미소 짓고 있다가 자신의 뒤에서 연신 지도를 보며 작전을 짜고 있는 지크프리드를 보며 말했다.

"작전이 잘돼가나요?"

"예, 그로인 왕성의 지도가 도적 길드에 남아 있어 작전을 짜기는 그리 어렵지 않았습니다."

빨간 머리의 미남 청년인 지크프리드는 긴 장발을 뒤로 넘기며 산뜻한 미소를 지으며 밀리아나를 보며 말했다.

"다행이군요."

이제 이 네 사람과 용병단이 기다리고 있는 것은 두 군대의 본격적인 접전이었다. 어느 한쪽에게 너무 유리하게 흘러서는 안 되는, 서로 간에 상당한 피해를 입히는 결과를 기다려야 하는 것이다.

드디어 본격적인 두 사람의 전쟁이 시작됐다.

루드니아는 자신의 병사들을 이끌고 드디어 마도제국 로노와르의 황성을 공격하기 시작한 것이다.

루드웨어는 자신의 군대 3만으로 하여금 공격보다는 방어 위주로 싸움을 이끌고 있었다.

이에 반해 루드니아는 2만의 군대와 스스로도 조금 찔리는 감이 있었던 실레이드가 차원도사 천우에게 변색된 몸을 치료받고 루드니아의 군을 도와 마도제국의 황성의 공성전에 참여하게 되었다.

루드웨어는 루드니아의 군대가 진을 치고 있는 남성문의 성벽 위에서 지켜보며 있었다.

"맨피드는 아직 나타나지 않았는가?"

화살이 빗발치고 있는 성벽 위에서도 황제답게 위엄을 갖추며 자신의 옆에서 힘들게 실드를 쓰고 있는 멘드로를 향해 물었다.

10서클에 이르는 마법을 가지고 있으면서도 수많은 화살을 막는 실드 치는 일은 자신에게 시키는 루드웨어가 조금 밉긴 했지만 어쩌랴, 총회주인 것을. 멘드로는 실드를 계속 가동시키면서 말했다.

"아직 모습이 보이고 있지 않습니다만 총회주님, 맨피드란 자를 너무 신용하지 마십시오."

"무슨 소린가?"

"수백 년 간은 지하에서 암약하며 더러운 짓을 일삼는 조직의 수장입니다. 그런 자를 믿기는……."

멘드로의 말을 들은 루드웨어는 기분 나쁜 소리를 들었다는 듯이 인상을 쓰고는 멘드로를 보며 말했다.

"멘드로."

"예."

"자넨 이 대륙의 인간들을 어떻게 보는가?"

"예?"

루드웨어의 뜬금없는 질문에 멘드로로선 되물을 수밖에 없었다. 하지만 그런 반응을 이미 예상하고 있었는지 그는 계속 말을 이어 나갔다.

"대륙의 인간들은 신에게 너무 의지하고 있네. 모든 일을 신에게 의지함으로써 그들은 발전해 나가지 못하고 있으며, 신이 말한 것은 모두 옳다고 믿고 있네. 하지만 자네도 칠인회가 지금까지 해 나갔던 일을 잘 알고 있지 않은가?"

멘드로는 그 말에 아무 말도 할 수가 없었다. 오성신, 물론 그들은 존재한다. 과거 고마도제국 이전에는 직접 현신해서 나타났었지만 현재에 와서는 교황의 몸을 빌어 강신을 주로 하고 있었기에 오성신이 존재하지 않는다고는 말할 수가 없었다.

신은 완벽의 존재라고 사람들은 믿고 있다. 하지만 정말 완벽의 존재일까? 그것은 아니었다. 칠인회의 극비 자료에는 신의 실수를 만회하고자 한 칠인회의 대륙에서의 활동이 나타나 있었다.

신마대전은 신계와 마계의 신이 서로 다른 의견을 가지고 싸운 전쟁이다. 만약 신이 완전한 존재라면 이런 일은 존재하지 않았을 것이다.

완전한 의견이 어찌 대립될 수 있겠는가?

또 천신 레이뮤는 마계를 자신의 신성력으로 오염시키면서 마계의 마족들은 지상으로 이주하게 만들었다.

만약 신이 완벽하다면 그런 일이 있을 수 있겠는가?

애석하게도 인간이 믿는 만큼 신은 완벽한 존재가 아니다. 멘드로 역시 그러한 것을 알고 있었기 때문에 신이 완벽하다고 믿고 있지 않았다.

"신은 완벽의 존재여서는 안 된다. 신은 희망의 존재여야만 하는 것이다. 신을 완벽하다고 믿는다면 인간은 그것에 의지하게 되며, 인간의 윤리로 있어서는 안 되는 일까지 신의 의지로 생각하며 그것을 해 나가게 된다. 신의 그 의지, 완벽의 의지는 오히려 불완전한 존재에게 혼란을 주게 되는 것이다."

"……."

"대륙의 모든 인간들은 신을 완벽의 존재라 생각하며 그들의 의지로만 살려 하고 있다. 물론 신의 의지로만 살면 인간은 평화로운 세상을 살게 되겠지만, 애석하게도 인간은 완벽의 존재가 아니기 때문에 신의 완벽한 의지를 따를 수가 없는 것이다. 물론 신조차 완벽의 존재라고 말할 순 없지만 말이다. 세상에 완벽이란 없다. 완벽을 추구할 뿐인 것이지. 지금 이 세상은 완벽하다 생각되는 신의 의지만 따르는 인간들만이 모여 있기 때문에 인간은 자신의 의지를 따르지 못하고 있는 것이다. 스스로 완벽을 향해 나아가지 못한다면 인간은 발전할 수 없는 것을 너 역시 알고 있지 않은가? 고인 물은 썩는 법. 신성제국이 주변의 왕국에 신권을 강요함으로써 대륙은 썩어가고 있는 것이다."

"……."

"넌 내가 이 전쟁을 장난으로 시작했다고 해서 그 의지마저 장난이라 생각하고 있다. 썩은 물을 없애기 위해 새로운 물이 들어오면 썩은 물은 하류로 흘러가야 한다. 이 일은 그것을 위한 일이다."

멘드로는 루드웨어의 말을 어느 정도 이해할 수가 있었다. 실제로 대륙에는 수없이 많은 사람들이 핍박을 받으며 살고 있음에도 자신의 힘으로 그것을 빠져나갈 생각을 하지 않고 오히려 신에게만 의지하려 하고 있었기 때문이다.

칠인회는 그러한 백성들과 신이 만들어놓은 대륙의 실수를 만회하기 위해 만들어진 존재였다.

"네크로멘서들의 조직, 그들은 이러한 대륙의 썩은 물에서 살아남기 위해 스스로 썩은 물에서 살아갈 수 있는 존재가 된 것일 뿐 그 이상도 그 이하도 아니다. 하지만 지금 그들은 썩은 물이 아닌 새로운 물을 원하고 있으며 맨피드란 자는 그것을 위해 자신의 목숨을 던지려 하고 있는 것이다. 멘드로여, 다시 한 번 묻겠다. 지금 움직이려 하지 않는 너의 의지와 스스로 새로움을 찾으려 하는 그의 의지 중 어느 것을 추구하고자 하는가?"

대답할 필요도 없었다. 마법사라면, 아니, 생각이 있는 자라면 새로움을 찾으려는 의지를 추구할 것이기 때문이다.

"제 생각이 짧았습니다."

멘드로는 네크로멘서들의 조직을 나쁘게 본 것은 어둠에 속한 조직이라는 자신의 편견 때문이라는 것을 인정할 수밖에 없었다.

이러한 두 사람의 이야기가 끝나갈 무렵, 갑자기 성의 한 부분에서 어둠의 기운이 빠르게 일어나기 시작했다.

"맨피드로군."

루드웨어는 이 어둠의 기운이 누구의 것인지 어느 정도 짐작해 볼 수 있었다. 이 성에서 어둠의 기운을 만들어낼 수 있는 존재는 자신과 네크로멘서 조직밖에 없었기 때문이다.

한편 병사들을 진두지휘하며 실레이드의 마법으로 성문을 허물고 성안으로 진격해 들어가려던 루드니아는 갑작스럽게 성의 한 부분에서 어둠의 기운이 크게 일어나자 게르하인에게 지시하여 전군을 후퇴하게 했다.

또다시 네크로멘서의 공격이라면 일반 병사들로 상대할 수 없다고 판단했기 때문이다. 아니나 다를까, 성에서 검은 안개가 흘러나오기 시작하더니 후퇴하고 있는 군을 향해 밀려오기 시작했다.

차원도사는 엄청난 음기의 안개에 크게 놀라며 도술의 주문을 외우기 시작했다.

"풍술!"

주문을 마친 그가 목검을 들어 올리자 루드니아의 진형에서 엄청난 강풍이 밀려가면서 후퇴하는 병사들을 덮치려는 검은 안개를 막아내기 시작했다.

이 엄청난 바람에 의해 병사들이 제대로 후퇴도 못할 지경이었지만 다행히 바람에 의해 검은 안개가 병사들을 덮치는 것은 막을 수 있었다.

하지만 검은 안개는 더 이상 확장되지도 않았지만 강풍이 불어닥침에도 밀려나고 있지 않았다. 일대의 나무마저 꺾여서 날아가는 강풍에도 흩어지지 않는 검은 안개를 보며 병사들은 놀라지 않을 수 없었는데, 어느 순간 검은 안개가 서서히 한곳으로 집중되며 빨려 들어가기 시작했다.

검은 안개가 완전히 한곳으로 빨려 들어가자 안개 속에 있던 사람들의 모습이 드러나기 시작했다. 차원도사는 그중에 본아머를 입은 자가 전에 자신들을 공격했던 네크로멘서의 무리라는 것을 확인할 수 있었다.

하지만 그때 본아머를 입은 네크로멘서는 대장의 신분이었는데 반해 지금은 그보다 높은 자가 있는 듯했다.

은발의 젊은 남자의 뒤로 십여 명의 본아머를 입은 네크로멘서들이 일렬로 서 있었기 때문이다.

차원도사는 은발의 남자가 네크로멘서들을 이끌고 있는 수장이라는 것을 알 수 있었다.

"축지법!"

어둠의 무리들이라 생각한 차원도사는 그들을 처단해야 된다는 생각에 축지법을 사용하며 빠른 속도로 그들을 향해 뛰어갔다.

차원도사가 뛰어오는 것을 보며 은발의 남자는 고개를 들더니 가볍게 손짓을 했고, 그 순간 차원도사의 앞에 거대한 뼈의 벽이 생기면서 쇄도해 들어오는 것을 막아버렸다.

"헉!"

차원도사는 축지법을 사용해 가다 뼈의 벽에 부딪칠 뻔했지만 간신히 뒤로 몸을 날려 충돌하는 것을 막을 수 있었고, 그의 축지법이 멈춰지자 뼈의 벽은 먼지가 되듯 사라져 갔다.

하지만 뼈의 벽에 의해 시야가 가려져 있었던 차원도사는 그 순간 은발의 남자가 사라졌다는 것을 알 수 있었다.

"영시술(靈視術)!"

이계의 요술을 사용하여 움직이고 있는 것이라 판단한 그는 영시술을 사용하여 눈을 떴는데, 그 순간 은발의 남자가 자신에게 검을 찔러 오는 것을 볼 수 있었다.

"합!"

챙!

크게 놀란 그는 빠르게 손에 들고 있던 목검을 휘둘렀고 간신히 은발 남자의 검을 막을 수 있었다.

자신의 검이 막히자 뒤로 몇 바퀴 공중 회전을 하며 물러선 은발의 남자는 놀랍다는 표정을 지으며 말했다.

"호오! 내가 보인단 말인가?"

"흥! 요기로 모습을 감춘다 하여 내가 보지 못할 줄 알았더냐!"

"크크크, 그렇군. 당신이 네르드가 말한 이계의 네크로멘서였군."

"웃기는군. 도가의 도사를 어둠의 종속인 네크로멘서 같은 천한 자와 비교하지 마라!"

차원도사의 말에 은발의 남자는 우습다는 듯이 미소를 지으며 말했다.

"우습군. 어둠의 종속이라 했는가?"

"그렇다."

"그렇다면 지네는 무엇인가? 시체를 조종하는 딩신 역시 어둠의 종족이 아닌가?"

"도가의 시행술은 죽은 자를 극락으로 보내기 위한 방법이지 어둠의 힘이 아니다."

"뭐, 이계의 지식이야 내가 모르니 뭐라 말할 순 없겠군. 하지만 당신에게 말하지만 네크로멘서의 주술도 어둠에서부터 시작된 것은 아니다."

그렇게 말한 은발의 남자는 공중으로 몸을 날려 자신들의 부하가 있는 곳으로 몸을 날렸다.

은발의 남자가 자신들에게 돌아오자 십여 명의 네크로멘서들은 그의 주위를 원형으로 둘러서서는 품에서 한 개의 검은 보석을 꺼내 천천히 주문을 외우기 시작했는데, 그 순간 보석에 있던 어둠의 기운이 은발의 남자에게 흡수되기 시작했다.

차원도사는 그의 몸으로 모여드는 음기가 인간의 몸으로 견딜 수 없는 엄청난 양이라는 것을 알고는 은발의 남자에게 소리칠 수밖에 없었다.

"그만두게! 그 정도의 음기는 인간으로서 받아들일 수 있는 양이 아니네!"

하지만 그의 외침에도 은발의 남자는 멈출 생각을 하지 않고는 미소를 지으며 말했다.

"물론 나 역시 알고 있다."

"그럼……!"

차원도사는 그 음기를 받아들이면 자신이 죽는다는 것을 알면서도 왜 그것을 행하고 있는지를 알 수가 없었다.

이런 생각을 하고 있을 때 그의 주위에 서 있던 네크로멘서 한 명이 신체의 모든 구멍에서 피를 쏟으며 뒤로 쓰러졌고, 얼마 지나지 않아 또 다른 한 명이 쓰러졌다. 하지만 그는 전에 있던 자와는 달리 크게 소리를 지르며 쓰러졌다.

"네크로멘서여, 영원하라!"

그는 외침과 함께 절명했는데 차원도사는 그의 외침을 들으며 소름이 끼치는 것을 느낄 수밖에 없었다.

"저 검은 보석은 저자들의 음기란 말인가……?"

네크로멘서들은 수많은 시체들의 어둠의 기운과 원혼을 다크 마나 메탈이란 보석에 함축시켜 놓는데, 오랜 시간 동안 그 다크 마나 메탈을 가지고 있으면 그 몸은 어둠의 기운에 의해 변화를 겪게 된다.

다크 마나 메탈은 신체의 일부가 되는 것이다. 그러한 다크 마나 메탈은 얼마나 많은 양의 어둠의 기운과 원혼을 모았느냐에 따라 네크로멘서의 마나량이 결정이 되는데, 신체의 일부가 된 탓에 이 마나 메탈에 어둠의 기운이 사라지면 심장의 피가 마르는 것처럼 네크로멘서는 죽게 된다.

이 경우 신체에 어둠의 기운이 존재하지 않기 때문에 어둠의 힘을 찾기 위해 피는 신체의 분출구를 따라 터져 나오게 되기 때문에 지금 네크로멘서들이 일곱 구멍에 피를 흘리며 절명을 하고 있는 것이다.

자신들의 죽음마저 불사한 채 강한 의지를 보이고 있는 그들을 보며 과연 그들이 어둠의 존재일까라는 의심이 들었다.

어둠의 존재들은 철저한 약육강식의 존재들, 자신들의 이상을 위해 싸우는 것이 아닌 스스로의 힘을 위해 사람들을 죽이는 자들이기 때문이다.

어느 정도의 시간이 지나자 십여 명의 네크로멘서들은 이제 세 명 정도밖에 남아 있지 않았다. 하지만 그들의 얼굴의 모든 구멍에서 피가 흘러나오고 있는 것으로 보아 그들의 생명도 얼마 남지 않은 듯했다.

두 명의 네크로멘서들이 쓰러지고 나머지 한 명의 네크로멘서만이 남아 있었다. 그는 루드니아의 군대를 막았던 본아머를 입은 자였는데, 그 역시 생명의 불꽃이 다하고 있는 듯 서서히 무릎을 꿇고 있었다.

하지만 이대로 죽을 수는 없었는지 그는 자신의 모든 어둠의 기운을 몰아넣은 존재인 은발 남자의 발을 잡으며 간신히 입을 열었다.

"매, 맨피드님… 대륙… 대륙의 모든… 네크로멘서… 들의… 숙원을… 풀… 어……."

그는 더 이상 말을 잇지 못하고 쓰러졌다. 모든 의식이 끝난 후 은발의 남자는 조용히 무릎을 꿇고는 자신의 발을 잡고 있는 네르드의 손을 잡으며 말했다.

"네르드여, 너의 죽음이 헛되지 않게 하마."

자상한 미소를 지으며 네르드란 자의 손을 조용히 내려놓고 있는 맨피드의 눈에는 피눈물이 흐르고 있었다.

자신을 믿고 따르던 네크로멘서들이 이제 이상을 위해 자신의 목숨을 아무런 후회도 없이 내어주고 사라져 갔기 때문이다.

"보라! 이계의 술사여! 당신은 이들의 죽음을 욕할 수 있는가?"

"그… 도대체 너희들의 존재는 무엇인가? 무엇이 자네들을 죽음으로 향하게 하는가?"

차원도사로선 이해할 수 없었다. 어둠의 사악한 존재라고 믿었던 자들이 지금 자신들의 이상을 위해 목숨을 내던졌기 때문이다.

"이계의 술사여, 그대는 이계의 생명. 오성신의 그릇된 의지에 묻혀 살 수밖에 없는 대륙의 인간들을 이해하지 못한다. 어둠에 종속된 자라 했는가? 나 역시 어둠의 영역이 싫다. 빛의 영역으로 나와 이상을 위해 살아가고 싶다. 하지만 이 그릇된 의지의 대륙은 우리를 받아들이지 않기에 수백 년의 세월을 우리 네크로멘서들은 어둠에서 살아가야 했다. 이계의 술사여, 빛을 바라는 자들이 빛을 추구하는 것을 어찌 잘못되었다 할 수 있단 말인가!"

그의 피눈물의 색이 점점 진해지며 검게 물들어가고 있었고 그의 울분에 찬 목소리는 차원도사의 심장에 날카로운 비수가 되어 찔러오고 있었다.

맨피드, 그는 이제 어둠의 기운에 의해 신체가 무너져 가기 시작하고 있었다.

"나 역시 이 한 번의 전투를 위해 생명을 버릴 것이다!"

그렇게 말한 그가 천천히 오른손을 들어 주먹을 쥐자 그의 주먹이 산산조각나며 흰색의 뼈가 드러났다.

"수백 년의 세월을 통해 수많은 네크로멘서들의 죽음으로 만들어진 언데드의 궁극의 생명체. 너희 오성신의 그릇된 의지에 물든 녀석들에게 어둠에서밖에 살아갈 수 없는 자들의 분노를 보여주겠다!"

그 순간 그의 온몸의 살점이 산산이 부서져 나가며 사방으로 피와 살을 떨구었다. 그가 서 있던 대지는 뜨거운 김을 내뿜는 피로 인해 적시어져 가고 있는데, 피와 살이 떨어져 나간 뼈로 서서히 몸속의 어둠의 기운이 흩어져 가며 그 형체를 이루어가기 시작했다.

차원도사는 그가 말한 언데드의 궁극의 생명체가 드디어 모습을 드러낸다는 생각에 마른침을 꿀꺽 삼킬 수밖에 없었다.

42장 맨피드의 변신체

맨피드의 하얀 뼈 위로 겹치어지는 어둠의 기운은 산산이 부서진 그의 피와 살이 되어가고 있었다.

그리고 어느 누구도 한마디 하지 못하는 정적의 시간이 계속되면서 그의 몸은 이제 완전한 형체를 이루고 있었다.

차원도사는 그의 몸에 이루어진 형체를 보며 아무 말도 할 수 없었다. 등 뒤로 나와 있는 열두 장의 하얀색의 날개, 맑은 푸른색의 눈동자에 금발의 긴 머리가 발뒤꿈치까지 찬란한 빛을 뿜으며 흘러내리고 있었고, 마치 순백의 눈을 보는 듯한 하얀색의 피부를 가진 가는 손가락이 우아함을 자아내고 있었다.

마치 천계의 신의 종속인 천사와 같은 모습. 이것이 음기로 만들어진 존재일까라는 생각이 들 수밖에 없는 모습이었다.

온몸에서 빛나고 있는 순백의 광채는 천천히 차원도사의 눈을 흐리게 하고 있었기에 천우는 고개를 숙일 수밖에 없었다.

"크크크, 우습지 않은가? 수많은 죽음으로 만들어진 결과가 빛에 가까운 형상이라는 것이?"

믿기지 않는 일이었다. 맨피드의 변해 버린 자애로운 입술에서는 음침한 웃음이 흘러나오면서 차원도사에게 이야기를 건네고 있었기 때문이다.

"악과 선의 경계선을 겉모습으로만 판단하는 자들에겐 큰 충격일 테지. 안 그런가?"

천우는 맨피드의 말을 들으며 부정할 수가 없었다. 만약 지금까지의 일을 보지 못했다면 어느 누가 맨피드를 어둠의 영역의 네크로멘서가 변한 모습이라 말할 수 있겠는가?

"가거라, 이계의 술사여. 이곳은 네 녀석이 머물 곳이 아니다."

그 말과 함께 맨피드는 수백의 빛을 내고 있는 손을 펴 그의 정면으로 가져갔고, 그 순간 눈부실 정도의 순백의 섬광이 일어나면서 엄청난 마나의 힘이 차원도사를 향해 뻗어 나갔다.

"헉!"

엄청난 순백의 힘, 그것은 차원도사가 막을 수 있는 음기에 속한 공격이 아니었기에 그는 도저히 막을 생각을 하지 못하고 눈앞으로 날아오는 맨피드의 순백의 섬광을 지켜보는 수밖에 없었다. 그 순간 순백의 섬광이 위로 꺾이면서 하늘을 향해 치솟아 올라갔다.

"저건?!"

자신을 노리며 쇄도해 들어오던 순백의 섬광이 위로 꺾여서 치솟아 오르자 천우는 놀라지 않을 수 없었는데, 자신을 공격한 맨피드의 모습을 보는 순간 그 이유를 알 수 있었다.

맨피드의 손목은 무엇인가 강한 공격에 의해 잘려져 나갔기 때문이다.

자신의 손목이 잘려져 나갔음에도 아무런 아픔을 느끼지 않는 듯한 모습의 맨피드는 천천히 고개를 들어 하늘을 올려다보았다. 하늘에는 은색의 빛을 뿜는 물체가 떠 있는 것을 볼 수 있었다.

"차원도사님!"

자신을 부르는 소리에 뒤를 돌아보자 거기에는 준호와 리안나가 급하게 뛰어오는 모습이 보였다.

"준호 군, 리안나 양."

"빨리 피하십시오!"

존호는 급히 패닉 상태에 빠져 있는 차원도사를 부축하고는 도망가기 시작했다.

"VT-Ⅲ! 저 남자를 향해 에테르 레이저를 발사해라!"

[예, 마스터!]

맨피드의 손에서 차원도사를 구해낸 것은 준호가 타고 온 우주선이었다. 모든 사람들이 맨피드의 모습에 놀라 아무 일도 못하고 있을 때 차원도사가 위험하다고 생각한 준호는 자신의 우주선에 연락해서 맨피드를 공격하게 한 것이다.

준호의 명령을 받은 우주선의 AI-컴퓨터인 VT-Ⅲ는 우주선에 내장되어 있는 에테르 에너지 건 13문을 일제히 발사하여 맨피드를 향해 난사하기 시작했다.

맨피드는 은색의 물체에서 또다시 자신의 손목을 잘라 버린 광선이 무수히 뻗어오자 왼손을 들어서 마나의 장벽을 쳤으니, 장벽에 부딪힌 에테르 레이저는 굴곡이 되어 사방으로 퉁겨져 날아갔다.

"이계의 공격 무기인가?"

맨피드는 자신의 손목을 잘라 버릴 정도의 위력을 가진 광선을 내뿜는 물체를 보며 호기심 어린 표정을 지으며 말했다.

이계의 무기를 막아내는 힘보다 더 놀라운 것은 말하는 와중에 잘려진 손목이 무형의 힘에 떠올라서는 잘려진 곳에 붙어 원상태로 회복되어 가고 있는 것이었다.

오른손이 완전히 회복되자 맨피드는 가볍게 손을 쥐었다 펴는 행동을 하고는 만족한다는 듯이 웃음을 짓곤 순백의 물체를 보며 손짓을 했는데, 그 순간 엄청난 염력이 준호의 우주선을 끌어당기기 시작했다.

[마스터! 엄청난 사이코 에너지입니다!]

VT-III는 반중력 엔진을 풀가동했음에도 자신의 몸체가 끌려가자 크게 놀라며 준호에게 연락할 수밖에 없었다.

"차원일곡탄을 발사해라!"

[예!]

준호의 명령을 받은 슈퍼콤은 급히 좌익이 미사일 사출로를 열고는 차원일곡탄을 발사했다. 이미 맨피드가 엄청난 염력으로 끌어당기고 있었기에 차원일곡탄은 눈 깜짝할 사이에 맨피드를 향해 쇄도해 들어갔고, 그의 몸에 충돌이 되자 사방으로 분열되며 검은색 구의 공간을 만들어갔다.

맨피드는 은색의 물체에서 길다란 물체가 다가오며 검은색 구체를 형성하여 자신의 몸을 잠식해 가자 크게 놀라면서 급히 날개를 휘저어 뒤로 물러섰다. 하지만 그땐 이미 왼쪽 어깨까지 검은색의 구체에 잠식되어 있었고 그 영역에서 엄청난 에너지가 자신을 중심으로 끌어당기자 당황하지 않을 수 없었다.

"끄아악!"

얼굴의 왼쪽 면까지 검은색의 공간에 먹혀 들어가자 맨피드는 더 이상 참지 못하고 오른손으로 자신의 모든 힘을 방출했다.

검의색의 원형의 공간에서 빠져나가기 위해 맨피드가 발출한 에너지는 보통 인간으로는 상상하지도 못할 엄청난 마나의 양이었기에 검은색 원형의 공간에서 맨피드를 밖으로 끌어냈고, 그의 마나 공격에 의해 검은색의 원형의 공간은 한순간 크게 확장하는 듯하더니 서서히 그 크기가 줄어들며 소멸되었다.

하지만 차원일곡탄에 당한 맨피드의 몸은 장난이 아니었다. 이미 왼쪽 어깨와 얼굴의 한편은 완전히 소멸된 듯한 모습이었고, 그 잘려진 면에서 시뻘건 피가 분수처럼 치솟아오르고 있었다.

"끄아악!"

보통의 인간이라면 살아 있는 게 신기하다 할 정도의 엄청난 상처에도 맨피드는 죽지 않고 있었지만 엄청난 고통으로 인해 울부짖고 있었다.

준호가 맨피드에게 사용한 차원일곡탄은 미래의 무기 중 하나로 순간적으로 차원을 일곡시켜 그곳에 있는 분자 구조를 흩트러 버리는 무기였다.

그 차원일곡의 공간에 걸린 맨피드는 순식간에 자신의 신체의 분자 구조가 흐트러지면서 재기 불능일 정도의 타격을 받은 것이다.

이 차원일곡탄은 우주 공간에서 갑자기 날아오는 혜성이나 운석을 막기 위한 무기로, 대인전에서 사용되는 무기가 아니었지만 상대가 워낙 강한 힘을 보유하고 있었기 때문에 준호는 차원일곡탄의 사용을 내린 것이다.

"으아아악!"

신체의 일부가 분자로 부서져 나간 맨피드는 괴성을 지르며 루드니아의 군대를 향해 빠른 속도로 몸을 날려 쇄도해 들어갔는데, 그 스피드가 워낙 빨라 어느 누구도 그의 손에서 벗어날 수가 없었다.

빠른 속도로 군영으로 쇄도해 들어간 맨피드는 엄청난 스피드에 패닉 상태에 빠진 병사의 머리를 잡고는 그대로 꺾어버렸고, 병사는 고통의 신음도 뱉지 못한 채 그 자리에서 절명하고 말았다.

하지만 놀라움은 그 다음이었다. 순식간에 병사 한 명을 죽인 맨피드는 그자의 몸에 있는 기운을 흡수하기 시작했고, 그 순간 분자째 소멸이 된 그의 몸이 형상을 되찾기 시작했다.

한 명의 병사의 기운으론 그 신체가 완전히 복구되지 않아 맨피드는 사방을 돌아다니며 병사들을 죽인 후 그 기운을 흡수하기 시작했고, 이 모습에 콜리드와 실레이드는 병사들을 죽이고 있는 그에게 쇄도해 들어가 검을 휘둘렀다.

하지만 그들이 도착했을 때 맨피드는 얼굴의 일부분을 제외하고는 신체를 거의 복구한 상태였기에 휘두르는 검을 가볍게 손으로 막으며 천천히 뒤로 물러서고 있었다.

엄청난 스피드의 검이 빠른 속도로 그를 향해 내리꽂히고 있었지만 맨피드는 손쉽게 그들의 공격을 막고 있어 두 사람은 혀를 찰 수밖에 없었다.

"엄청난 녀석이군!"

"젠장! 하이퍼 파이어 스톰 볼!"

실레이드는 더 이상 참지 못하고 자신의 궁국의 마법을 사용하여 그를 공격했다. 물론 전에 사용한 것보다는 십 분의 일 정도로 그 파워를 줄이는 것을 잊지 않았는데, 풀파워로 사용했다가는 그때와 똑같이 아군마저 날아갈 염려가 있었기 때문이다.

하지만 십 분의 일의 힘이라고는 하지만 그 위력은 일대를 날려 버릴 정도의 위력이었음에도 마법을 보며 가볍게 미소를 짓던 맨피드는 가볍게 오른손으로 자신의 면전으로 날아오는 실레이드의 마법을 고무공 치듯이 천천히 내쳤다.

그 순간 순백의 빛이 터져 나오더니 마법은 팅겨져 날아가 엄청난 폭음과 함께 터져 나갔다.

"헉!"

자신에게 날아온다고 해도 저렇게 쉽게 쳐내지 못할 것이란 생각이 든 실레이드는 도저히 맨피드가 인간이라는 생각이 들지 않을 정도였다.

거의 에이션트 드래곤 급에 해당하는 능력, 아니, 그 이상의 능력을 가지고 있는 맨피드인 것이다.

하이퍼 파이어 스톰 볼을 팅겨낸 맨피드는 수도를 사용하여 두 사람을 압박하기 시작했다. 두 사람이 가지고 있는 검은 대륙에서도 특급에 해당하는 명검이라고 할 수 있었는데, 맨피드는 그런 검을 수도로 상대하면서도 두 사람을 압박하고 있었다.

"젠장! 콜리드, 폴리모프를 풀어야겠다!!"

실레이드는 폴리모프한 몸으로는 도저히 이자를 상대할 수 없다는 생각이 들어 소리쳤고, 콜리드 역시 동의할 수밖에 없었다.

두 사람은 자신들의 의견이 일치되자 자신이 할 수 있는 최고의 마법을 사용하여 맨피드를 공격한 후 급히 뒤로 몸을 날렸다.

폴리모프를 풀 수 있는 시간을 마련하기 위함이었다.

맨피드는 자신에게 날아오는 두 개의 마법을 수도를 사용하여 가볍게 날려 버린 후 두 사람을 다시 공격하기 위해 몸을 움직였는데, 뒤로 물러선 두 사람이 푸른색의 섬광이 감싸여지자 그 자리에서 멈춰 서서는 미소를 지으며 말했다.

"크크크, 드디어 진정한 모습으로 상대하겠다는 건가?"

이미 맨피드는 두 사람의 마나의 기운을 읽고 인간이 아니라는 것을 알고 있었기 때문에 두 사람이 폴리모프를 풀 시간을 기다려 주고 있었다.

"크압!"

"차앗!"

실레이드와 콜리드는 맨피드가 자신들이 폴리모프를 풀 시간을 주는 여유로움을 보이자 자신들이 놀림을 당했다는 생각에 크게 분노가 일었다.

언제 에이션트 급에 이르는 두 존재가 인간에게 이러한 모욕을 받은 적이 있었겠는가? 거대한 몸집으로는 맨피드란 자를 상대할 수 없다고 생각한 실레이드는 폴리모프로 그 몸을 품과 동시에 파워를 집중할 수 있는 신체인 드래코니안으로 변신했고, 콜리드 역시 에이션트 오크의 몸에서 드래코니안의 모습으로 변신하여 그 힘의 집중도를 더욱 높였다.

인간형의 모습에 머리 위에 두 개의 뿔을 달고 등 뒤에 한 쌍의 날개를 달고 있는 드래곤의 대인 전투형의 모습인 드래코니안의 모습으로 두 사람이 변신하자 일대는 엄청난 마나의 기류로 인해 눈을 뜰 수조차 없는 지경에 이르고 있었다.

실레이드는 드래코니안으로의 변신이 완전히 이루어지자 이를 갈면서 자신의 검을 맨피드에게 내밀며 소리쳤다.

"네 녀석은 나에게 드래코니안으로 변신할 시간을 줌으로써 죽음을 맛보게 된 것을 후회하게 될 것이다!"

"크크크, 드래곤이여, 말뿐이 아닌 실력으로 보여주지 않겠는가?"

"으아아!"

실레이드는 맨피드의 도발에 더 이상 참지 못하고 괴성을 지르며 그를 향해 빠른 속도로 쇄도해 들어갔다.

이 행성의 역사와도 같은 생을 산 실레이드의 마나는 보통의 에이션트와는 그 질이 다르다고 할 수 있었다.

물론 수많은 세월을 검으로 살아왔기에 그 실전의 능력은 떨어진다고는 하지만 어떠한 드래곤도 실레이드의 파워와 스피드를 넘어설 수 없을 정도였다.

눈 깜짝할 사이에 맨피드의 면전까지 쇄도해 들어간 실레이드는 엄청난 스피드로 자신의 검을 휘두름으로써 그의 몸을 산산조각 낼 기세로 베어 나가기 시작했다.

도저히 눈으로 판단할 수 없는 스피드에 일대는 엄청난 소용돌이가 일어나기 시작했는데 놀랍게도 눈에 보이지도 않을 정도의 검을 맨피드는 미소까지 지으며 막아서면서 중얼거렸다.

"이제야 나의 본래의 힘을 낼 수 있는 상대가 나타나셨군."

"뭣?!"

"어리석은 드래곤이여, 더 이상 그대는 지상 최강의 존재가 될 수 없다."

그 말과 함께 맨피드는 가볍게 손바닥을 그의 얼굴 가까이로 내밀더니 가볍게 손을 쥐었다. 그 순간 실레이드는 엄청난 공기가 자신의 몸을 압박해 들어오는 것을 느낄 수 있었다.

"끄아악!"

"실레이드!"

드래코니안으로 변신한 후 콜리드는 맨피드란 자가 엄청난 힘을 가진 존재로 이기는 했지만 실레이드가 상대하지 못할 정도라고는 생각하지 않았는데, 자신도 막기 힘겨울 정도인 실레이드의 검을 손쉽게 막으며 도리어 알 수 없는 기술로 역공까지 행하자 놀란 얼굴로 뛰어가 맨피드를 공격했다.

그랜드 소드 마스터에 이르는 엄청난 힘을 가진 존재인 콜리드의 검에서 상상하지도 못한 마나의 검기가 뿜어져 나와 일대의 대지를 파괴하며 맨피드를 향해 빠른 속도로 쇄도해 들어가자 검기에 강타당한 맨피드는 큰 타격을 받으며 수십 미터를 나가떨어질 수밖에 없었다.

"헉헉!"

자신의 온몸의 마나를 사용했다고 해도 과언이 아닌 콜리드는 숨을 헐떡이며 무형의 힘에 압박당하여 쓰러진 실레이드를 일으켜 주었는데, 다행히 콜리드의 공격이 늦지 않았는지 실레이드는 큰 부상은 입지 않은 듯했다.

"젠장… 갈비뼈가 세 대는 부러진 것 같군. 콜록콜록."

콜리드의 손을 잡고 간신히 몸을 일으킨 실레이드는 기침을 하며 폐에 고인 피를 뱉어내고 있었다.

엄청난 강도로 오리하르콘과 미쓰릴과 함께 삼대 금속에 속해 있는 드래곤본이 부러질 정도라면 실레이드를 압박시킨 힘이 엄청났다는 것을 말해 주는 것이었다.

"아! 엄청나군요."

성벽 위에서 루드웨어와 함께 맨피드가 싸우는 모습을 보고 있던 칠인회의 마도사 멘드로는 엄청난 힘을 가진 맨피드를 보며 탄성을 자아내고 있었다.

"저자의 모습이 무엇인지 알 수 있겠는가?"

"글쎄요, 헤르안님의 연구 자료에는 저런 것이 나와 있지 않았는데 말입니다. 아무래도 그분의 연구 자료를 네크로멘서들이 자신들이 수백 년 동안 연구하던 것과 합쳐 만들어낸 존재인 것 같습니다."

그 말에 루드웨어는 고개를 끄덕이며 말했다.

"헤른드 라비에타는 컴플레이티니스 언데드를 연구하면서 인간의 신체를 변형시킬 수 있다는 사실을 알아내었지. 마치 소드 오버러나 그랜드 소드 마스터들이 넘쳐 나는 마나를 담을 수 있는 신체의 그릇을 만들기 위해 허물을 벗는 것처럼 어둠의 기운을 담기 위해 인간의 신체 구조를 변형할 수 있다는 것이지. 하지만 저 맨피드란 사내는 그 단계를 넘어선 것 같군."

"넘어서다니요?"

"그는 스스로의 신체를 버렸다. 그가 가지고 있는 것은 육체의 골격뿐이라는 거지. 그는 엄청난 마나를 담기 위해 신체를 변형시킨 것이 아니라 마나를 사용하여 신체를 만듦으로써 인간의 한계를 넘어섰다는 것이지."

"그런 일이……."

루드웨어의 말을 멘드로로선 도저히 이해할 수가 없었다. 무형의 기운을 유형으로 만드는 것은 신의 영역이지 인간의 영역이 아니었기 때문이다.

"에이션트 드래곤? 그 정도론 저자를 상대하지 못한다. 맨피드는 이제 3급 신 정도의 힘을 가지고 있다. 지상의 존재는 절대 상대할 수 없는 신급의 힘을 말이다."

"신급의 힘……."

콜리드의 검기에 맞은 맨피드는 수십 미터는 날아가서 땅에 처박혔음에도 천천히 자리에서 일어났다.

목이라도 다쳤는지 좌우로 몇 번 젖혀보고는 날카로운 시선으로 자신을 날려 버린 그를 노려보며 말했다.

"그랜드 소드 마스터인가? 우습군, 이 대륙에서 그랜드 소드 마스터를 보게 될 줄은 생각지도 못했는걸?"

"흥!"

콜리드는 다시 검을 뻗으며 자세를 취해 맨피드를 향해 검기를 날리려는 자세를 취했다. 그의 얼굴에는 상대를 쓰러뜨리겠다는 의지가 굳건히 나타나고 있었지만 속으로는 당황스럽기 그지없었다.

실레이드라 해도 부상을 입었을 자신의 전력을 다한 검기가 맨피드란 자에게는 상처 하나 주지 못하고 있었기 때문이다.

'엄청난 녀석이다. 어떻게 인간이 저런 힘을 낼 수 있단 말인가? 마치… 신을 상대로 싸우는 것 같군.'

콜리드는 신마대전을 직접 체험한 오크인 까닭에 어느 정도 신의 전투 능력에 대해서 알고 있었다.

그렇기 때문에 맨피드란 사내가 신에 버금가는 힘을 지녔다는 것을 알 수 있는 것이다.

드래코니안으로 변했음에도 눈에 보일 정도로 차이가 나는 실력을 실레이드 역시 감지하고 있었기 때문에 자존심을 죽이고 콜리드와 둘이서 합공을 생각하고 있었다.

물론 드래곤으로 자존심이 어느 정도 상하는 일이기는 했지만 죽는 것보다는 낫다고 생각했기 때문이다.

"차압!"

"하얏!"

맨피드가 천천히 자신들에게 다가오자 두 사람은 빠른 속도로 그의 양 옆으로 뛰어나가면서 좌우에서 빠른 속도로 협공을 시작했다.

"후후후."

하지만 엄청난 능력을 가진 두 에이션트 급의 드래코니안이 자신의 양쪽에서 공격해 들어옴에도 맨피드는 전혀 두려움을 느끼지 않는 듯 웃음을 터뜨리더니 자시의 오른쪽에서 쇄도해 들어오는 실레이드를 향해 가볍게 무형의 장막을 치고는 왼쪽의 콜리드를 향해 수도를 휘둘렀다.

캉!

콜리드의 검이 그의 수도와 부딪치자 푸른색의 불꽃이 사방으로 튀며 쇳소리를 내면서 막혔고, 왼쪽의 실레이드는 무형의 장막에 몸이 퉁겨 나가떨어지고 말았다.

"도대체 저건 뭐야!"

실드도 아닌 무형의 장막에 퉁겨 나간 실레이드는 어떠한 기술인지도 알지 못하는 무형의 장막에 당황되지 않을 수 없었는데, 그때 자신의 그림자에서 무엇인가 튀어나오는 것을 알 수 있었다.

"젠장! 쉐도우 어택?!"

자신의 그림자 속에서 무엇인가가 튀어나오자 그것이 네크로멘서의 기술 중 하나인 쉐도우 어택이라는 것을 감지한 실레이드는 빠른 속도로 뒤로 몸을 날리며 그것을 피하려고 했다. 하지만 쉐도우 어택의 스피드가 한 수 위였는지 뒤로 몸을 날리려던 그의 허벅지는 날카로운 기운에 의해 관통이 되면서 피가 사방으로 튀었고, 실레이드는 고통의 신음과 함께 땅바닥에 쓰러지고 말았다.

"크억!"

"그림자는 나의 영역. 어둠의 속한 부분이 있다면 어느 누구도 나의 손에서 벗어날 수 없다."

실레이드가 비명과 함께 쓰러지는 것을 보며 맨피드는 중얼거리고는 다시 콜리드를 향해 빠른 속도로 공격해 들어갔다.

"젠장!"

콜리드는 대륙에서 만 년 이상을 살아오면서 자신의 눈으로 감지할 수 없는 속도를 보기는 이번이 처음이었다. 빠른 속도로 자신을 향해 휘두르고 있는 맨피드의 수도는 콜리드의 눈에도 보이지 않을 정도였기에 간신히 급소의 공격을 막을 순 있었지만 콜리드의 온몸에는 상처가 생기며 사방으로 피를 뿌리고 있었다.

루드니아는 게르하인과 함께 맨피드란 사내와 두 사람의 싸우는 모습을 보면서 혀를 차고 있었다.

"오랫동안 놀더니 저 두 늙은이가 실력이 줄어든 것 같군."

"무슨 말씀이십니까?"

"아니야."

루드니아는 이미 과거의 기억을 되찾은 후였기 때문에 실레이드와 콜리드에 대해 들었던 기억을 가지고 있었다.

그렇기에 맨피드라는 사내에게 당하는 에이션트 급의 드래곤과 오크가 얼마나 강한 녀석들인지 알고 있었는데, 그런 그들이 한 사람을 상대로 협공까지 하면서도 밀리자 혀를 찰 수밖에 없었던 것이다.

하지만 일단은 두 사람이 자신에게는 반드시 필요한 전력이었기 때문에 그대로 죽게 내버려 둘 수는 없는지라 루드니아는 게르하인을 보며 말했다.

"아무래도 내가 좀 도와줘야겠어."

"예? 무슨 소리이십니까?"

"이라!"

루드니아의 말에 게르하인은 깜짝 놀라며 되물을 수밖에 없었는데, 이미 루드니아는 맨피드란 사내를 향해 말을 몰아 뛰어가고 있었다.

실레이드는 간신히 리커버리를 사용하여 자신의 허벅지를 치료한 후 몸에 아이언스킨 마법을 걸고는 재공격에 들어가기 위해 몸을 날렸는데, 그때 누군가 자신의 뒷덜미를 잡고는 뒤로 던져 버려 그 시도는 실패하고 말았다.

"젠장! 누구야!"

자신을 집어 던진 버릇없는 녀석에게 소리를 친 실레이드는 마법으로 본때를 보여주겠다고 생각했는데 그 당사자를 본 순간 그 생각은 완전히 사라지고 말았다.

바로 그 당사자가 루드니아였기 때문이다.

"멍청이 실레이드 아저씨, 좀 쉬고 있으라고요!"

루드니아는 자신을 쳐다보고 있는 실레이드를 향해 한심하다는 듯이 말하고는 다시 말을 몰아 맨피드를 향해 뛰어가더니 전장 3미터를 넘는 멀티 엘레멘트 스워드를 뒤로 돌리고는 맨피드와 싸우고 있는 콜리드를 향해 소리쳤다.

"콜리드, 고개 숙여!"

"헉!"

콜리드 역시 루드니아가 달려오는 것을 보고는 깜짝 놀라 뒤로 몸을 날려 빠른 속도로 몸을 눕혔는데, 그 순간 무지갯빛의 섬광이 자신의 눈앞으로 빠른 속도로 뻗어갔다.

"크악!"

그 검광의 주인은 바로 루드니아였다. 그녀는 말을 몰아 맨피드에게 뛰어가서는 거대한 거검을 휘둘러 맨피드란 사내의 허리를 두 동강을 만들어 버린 것이다.

허리서부터 두 동강이 나버린 맨피드는 고통스러운 신음을 뱉으며 나가떨어졌다. 콜리드로선 루드니아의 일검에 놀라지 않을 수 없었는데, 자신조차 아무 상처도 내지 못했던 맨피드를 일검에 갈라 버린 실력 때문이었다.

물론 이것은 검술을 떠나 그녀의 특이한 마나 때문에 일어난 현상이다. 콜리드가 그랜드 소드 마스터라고는 하지만, 그가 가지고 있는 신에게 받은 것은 드래곤으로서의 불의 마나인데 반해 루드니아는 기연을 통해 얻은 일곱 개의 마나를 한 몸에 가지고 있는 존재. 그런 루드니아의 마나는 소멸의 마나라고 불릴 정도로 세상에 존재하는 거의 모든 것을 소멸시킬 수 있는 힘을 지녔기 때문에 맨피드의 몸 역시 베어 버릴 수 있었던 것이다.

맨피드로서는 갑작스런 기습이었다고는 하지만 자신의 몸을 두 동강 낼 수 있는 능력을 가진 미쓰릴 갑옷을 입은 여기사에게 놀라지 않을 수 없었다.

맨피드가 거의 무적의 몸을 가지고 있다고는 하지만 고통마저 못 느끼는 것은 아니었기에 입술을 깨물며 고통을 참고는 마나를 일으켜 잘려져 나간 자신의 하체를 붙이려고 했지만, 루드니아는 결코 그것을 가만히 내버려 두지 않았다.

어느새 말에서 내린 그녀는 자신의 거검을 맨피드의 코앞에 겨누고
는 미소를 지으며 말했다.

"과연 허리 윗부분이 완전히 가루가 되어도 살 수 있는지 실험을 해
볼까?"

"으아아악!"

맨피드는 등 뒤의 날개를 휘저으며 그녀의 검에서 벗어나려 발버둥
쳤지만, 이미 한발 늦은 후였다.

자신의 마나를 거검에 집중시킨 그녀는 그의 상체를 향해 궁극의 기
술인 그리처를 시전했기 때문이다.

"끄아악!"

그리처에 격중당한 맨피드는 괴성을 지르며 마나로 무형의 막을 만
들어 그리처를 막으려 했다. 하지만 모든 기억을 찾음과 동시에 다원
소 드래곤의 엄청난 소멸의 마나를 모두 되찾은 그녀의 공격은 무형의
막을 소멸시키고는 그의 몸을 가루로 만들어 버렸다.

자신들을 고생시킨 맨피드가 루드니아에게 어이없이 끝이 나자 두
사람은 황당할 지경이었다. 실레이드는 태초 때부터 대륙에서 살아 있
던 산 역사의 증인과 같은 드래곤이었기에 다원소 드래곤의 힘을 어느
정도 알고 있었다고 생각했는데 직접 보니 다원소 드래곤의 진정한 힘
은 자신이 알고 있었던 것에 비해 더 엄청났다.

43장 대마왕 루드웨어

성벽 위에서 루드니아가 맨피드를 그리처로 소멸시키는 것을 본 루드웨어는 어쩔 수 없다는 표정을 지으며 자리에서 일어났다.

"총회주!"

"아무래도 대마왕이 출현할 때가 된 것 같다. 안 그러냐, 시크라?"

멘드로의 놀란 목소리에도 아랑곳하지 않으며 루드웨어가 허공을 향해 중얼거리자 그곳에서 푸른색의 빛으로 만들어진 공간이 형성되며 몇 사람의 인물이 걸어나오면서 말했다.

"젠장, 부부 싸움에 날 끼어들게 할 생각을 말라고!"

텔레포트의 푸른 빛에서 나온 인물, 그는 바로 시크라와 그로인 왕국의 두 왕자였다. 놀랍게도 시크라의 팔에는 한 청년이 끼어 있었는데, 루드웨어는 그 청년을 보고는 재밌다는 얼굴을 하며 말했다.

"용사를 납치해 왔군."

"그래, 일단은 모든 것이 끝날 때가 된 것 같으니 마무리할 녀석과 감동의 형제 상봉 준비를 하고 왔지."

감동의 형제 상봉이란 말이 나오자 그리드 왕자의 두 동생은 미소를 지으며 시크라에게서 자신의 형을 받아 들고는 말했다.

"아무튼 시크라님과 다녀서 즐거웠습니다."

"왕좌보다는 역시 대륙을 여행하는 것이 더 재밌는 것 같군요."

"당연한 소리! 손톱만한 땅의 왕으로 평생 박혀 살아가는 것보다야 역시 대륙의 산과 들을 벗으로 삼는 그런 스케일을 가지고 살아가는 것이 좋지 않겠냐?"

"그렇지요. 하하하하!"

한때 권력욕에 사로잡혀 내전을 일으켰던 그로인 왕국의 두 왕자는 시크라와 다니면서 눈이 트였는지 그전의 모습과는 완전히 다른 모습을 보이고 있었다.

두 왕자의 변한 모습에 루드웨어는 미소를 지으며 말했다.

"이번 전쟁에서 신성제국이 승리한다고 해도 그 운명은 길지 않을 것이다. 너희들은 대륙을 돌아다니며 오성신에게 모든 의지를 맡기며 일어서지 못하는 중소 국가의 백성들을 도와 스스로 일어설 수 있는 힘을 주어야 하는 것을 잊지 말아라."

"물론입니다."

자신의 말에 두 왕자가 자신있게 대답을 하자 만족하는 듯한 표정을 지은 루드웨어는 시크라를 보며 말했다.

"자! 이제 마무리를 하자구!"

"좋지!"

루드웨어의 말에 웃으면서 대답한 시크라는 몸을 공중으로 띄워서는 드디어 본체로 폴리모프했고, 그 순간 엄청난 몸집을 가진 에이션트 레드 드래곤의 모습으로 화하면서 일대를 어둠으로 감싸 버렸다. 루드웨어는 그가 폴리모프를 풀자 플라이 마법으로 허공으로 몸을 날리고는 그의 등 뒤에 올라탔다.

갑자기 성에서 엄청난 몸집을 지닌 에이션트 드래곤이 그 모습을 드러내자 루드니아 진영의 병사들은 크게 놀라지 않을 수 없었다.

네크로멘서의 존재에 이어 이제 드래곤까지 나타났기 때문이다.

루드니아를 비롯한 일행들은 이제 최후의 결전이라는 것을 어느 정도 감지할 수 있었다. 그들의 시야에서 루드웨어가 에이션트 급의 레드 드래곤의 등 위로 올라타고 있는 것이 보였기 때문이다.

"정말 이게 연극은 맞는 거야?"

실레이드와 콜리드는 연극으로 시작한 일이었지만, 네크로멘서의 장을 비롯하여 섬뜩한 일이 너무나 많은 일련의 일들을 경험하면서 진짜로 싸우고 있었기 때문에 도무지 실감이 나지 않고 있었다.

"루드웨어가 하는 일들이 다 그렇지. 아무튼 이제부터 조심하라고. 저 녀석은 연극이라고 해도 진짜처럼 할 녀석이 분명하니 연극으로 보고 싸우다간 정령의 문으로 직행할 수도 있으니까 말이야."

"물론이지. 자, 그럼 시작해 볼까?"

"좋아!"

두 사람이 이렇게 전의를 다지고 있을 때, 루드니아는 드디어 루드웨어가 직접 몸을 나타내자 폴리모프한 몸으로는 절대로 싸우지 못할 것이라 생각하고는 자신 역시 폴리모프를 풀어야 한다고 생각했다.

"자, 그럼 나도 이제 제대로 한번 해볼까? 폴리모프!"

루드웨어를 상대하기 위해 폴리모프를 풀고 드래코니안으로 변신을 시도한 루드니아. 하지만 루드니아는 가장 중요한 것을 잊고 있었다.

우두둑!

그녀가 입고 있던 미쓰릴 갑옷은 드래코니안으로 그녀가 변함에 따라 내부에서 큰 충격을 받을 수밖에 없었다.

드래코니안의 신체는 인간의 형태로 싸우는 드래곤의 모습. 그런 신체에 미쓰릴 갑옷은 종이 갑옷과 마찬가지였기 때문에 미쓰릴 갑옷은 산산조각으로 찢어진 것이다.

"우와!!"

그 순간 어느 진형을 막론하고 남성 병사들의 우레와 같은 탄성이 터져 나왔으니 미쓰릴 갑옷이 찢어지면서 루드니아의 아름다운 여체가 여과없이 드러났기 때문이다.

"젠장! 저 기집애! 도대체 생각이 있는 거야, 없는 거야!"

시크라의 등에 타고 있던 루드웨어는 루드니아가 미쓰릴 갑옷을 생각지도 않고 폴리모프를 행하자 놀라며 소리칠 수밖에 없었는데 더욱 놀라운 일은 그 이후에 일어났다.

"끄어억!"

갑자기 시크라가 고통스러운 비명과 함께 땅으로 추락하고 있었기 때문이다. 놀란 루드웨어는 시크라의 비명에 소리쳤다.

"무슨 일… 끄어억!"

하지만 그 역시 엄청난 고통과 함께 땅으로 추락할 수밖에 없었는데, 이러한 현상은 거의 대부분의 사람들에게 골고루 일어나고 있었다.

무슨 일인지 폴리모프를 풀다가 미쓰릴 갑옷이 산산조각으로 찢어져 나체를 드러낸 루드니아의 몸을 보며 침을 흘리고 있던 병사들 역시 신음과 함께 땅으로 쓰러지고 말았을 뿐만 아니라 전의를 다듬던 콜리드와 실레이드는 물론 준호와 차원도사까지 고통스러운 표정을 지으며 땅으로 쓰러진 것이다.

성벽 위에 있던 멘드로는 잃어가는 정신을 유지하고는 고통스러운 얼굴을 하며 중얼거렸으니.

"화학 병기다… 끄억……!"

놀랍게도 그들이 쓰러지고 있는 것은 고도의 화학 병기에 의한 것이었다. 도대체 대륙의 어떤 존재가 이런 화학 병기를 무차별하게 사용하여 많은 사람들을 쓰러뜨릴 수 있단 말인가?

그것은 다름 아닌 루드니아였다.

애석하게도 루드니아는 아직 레그르토가 건 커즈 베드 스멜을 풀지 못한 상태였는데, 그 상태에서 폴리모프를 풀었기에 악취를 막아주던 미쓰릴 갑옷이 찢어지면서 냄새가 사방으로 퍼져 나간 것이다.

물론 단순히 미쓰릴 갑옷을 벗은 정도로 이런 결과는 만들어낼 수 없었다. 그 악취가 진동하며 많은 사람을 쓰러뜨리고 있는 이유는 폴리모프를 풀면서 다원소 드래곤의 힘을 방출한 루드니아의 마나가 커즈 베드 스멜의 악취와 영향력을 급속도로 강하게 한 때문이었다.

이렇게 해서 드래곤 역사상 처음으로 기억 상실 드래곤에 이어 최악의 다원소 악취 드래곤 로노와르가 탄생하게 된 것이다.

도저히 인간의 어휘로는 표현할 수조차 없는 악취가 전 대지를 퍼져 나가니 어떠한 이조차 이 냄새에서 정신을 차릴 수가 없을 정도였으며 개중 비위가 약한 이들은 절명하는 사태까지 발생하니 그 악취가 얼마나 지독한가를 증명해 주고 있었다.

"커억… 악취를……."

다행히 먼저 떨어진 시크라가 쿠션이 되어 몸을 부지할 수 있었던 루드웨어는 땅에 박히는 신세는 면할 수 있었지만, 똥배인 시크라의 배가 아닌 얼굴과 부딪친 관계로 어느 정도 부상을 입을 수밖에 없었다.

간신히 정신을 유지시키며 중얼거리는 루드웨어는 떨리는 손을 들어 마법을 집중한 후 루드니아를 향해 디스펠 커즈 베드 스멜을 주문을 외울 수 있었다.

"디스펠 커즈… 베드… 스멜… 끄어억……."

간신히 디스펠 주문의 시동어를 외우고 더 이상 버티지 못하고는 쓰러진 루드웨어였지만, 그의 손끝에서 퍼져 나간 마법의 푸른 빛은 자신의 냄새를 버티지 못하고 헤롱거리고 있는 루드니아의 몸에 작렬하면서 지독했던 악취의 진동은 드디어 막을 수 있었다.

에이션트 급 드래곤은 물론이요, 천신 레이뮤의 대리자인 그조차 견디지 못하던 악취는 그제야 사라지게 된 것이다.

하지만 이 악취로 인해 루드니아와 루드웨어가 이끌고 있던 전군은 전투 불능에 상태에 빠지고 말았으니 약 십 분 간 양 진영에서 어느 누구도 움직이지 못하고 있었다.

십 분 정도가 지났을 때 가장 먼저 정신을 차린 인물은 루드니아였다. 일단은 자신의 몸에서 나는 체취라고 할 수 있는 베드 스멜이었기 때문에 가장 적응력이 높았던 인물도 루드니아였던 것이다.

지끈거리는 머리를 흔들며 자리에서 일어난 루드니아는 자신의 눈앞에 펼쳐진 처참한 광경에 멍한 정신이 더 멍해질 지경이었다.

"어이! 실레이드! 콜리드! 게르하인!"

모두가 잠든(?) 후 같은 이 적막한 전장에서 루드니아는 여기저기를 돌아다니며 동료들을 깨우고 있었지만 어느 한 사람 정신을 차리지 못하고 있었기에 잠시 맥을 짚어보기까지 하는 루드니아였다.

사람들의 맥을 짚어보고는 아직 살아 있다는 것을 알게 된 루드니아는 자신의 악취로 대참사가 일어났다는 불안감에서 간신히 탈피할 수 있었다.

　루드니아에 이어서 정신을 차린 인물은 준호와 리안나였다.

　준호와 리안나의 경우에는 루드니아의 악취가 퍼져 나갈쯤 VT-III가 화생방 경보와 함께 재빠르게 준호와 그의 곁에 있는 리안나에게 방독면을 씌워주었기 때문에 남들보다는 적은 시간 동안 악취에 노출되었지만, 워낙 지독했던 것인지라 잔여 악취가 몸속에 남아 신경을 잠시 마비시키고 있었던 것이다.

　물론 그 후 VT-III의 응급 소생술과 함께 정체를 알 수 없는 냄새의 성분을 검사한 후 백신과 함께 진정제를 투여했기 때문에 이렇게 일찍 깨어날 수 있었던 것이다.

　간신히 정신을 차리고 주위를 둘러보자 냄새의 주원인인 루드니아만이 혼자 당황한 얼굴로 사방으로 돌아다니고 있었기에 흠칫하는 느낌을 가질 수밖에 없었지만 더 이상 악취가 나지 않는다는 VT-III의 조사 보고를 들으며 간신히 안도의 한숨을 쉴 수 있었다.

　얼마 후 차례차례 사람들이 정신을 차리며 일어서기 시작했는데 그들은 모두 인간이라고 보기에는 어려울 정도의 능력을 지닌 사람뿐이었다.

　VT-III의 조사에 따르면 정체를 알 수 없는 루드니아의 악취를 장시간 맡을 경우 신경 마비에 의해 식물 인간까지 다다를 수 있는 무서운 생화학 무기라는 결과가 나올 정도였기 때문에 당분간 보통의 인간들은 일어서지 못할 것이 자명한 일인 것이다.

　"휴… 다행이다."

사람들이 한두 명씩 일어나자 대참사가 일어나지 않았다는 마음에 안도의 한숨을 쉬며 루드니아는 그제야 자리에 앉아 숨을 돌릴 수가 있었다. 하지만 갑자기 자신을 향해 엄청난 빛을 뿜는 푸른 빛이 날아와서는 자신의 몸을 강타하자 루드니아는 당황하지 않을 수 없었다. 그 빛에는 엄청난 살기가 가득해 있었기 때문이다.

두려운 표정으로 간신히 고개를 돌린 루드니아가 빛이 날아온 방향을 쳐다보자 놀랍게도 그 빛을 내는 자는 루드웨어였다.

마치 씹어 먹어버릴 것 같은 표정을 하며 자신에게 서슬 퍼런 눈빛을 날리고 있는 루드웨어를 보며 섬뜩함을 느낄 수밖에 없었는데, 루드웨어는 그런 루드니아에게 뛰어가서는 자신의 로브를 벗어서는 재빨리 그녀에게 걸쳐 주고는 주먹을 들어 그녀의 볼을 짓누르며 고문을 가하기 시작했다.

"아악! 아파! 아프단 말이야!"

"이것이! 내가 남들 앞에서 함부로 드래코니안으로 변하지 말라고 그랬지!"

"으아앙! 드래코니안으로 변한 게 뭐가 나쁘다고 그러는데! 콜리드 아저씨하고 실레이드 아저씨도 드래코니안으로 변신했잖아!"

루드웨어의 고문에 비명을 지르면서도 루드니아는 끝까지 항거했지만 이어지는 루드웨어의 말에 입을 다물 수밖에 없었다.

"이 짜식이! 저 두 사람은 드래코니안으로 변함과 동시에 옷까지 다시 재구성해서 만들어 입잖아! 넌 무슨 깡으로 허구한 날 드래코니안으로 변할 때마다 스트립쇼를 하냔 말이야! 스트립쇼를!!"

"으앙!"

그제야 루드웨어가 왜 자기가 드래코니안으로 변한 것에 그렇게 화를 냈는지 알게 된 루드니아는 더 이상 변명할 거리가 없자 울음을 터뜨렸다.

"안 그쳐! 뚝!!"

"뚝……."

하지만 이제 울음도 루드웨어에게는 안 통하는지 한 번의 다그침에 울음을 그치는 루드니아였다. 역시 해츨링 때부터 당해왔던 처지였기에 지금에 와서도 루드웨어가 화나면 겁부터 먹는 루드니아였던 것이다.

루드니아, 아니, 로노와르가 울음을 멈추자 루드웨어는 작은 한숨을 쉬고는 품에서 하얀 손수건을 꺼내더니 그녀의 눈물을 닦아주었다. 로노와르는 루드웨어가 손 가는 대로 가만히 앉아 있었다.

"자, 코도 풀어. 킁!"

"킁!"

코까지 풀어주는 루드웨어를 보며 로노와르는 언제 울었냐는 듯이 미소를 지으며 말했다.

"이젠 항복하는 거야?"

"응? 무슨 항복?"

"지금 하얀 손수건을 들었잖아. 먼저 항복하는 사람이 흔들기로 한 거잖아."

"……!"

잠시 생각에 잠기는 루드웨어였다. 로노와르나 루드웨어가 서로를 미워하는 것은 아니어서 한바탕 크게 싸우고 나면 화해하고 싶었지만 자존심 때문에 못하는 경우가 많았기에 생각해 낸 것으로 로노와르 역시 이 하얀 손수건을 가지고 있었다. 부부 싸움을 한 후에 서로 사과의 말을 꺼내기가 쑥스러울 때 말없이 꺼내는 것으로 사과의 말을 대신하는 역할을 하는 이 손수건은 서먹함을 없애기 위해 만들어놓은 것이다.

일단은 눈물을 닦아주기 위해 꺼내놓은 것이기는 하지만 먼저 사과한다고 해서 나쁠 것은 없었기 때문에 루드웨어는 생각을 정리하고는 미소를 지으며 말했다.

"그래, 이 좀생이 드래곤아, 내가 항복한다, 항복해!"

"와! 그럼 나 해츨링 낳게 해주는 거야?"

"휴~ 어쩔 수 없지."

해츨링을 낳기 위해서 볼썽사나운 일을 해야 한다고는 해도 역시 그런 것이 아내보다 중요한 것은 아니었기에 루드웨어로서는 허락할 수밖에 없었다.

"뭐야? 이거, 그럼 다 끝난 거잖아?"

루드웨어가 로노와르와 화해를 하자 실레이드와 콜리드는 아쉽다는 표정을 지으며 안타까워할 수밖에 없었다.

모든 로맨스가 다 그렇듯이 가장 클라이맥스는 대마왕과 싸우는 일단의 용사들의 대결전이라고 할 수 있는데, 대마왕과 용사가 화해를 해버렸으니 한편의 로망스는 어이없이 끝나 버리는 결과가 나와 버렸기 때문이다.

"그나저나, 이 뒷마무리는 어떻게 하지?"

"음……."

콜리드의 말에 루드웨어는 잠시 생각에 잠길 수밖에 없었다. 일단 로노와르와 화해하는 것으로 끝나게는 되었지만, 아무런 결과도 없이 이렇게 끝낼 수는 없었기 때문이다.

한번 전쟁은 시작되었으니 루드웨어로서는 자신이 죽지 않는 한 이 전쟁이 끝나지 않을 것임을 알고 있었기 때문이다.

한참을 고민에 빠진 루드웨어는 고뇌하는 자세로 이리저리 뒹굴다가 무슨 생각이 났는지 손뼉을 치며 말했다.

"그렇지!"

"뭐야? 무슨 생각이라도 난 거야?"

"그래, 모두 이렇게 된 건 마지막 클라이맥스가 어이없이 끝나서 일어난 일이니까 증인 앞에서 클라이맥스를 장식하자고!"

"응?"

도저히 알 수 없는 루드웨어의 말에 다른 사람들은 고개를 갸우뚱거리고 있었고, 멀리서 이 어이없는 일을 보고 있던 차원도사는 무릎을 꿇고는 이런 괴상한 세상으로 온 자신을 원망하며 통곡의 눈물을 흘리고 있었다.

엄청난 악취로 인해 정신을 잃고 있었던 게르하인은 간신히 정신을 차리고는 일어설 수 있었는데, 그 순간 자신이 지옥에 빠진 것은 아닐까 하는 착각이 들었다.

온통 검은색의 대리석으로 깔려진 어두운 공간 안에 위치해 있었기 때문이다. 마법진의 형상으로 만들어진 스테인드글라스 유리밖에는 붉은빛을 내며 이글거리고 용솟음치는 불꽃이 작렬하고 있었고 자신의 곁에는 죽은 지 수백 년은 넘은 듯한 해골들이 이리저리 뒹굴고 있었다.

그의 눈에 보이는 뼈는 하나하나가 죽기 전에 상당한 치명상을 입었는지 백골의 일부분이 완전히 박살난 채 널려져 있었다.

꿈이 아닐까 하는 생각에 게르하인은 자신의 볼을 꼬집어보았지만 역시나 통증을 느끼니 절대 꿈은 아니었다.

게르하인이 사방을 둘러보며 자신이 어디에 있는지 모르고 헤매고 있을 때, 갑자기 건물의 한편에서 엄청난 굉음과 함께 대지를 흔들어 버리더니 큰 웃음소리가 세상을 울리듯이 들려오기 시작했다.

"크하하하하! 데쓰필드는 나, 마도사 루드그레인의 영역! 너희 같은 자들이 나의 땅에서 나를 죽일 수 있다 생각하는가! 크하하하하!"

"루드그레인!"

게르하인은 루드그레인이란 이름이 마도제국 로노와르의 황제의 이름이라는 것을 깨닫고는 급히 소리가 들리는 쪽으로 뛰어갔다.

백골의 방을 지나 칠흑 같은 어둠의 복도 저 끝으로 보이는 시뻘건 불꽃의 현장으로 뛰어간 게르하인은 그 순간 자신 혼자만이 이곳에 있는 것은 아니라는 것을 알 수 있었지만 자신의 눈앞의 현장을 보며 패닉에 빠질 수밖에 없었다.

"크하하하!"

작렬하는 불꽃 위에 존재하는 마도제국의 황제 루드그레인은 붉은색의 로브를 불꽃과 함께 휘날리며 오른손에 루드니아의 목을 움켜잡은 채 껄껄거리며 웃고 있었기 때문이다.

"루드니아 아가씨!"

게르하인은 더 이상을 참지 못하고 루드니아의 이름을 소리쳐 외쳤지만, 그의 손에 잡혀 있는 루드니아는 게르하인의 절규에도 아무런 반응도 없이 악의 마도사 루드그레인이 움직이는 대로 흐느적거리며 흔들리고 있었다.

이런 루드웨어의 앞에선 실레이드와 콜리드, 준호, 리안나, 차원도사가 피를 흘리며 고통스러워하는 채 쓰러져 있었고, 세 사람의 젊은 남자가 검을 들고는 분노로 가득한 눈빛으로 루드니아의 목을 움켜진 악의 마도사를 노려보고 있었다.

"더러운 마도사! 당장 루드니아님을 내려놓지 못하겠느냐!"

분노에 찬 목소리로 마도사를 향해 소리치고 있는 남자의 얼굴을 확인한 게르하인은 그의 정체를 알 수 있었다.

그는 다름 아닌 악의 마도사 루드그레인에게 자신의 왕국을 뺏겼던 그리드 왕자였다.

그리드 왕자의 옆에는 각기 푸른색과 붉은색의 마법검을 들고 보좌를 하고 있는 두 명의 청년이 더 있었는데, 게르하인으로선 그들의 얼굴을 본 적이 없는지라 궁금하지 않을 수 없었다.

"형님! 진정하십시오!"

"저자는 형님이 들고 계신 창조주의 검을 두려워하고 형님을 도발하고 있는 것입니다."

"창조주의 검!"

그는 두 청년이 그리드 왕자에게 형님이라는 말을 하는 것을 보고는 그로인 왕국에서 내전을 벌이고 있던 왕자들이라는 것을 알 수 있었는데, 그들의 말에서 창조주의 검이란 말이 나오자 놀라지 않을 수 없었다.

어떻게 대륙 제일의 신검이라는 창조주의 검을 그리드 왕자가 가지고 있었을까?

"하지만… 크윽……."

그리드 왕자는 자신을 도발하여 끌어들이고 있는 것을 알고는 있었지만 루드그레인이 루드니아의 목을 움켜쥐고 있자 분노로 떨리는 몸을 자제하지 못하고 있었다.

"크하하하하! 죽음을 불꽃으로 재로 만들어주마! 인페르노!"

루드그레인은 자신의 도발에도 그리드 왕자가 움직일 생각을 하지 않자 손을 들어서는 자신의 몸을 태우는 듯한 불꽃을 돌려 엄청나게 증폭된 인페르노 마법을 세 명의 청년에게 날렸다. 사신들의 눈앞에 밀려오는 엄청난 불꽃의 폭풍에도 두 왕자는 당황하지 않고 자신들이 들고 있는 검을 엑스 자로 교차시키고는 소리쳤다.

"앱솔루트 베리어!"

교차된 검은 두 왕자의 외침과 함께 붉은색과 푸른색의 투명한 막을 펼치며 세 왕자의 몸을 감싸기 시작했고, 그 위로 루드그레인의 인페르노가 작렬했다.

엄청난 불꽃에 주변의 땅마저 붉게 물들어가며 녹아갈 정도로 마도사 루드그레인의 인페르노는 엄청난 위력을 보이며 세 왕자들을 덮쳐 갔다. 그 모습에 게르하인은 놀라지 않을 수 없었는데 어느 정도의 시간이 지나 인페르노가 사라지자 투명한 막 속에서 세 사람의 왕자의 모습이 보이자 안도의 한숨을 쉴 수 있었다.

다행히 그들이 검에서 나오는 앱솔루트 베리어는 상상하지 못할 열기를 내뿜는 마도사의 인페르노 마법을 효과적으로 방어한 것이다.

루드그레인은 자신의 궁극의 마법이 통하지 않자 당황하는 빛이 역력했다. 그 순간 그리드 왕자가 대지를 울릴 듯한 외침과 함께 당황하는 마도사에게 뛰어가기 시작했다.

"형님!"

두 왕자는 그 모습에 놀라 소리치며 손을 뻗었지만 이미 그리드 왕자는 그들이 손을 벗어나 루드그레인을 향해 몸을 날린 후였다.

"마도사 루드그레인이여! 나의 목숨으로 너의 손에서 세상을 구하리라!"

"헉!"

루드그레인은 뜨거운 불길이 작렬하고 있는 자신의 영역으로 그리드 왕자가 갑자기 뛰어 들어올 줄은 예상 못했던지라 크게 놀라는 표정을 지으며 몸을 뒤로 날리려고 했지만 이미 그리드 왕자의 몸은 그의 눈앞까지 뛰어 들어온 후였다.

"크아악!"

대륙의 평화를 위해 자신의 목숨을 포기하며 불꽃 속으로 뛰어든 그리드 왕자의 검은 당황한 루드웨어의 왼쪽 심장에 깊숙이 박혔다.

루드그레인은 엄청난 고통과 함께 세상이 찢어질 듯한 비명을 질렀고 그리드 왕자는 루드그레인의 근처에 작렬하던 불꽃에 정신을 잃으며 불꽃 속으로 떨어져 내렸다. 그 순간, 은빛의 물체가 불꽃 속을 헤치며 들어가서는 그리드 왕자의 몸을 받고는 빠른 속도로 땅을 향해 착륙했다.

"저건!"

게르하인은 그 비행 물체가 준호 군이 차원도사를 구해낼 때 네크로멘서의 대장을 공격하던 것임을 확인할 수 있었다.

다행히 그리드 왕자는 뜨거운 불길 작렬하고 있는 곳으로 몸을 날리기는 했지만 그 시간이 길지 않았던 탓에 미약하지만 숨이 붙어 있었다.

그 모습을 보며 상처를 입고 비틀거리는 리안나가 와서는 그의 이마에 손을 얹으며 조용히 신성 마법을 펼치기 시작했고, 순백의 빛이 그의 몸을 감싸면서 뜨거운 불길에 입었던 화살이 점점 사라져 갔다.

한편 가슴에 검이 박힌 루드그레인은 고통스러워하면서 간신히 창조주의 검을 빼낼 수 있었지만 그 순간 시뻘건 피가 분수같이 사방으로 뿌려지기 시작했다.

"끄아악!"

쿠구구궁!

루드그레인은 피가 뿜어져 나오자 괴로워하기 시작했고, 그 순간 대지가 흔들리며 사방에서 불꽃이 터져 나오기 시작했다.

"게르하인님! 빨리 이곳을 피해야 합니다! 이곳은 마도사 루드그레인이 만들어놓은 마법의 공간! 그의 죽음과 함께 이 대지는 세상에서 소멸할 것입니다!"

큰 부상을 입고 비틀거리는 차원도사는 게르하인을 보며 외쳤다.

"소멸이요?!"

그제야 사태의 위급함을 깨달은 게르하인으로선 다급하지 않을 수 없었는데, 그때 실레이드와 콜리드가 비틀거리는 몸으로 다가와서는 그들의 앞에 쓰러졌다.

"아빠!"

리안나가 쓰러진 실레이드를 부축하며 소리쳤지만 이미 그의 가슴 주위는 큰 상처로 인해 피가 낭자한 상태였기에 신성 마법으로 치료를 한다고 해도 구하기는 이미 늦었다고 할 수 있었다.

"모, 모두들 모여라……. 그, 그로인 왕국으로… 텔레포트 마법을 쓰겠다……."

"아빠!"

엄청난 피를 흘린 실레이드가 텔레포트 마법으로 자신들을 돌려보낸다고 하자 리안나는 놀라며 소리칠 수밖에 없었다.

실레이드는 그런 딸을 보며 눈물을 떨어뜨리며 말했다.

"애야… 아비 노릇도 못하고… 미안하구나……."

"아빠… 그게 무슨 말씀이세요. 흑흑흑……."

리안나가 자신의 곁에서 떨어지지 않으려고 하자 실레이드는 입술을 깨물고는 주먹으로 자신의 딸의 복부를 쳤다.

"꺅!!"

리안나는 실레이드의 주먹에 맞아 외마디 비명과 함께 기절했고, 그런 그녀를 준호에게 맡기며 실레이드는 떨리는 목소리로 말했다.

"준, 준호 군… 내 딸… 리안나를 부탁하네……."

"예, 실레이드님……."

꺼져 가는 생명으로 자신의 딸과 사람들을 구하려는 그의 모습을 보며 준호의 두 눈에서 눈물이 흘러내렸다.

"루, 루드니아님을!"

게르하인은 아직도 마도사의 손에 잡혀 있는 루드니아를 보며 뛰어가려고 했지만, 그런 그를 콜리드가 잡으며 말했다.

"루드니아 아가씨는 이미 늦었네."

"하지만……."

"애석하지만 지금 저곳으로 갔다가는 자넨 죽고 마네."

"크흐흑흑……."

게르하인은 자신의 능력의 부족함에 분통함의 눈물을 흘릴 수밖에 없었다.

준호의 우주선 안에 사람들이 올라타자 실레이드는 천천히 주문을 외우기 시작했고, 그런 그의 곁에선 콜리드가 말없이 그를 부축해 주고 있었다.

"콜리드 아저씨! 빨리 우주선으로 오르세요!"

준호는 콜리드가 우주선에 타지 않자 놀라며 소리쳤는데, 그는 고개를 저으며 조용히 말했다.

"미안하지만 난 이곳에 남겠네."

"하지만……."

"허허허허, 이 겁쟁이 녀석을 혼자 저세상으로 보낸다면 아마 걱정 돼서 오래 살지도 못할 거야. 허허허."

자신의 옆에서 너털웃음을 짓는 콜리드에게 실레이드는 입가에 미소를 지으며 말했다.

"이거… 죽을 때도 귀찮은 녀석과 함께해야 되는군. 허허허……."

그렇게 웃음을 터뜨린 실레이드는 조용히 두 손을 준호의 우주선을 향해서 펼치고는 시동어를 외쳤다.

"텔레포트!"

"아빠!"

마지막 시동어와 함께 정신이 든 리안나는 목소리는 서서히 사그라지는 푸른 빛과 함께 소멸하는 공간에 메아리치듯 울리며 사라져 갔다.

실레이드는 마지막 남아 있는 마나를 모두 소비하고는 입가에 엷은 미소를 지으며 천천히 땅으로 쓰러졌다.

"허허허… 기다리게나… 나도 곧 따라갈 테니 말일세."

콜리드는 잠자듯 쓰러진 실레이드의 옆에 앉아 너털웃음을 터뜨리며 말하고는 조용히 눈을 감았고, 그 순간 그가 있는 곳의 대지는 엄청난 불꽃과 함께 폭발하며 모든 것은 쓸어갔다.

에필로그

"컷!!"

작렬하는 불꽃 속에서 누군가의 외침이 터져 나오자 그 순간 불꽃은 삽시간에 사라지더니 같이 쓸려갔다고 생각한 실레이드와 콜리드가 이마에 흐르는 식은땀을 닦고는 박수를 치며 자리에서 일어났고, 그의 곁으로 루드웨어와 로노와르 역시 박수를 치며 다가와서는 두 사람과 악수를 하며 말했다.

"수고하셨습니다."

"허허허, 로노와르도 수고했네."

콜리드는 자신에게 악수하는 로노와르를 보며 만족한 듯한 표정을 지으며 말했고 로노와르 역시 가볍게 미소를 지으며 답례를 해주었다.

"과연 천하의 루드웨어로군! 이렇게 멋진 무대를 다 만들고 말이야! 하하하하, 오랜만에 멋진 유희를 한 것 같군."

"하하하, 과찬의 말씀이십니다. 모두 배우들이 좋아서 성공한 게 아닙니까."

"그런가? 하하하하!"

네 사람은 드디어 루드웨어 극본, 루드웨어 연출의 스펙터클 무비 대마도사 루드그레인의 최후의 씬을 성공적으로 마친 것이다.

한편 실레이드의 텔레포트 마법으로 그로인 왕국의 성으로 안전하게 도착한 게르하인이 간신히 눈을 떴을 때 같이 있던 이들이 불규칙한 마나 파장으로 인해 텔레포트 과정에서 큰 충격을 받고 기절해 있었다. 게르하인은 그들에게 천천히 다가가 그들을 흔들어 깨웠다.

"아! 여기는……?"

게르하인에 이어 다음으로 눈을 뜬 사람은 대마도사 루드그레인을 해치운 용사 그리드였다.

그리드는 멍한 얼굴로 정신을 차리고서는 사방을 둘러보고 있었는데, 그런 그의 모습을 보며 게르하인은 어깨를 두드려 주며 말했다.

"그리드 왕자, 자네는 영웅일세!"

"예?"

난데없이 게르하인이 자신을 보고 미소 지으며 영웅이라 말하자 그리드는 정신을 차릴 수가 없었다.

그는 황도로 밀어닥치고 있던 중 갑자기 나타난 한 남자에 의해 기절한 것밖에는 생각이 나지 않았기 때문이다.

이렇듯 무슨 이유인지 모르고 멍하니 고개를 갸우뚱거리고 있었다. 그때 우주선의 한쪽에서 아름다운 소녀가 눈물을 흘리며 뛰어오고 있었는데, 그 모습을 보며 그로인은 크게 놀라 자리를 박차고 일어나서는 소리쳤다.

"아르키아네스!"

"그리드!"

그를 향해 뛰어온 소녀는 바로 잣나무의 요정 아르키아네스, 루드그레인이란 마법사의 손에 납치되었던 그리드의 아내였던 것이다.

그리드는 자신의 영원한 사랑 아르키아네스를 향해 뛰어갔고 두 사람은 영화의 한 장면처럼 서로를 안으며 감동의 해후를 하고 있었다.

전 대륙을 전란의 소용돌이에 빠뜨린 악의 마도사 루드그레인의 죽음은 게르하인에 의해 전 대륙으로 퍼졌다.

자신의 목숨을 아랑곳하지 않고 악의 마도사를 죽인 그리드 왕자는 순식간에 대륙의 대영웅이 되어 세상에 그 이름을 떨치게 되었고, 그의 두 동생은 자신의 형에게 그로인 왕국의 왕위를 넘겨주고는 홀연히 그 모습을 감추었다.

차원도사와 준호 등 나머지 사람 역시 그리드 왕자가 정신을 차렸을 때는 두 동생처럼 조용히 사라졌는지라 그리드는 아쉬움이 남기는 했지만 자신의 곁에서 맑은 미소를 짓고 있는 아르키아네스를 보며 그 아쉬움을 달랬다.

*   *   *

대마도사 루드그레인이 죽은 지 일주일 후 사라토 산맥의 로노와르 레어에서는 일단의 사람들이 모여 있었는데, 놀랍게도 그곳에서는 그리드 왕자의 두 동생을 비롯하여 루드그레인을 죽이는 데 참여한 세기의 용사들이 모여 있었다.

은빛 우주선의 한쪽에서 준호가 안절부절못하고 있자 리안나가 조용히 다가가 그의 손을 잡으며 말했다.

"준호 씨, 잘될 거예요."

"고마워, 리안나."

준호는 자신을 걱정을 하는 리안나를 보며 살짝 미소를 짓는 순간 레어의 구석에서 큰 외침 소리가 들렸다.

"성공이다!"

드래곤의 마법사 루드웨어의 목소리였다. 준호는 그의 성공의 외침을 듣고는 얼굴 가득히 환희의 미소를 짓고는 소리 질렀다.

"만세!"

"축하해요, 준호 씨."

준호와 그 일행들이 이곳에 모인 이유는 바로 준호를 다시 본래의 세상으로 돌려보내기 위함이었다.

루드웨어는 우주선에 묻어 있던 잔존 마나로는 그가 살았던 세상으로 돌려보내는 것이 불가능했기에 차원도사를 찾았던 것인데, 다행히 차원도사가 시간대는 다르긴 했지만 같은 차원에서 빠져나온 사람이기에 그가 차원을 빠져나온 방법을 간신히 연구하여 준호를 돌려보낼 차원의 공간과 좌표를 역추적할 수 있었던 것이다.

이제 고향으로 돌아갈 수 있다는 말에 준호는 기쁘지 않을 수 없었는데, 그때 리안나가 조용히 자신의 곁을 빠져나가려 했다.

"리안나?"

준호의 말에도 리안나는 아무 말 없이 고개를 숙이더니 천천히 레어를 빠져나가려 했고, 준호는 그런 리안나의 어깨를 잡으며 말했다.

"리안나… 왜 그래?"

"흑흑흑, 이제… 준호 씨를 볼 수 없다는 생각에 눈물이……."

그제야 준호는 리안나가 우는 이유를 알 수 있었다. 그녀가 살고 있는 차원계와 자신이 살고 있는 차원계는 완전히 다른 세상. 이곳에서 간신히 루드웨어와 차원도사의 힘으로 돌아갈 수 있다고는 하지만 자신의 차원계에서 이곳으로 온다는 것은 불가능한 일이기 때문이었다.

"리안나……."

조용히 리안나를 자신의 품에 안은 준호는 천천히 호주머니 속에서 무엇인가를 꺼내고는 그녀의 손을 잡은 채 살며시 그것을 끼워주었다.

"준호 씨……."

준호가 그녀의 손에 끼운 것은 은빛의 반지, 그 영롱한 은빛은 미쓰릴의 빛깔이었다.

드워프의 손으로 만든 듯 정교하게 조각된 반지를 멍한 눈으로 바라보던 리안나가 고개를 들었을 때 준호는 조용히 그녀의 눈을 바라보며 말했다.

"리안나, 나와 결혼해 주겠어?"

"준호 씨."

그 순간 리안나의 눈에는 봇물처럼 눈물이 터져 나왔고, 준호는 말없이 그런 리안나를 자신의 가슴에 깊숙이 안아주었다.

옆에서 두 사람의 모습을 보고 있던 실레이드는 킁킁거리며 콧물을 닦아내며 훌쩍거리고 있었다.

"흑흑, 축하한다, 내 딸아."

"짜식, 이제야 조금 아버지답군."

콜리드는 딸의 사랑이 성공한 것을 보며 울고 있는 실레이드의 어깨를 천천히 두드려 주었고, 보통 때라면 한마디라도 던졌을 실레이드는 미소를 지으며 사랑하는 두 연인의 모습을 쳐다보고 있을 뿐이었다.

한 시간 정도 후 루드웨어와 로노와르에게서 엄청난 결혼 자금을 강탈한 준호와 리안나는 천천히 우주선에 올랐다. 그들의 옆에서 실레이드와 콜리드는 조용히 손수건을 흔들며 두 사람이 잘 살기를 기원해 주었다.

우주선에 올라탄 준호는 문득 한쪽에서 말없이 자신을 지켜보고 있는 차원도사 천우를 보며 말했다.

"천우 도사님, 같이 가지 않겠습니까?"

천우 또한 자신의 차원계 사람이기 때문에 준호는 물어보지 않을 수 없었는데 천우는 조용히 고개를 저으며 말했다.

"내가 살고 있던 세상이었지만 이제 그곳은 내가 살기에는 적합하지 않다네."

준호는 차원도사의 말을 알아들을 수 있었다. 이 차원계로 온 것이 백 년이 넘은 그였기에 이곳의 생활에 익숙해져 버려 준호가 살고 있는 발전된 문명은 천우가 살기는 적합하지 않은 곳이 되어버린 것이다.

준호는 어쩔 수 없다는 표정을 짓고는 조용히 차원도사에게 고개를 숙여 인사를 하고는 리안나와 우주선에 올라타자 우주선의 해치가 천천히 내려가기 시작했다.

"자, 그럼 시작해 볼까?"

루드웨어는 해치가 완전히 닫히자 드디어 주문을 외우기 시작했다. 그가 천신의 힘을 일부 가지고 있는 10서클의 마도사라고는 하지만 차원을 넘나드는 것은 신조차도 어려운 일이었기에 상당한 주문을 외워야 했다.

장장 한 시간이 넘는 주문을 외운 루드웨어는 주위에서 지쳐 쓰러져 자고 있는 사람들을 발로 차 깨웠고, 눈을 비비며 일어난 사람들이 준호가 타고 있는 우주선을 보자 마지막 시동어를 외쳤다.

"하이 디멘전 패스!"

그의 시동어가 외쳐지자 엄청난 마나가 빠져나와 준호가 타고 있는 은빛의 우주선을 휘돌아 감기 시작했다. 그리고 얼마 지나지 않아 은빛의 우주선은 영롱한 푸른 빛을 내며 서서히 먼지가 되듯 지켜보는 이의 눈앞에서 사라져 가기 시작했다.

"잘 살아야 한다, 리안나!"

실레이드는 사라져 가는 우주선을 보며 소리치는 순간 푸른 빛은 하나의 점이 되어 천천히 사그라들었다.

이제 모든 일이 끝난 것이다.

모든 일이 끝나자 레어 안에는 잠시 침묵이 흐르고 있었는데, 그때 로노와르가 어디서 구했는지 모르는 집채만한 거대한 빗자루를 들고는 실레이드와 콜리드를 비롯한 사람들을 쓸어버리기 시작했다.

"우악!"

"뭐 하는 짓이야! 이 버릇없는 것아!!"

콜리드와 실레이드는 갑자기 난데없이 들이닥친 빗자루 세례에 분통을 터뜨리며 소리 지르자 로노와르는 콧방귀 소리와 함께 소리쳤다.

"흥! 이 노망난 드래곤들이 왜 남의 신혼집에 와서는 나갈 생각도 안 하는 거야!"

"뭐?!"

"1만 년 넘게 살았으면 적당히 눈치보고 사라져야 될 것이 아니야!"

삿대질하며 소리치는 로노와르를 보며 두 사람은 분통이 터지기는 했지만, 일단은 남의 신혼집에서 진을 치고 있던 것은 잘못이었기 때문에 이를 갈며 돌아갈 수밖에 없었다.

"두고 보자, 이 얼룩 드래곤아!"

"에라잇! 잘 먹고 잘 살아라!"

에이션트 급의 오크와 드래곤은 각자 로노와르에게 한마디씩을 하고는 사라졌고, 차원도사는 두 왕자들을 대동하고는 두 사람에게 고개를 숙여 인사를 한 후 천천히 레어 밖으로 걸어나갔다.

"천우도사께선 어디로 가실 겁니까?"

루드웨어가 궁금한 듯 묻자 그는 미소를 머금고 두 왕자를 보면서 말했다.

"이 두 왕자 분이 저에게 도술을 배우고 싶다고 하는군요. 이제 생의 시간도 얼마 남지 않았으니 이 두 왕자에게 도술을 가르치며 살아갈 생각입니다."

그의 말에 조용히 고개를 끄덕이는 루드웨어는 고개를 숙여주며 차원도사를 향해 작별의 인사를 했고, 차원도사는 미소를 지으며 자신의 옆에 있는 왕자들과 함께 천천히 사라토 산맥을 내려갔다.

한참 차원도사를 지켜보던 루드웨어는 곁에서 조금 견디기 힘든 느낌을 받고는 고개를 돌렸는데, 그곳에서 문제의 로노와르가 회심의 미소를 지으며 자신을 바라보고 있는 것을 볼 수 있었다.

그 느끼한 눈빛에 루드웨어는 조금 두려운 감이 들었지만 로노와르는 그런 것에 아랑곳하지 않고 그의 손목을 잡으며 레어 깊숙한 곳으로 끌고 들어가기 시작했다.

"로, 로노와르… 왜 그래!"

"이제 우리 둘만 남았으니 약속한 것을 이행해야지. 안 그래?"

"서, 설마……."

"아! 예쁜 해츨링 열둘만 낳아서 잘 길러야지. 자, 들어가자고!"

"우악!! 난 싫어!! 고목나무에 매달린 매미가 되고 싶진 않단 말이야!!"

"어허, 어딜 도망가시나."

"으아!"

루드웨어는 로노와르의 손에서 필살의 탈출을 감행하려고 했지만 우악스러운 그녀의 손길은 그의 뒷덜미를 잡고는 천천히 어두운 레어로 향하고 있었다.

한편, 사라토 산맥의 레어에서는 한 떼의 무리들이 한숨을 내쉬며 전체 투표를 하고 있었으니 대표로 선발된 녀석은 서러움의 눈물을 흘리며 구석에 울고 있었다.

"흑흑흑… 여보들아, 난 어떻게 해… 흑흑."

두 사람이 레어로 돌아오자 드디어 사라토 산맥의 오크들은 희생자 투표를 하기 시작한 것이다.

"어?"

"도대체 무슨 일이 있었던 거지?"

한편 그로인 왕국의 숲에선 수백 명의 사람들이 누워 있었고, 그중의 몇 사람이 천천히 눈을 뜨고는 사방을 둘러보며 멍한 얼굴을 하고 있었는데, 그것을 보고 있던 한 여인이 울상을 한 얼굴로 자신의 옆에서 두리번거리고 있는 남자를 보며 말했다.

"레그르토, 아무래도… 다 끝났나 봐요."

"헉!"

외전
혈비도 무랑의 스플래쉬

외전 혈비도 무랑의 스플래쉬

나의 이름은 무랑, 중원 대륙에서 혈비도란 이름으로 불리며 살인마로 이름을 떨친 사람이다.

물론 내가 죽인 이들 중 힘없고 빽없는 사람들은 없다.

가증스럽고 힘없는 자들의 피를 빨아먹는 거짓된 탈을 쓰는 정사마의 쓰레기들만이 나의 비도에 죽었을 뿐이다.

내가 마지막으로 중원에서 끝낸 살행은 인의대협이라 불리는 사람이었다.

명호처럼 그는 모든 사람들이 인의대협이라 부르며 칭송하기 그지없는 사람이었지만, 실제는 전혀 다른 이었다.

강남 일대의 기루를 돌아다니며 여인들의 음기를 탈취하여 자신의 내공을 늘리는 인물이었기 때문이다.

내가 조사한 바에 의하면 적어도 오백 명이 넘는 기녀가 그에게 죽임을 당했다.

물론 내가 전 중원의 정보를 한 손에 잡고 있는 사람은 아니기에 그가 기녀를 죽이는 것을 알지 못했을 수도 있지만, 녀석은 어이없게도 나의 이름을 도용하여 기녀들을 죽이고 있었다.

이런 이유로 난 여인의 음기를 빼앗는 파렴치한 놈이 되어버렸기에 어쩔 수 없이 녀석을 내 손으로 처리할 수밖에 없었다.

하지만 녀석을 처리한 후 큰 문제가 닥쳐왔다.

인의대협은 정파의 무림맹, 사파의 대사련, 마의 마교 모두와 어느 정도 연관이 있는 인물이었기에 그들은 녀석을 죽인 나를 무림의 공적이라 몰아붙인 후 이천여 명의 무사를 파견하여 나를 죽이려 했다.

아무리 내가 강한 무공을 가지고 있다 해도 이만한 무사들을 상대로 싸운다는 것은 불가능한 일이었다.

사천에서부터 시작된 정사마 연합의 추격은 거의 일 년이 넘는 추격 끝에 북해까지 이어졌고, 난 중원에서 더 이상 살 수 없다고 생각하곤 북해에서 나룻배를 타고 바다로 나갔다.

정사마가 아무리 강한 힘을 가지고 있다 하나 넓은 바다에서 나룻배를 찾는 것은 불가능한 일이기 때문이다.

바다로 나온 난 저 멀리 고려국이나 왜국으로 가기로 결정했다.

물론 중원의 말이 통하지 않는 곳이기는 하지만 나의 무공이라면 그곳에서 충분히 먹고 살 수 있을 것이기 때문이다. 또 중원의 여인과 비교해서 어떨지는 모르지만 고려국에는 미인이 많다는 소문을 들은 적이 있었기 때문에 조금 기대도 되는 편이었다.

하지만 부처님은 그동안의 나의 살행에 벌이라도 주시는 모양인지 난 망망대해의 한가운데서 폭풍을 만나 죽을 뻔했다. 하지만 죽지는 않았다.

그래도 신념에 벗어난 행동은 하지 않았던 탓에 목숨은 살려주신 모양이라고 생각했지만 미지의 땅에 발을 내디딘 순간 난 절규할 수밖에 없었다.

내가 도착한 곳은 중원도, 고려국도, 왜국도 아닌 미지의 세계였기 때문이다.

"으윽… 여긴……."

정사마의 연합군에서 벗어나 바다로 나온 그는 폭풍우를 만나 타고 있던 나룻배가 부서지면서 정신을 잃었다. 그런 그가 간신히 눈을 뜬 곳은 금빛의 백사장이었다.

그의 눈에 보이는 주변의 모습은 과거 남만의 바다에서 보았던 그런 모습이었다. 아픈 머리를 흔들며 바라본 나무는 높이 솟아 야자열매가 주렁주렁 매달려 있었고, 멀리 보이는 푸른 바다 속으로는 산호초가 엿보이고 있는 그런 곳.

고려국이나 왜국이 이런 곳이 아니라는 것을 알고 있던 그는 자신이 전혀 다른 곳으로 왔다는 것을 알 수 있었다.

"이런, 도대체 어디로 온 거지?"

흰구름이 넘실거리는 바다 위로 물기둥을 뿜어 올리는 고래의 모습, 그 옆으로 지렁이와 같은 거대의 대망이 춤을 추고 있는 모습을 보며 한숨을 내쉴 수밖에 없었다.

"잠깐… 대망?"

그가 대망을 구경한 적이 없는 것은 아니다.

남만의 오지로 갔을 때 족히 사 장은 넘는 크기의 거대한 뱀을 구경한 적이 있었기 때문이다.

하지만 지금 그의 눈에 보이는 것은 대망이 아니었다.

물론 생긴 것은 대망과 비슷했지만 머리 양 옆으로 긴 비늘이 솟구쳐 있는 것이 마치 뱀장어의 지느러미와 같았다. 또한 긴 수염과 함께 눈에 보이는 크기는 족히 십 장은 넘어 보이는 엄청난 녀석이었다.

"이무기?"

하지만 이무기는 육지의 연못가에서 용이 되기만을 기다린다고 들었지, 바다에서 살고 있다는 말은 들어본 적이 없었다.

그렇다면 답은 하나, 녀석은 요괴라는 것이었다.

"크악!"

그 순간 하늘 위로는 거대한 새가 괴성을 지르며 그의 머리 위를 지나갔다.

거대한 꼬리를 흐느적거리며 박쥐와도 같은 날개를 크게 휘저으며 날아가는 거대한 새—물론 새라고 보기엔 조금 어려운 외형이었지만 그는 새로 믿고 싶었다—였다.

"젠장… 아무래도 지옥이란 곳에 온 것 같군."

물론 지옥이라고 보기에는 주위의 경관이 아름답기 그지없었지만, 여기저기 보이는 요괴의 모습에 그는 이곳을 이승이라곤 볼 수가 없었다.

천천히 자리에서 일어난 무랑은 바닷물로 인해 옷이 흠뻑 젖어 여기저기 모래가 묻어 있는 데다가 끈적끈적해서 기분이 무척 찜찜했다.

"휴……."

지옥이라고 해도 바다는 있으니 샘이나 강도 있을 것이란 생각에 무랑은 목욕이라도 해야겠다는 생각을 하며 천천히 걸음을 옮겨 숲으로 들어갔다.

여기저기 덩굴 식물들이 우거져 있는 것이 수백 년은 사람이 드나들지 않은 곳이라는 것을 말해 주고 있었다.

바닷가에 밀려온 후 어느 정도의 휴식을 취했기 때문에 내공의 반 정도가 돌아왔는지라 그는 경공을 사용하여 빠른 속도로 숲을 빠져나가기 시작했다.

한참을 그렇게 숲으로 들어가자 그의 귀로 물이 흐르는 소리가 들려왔기에 그 냇물이 있다는 것을 판단하고는 그곳으로 향했다.

아니나 다를까, 얼마 지나지 않아 그의 눈앞에 작은 냇물이 그 모습을 드러내 무랑은 그 냇물에 머리를 박고 바싹 마른 목을 축였다.

"카아아~ 이제야 살 것 같군."

배가 불룩해질 때까지 물을 들이킨 무랑은 만족의 미소를 띠우고는 기지개를 켠 후 천천히 내를 따라 걸음을 옮겼다.

내의 크기로 보아 어느 정도 올라가면 물이 고여 있는 곳이 있으리라는 생각 때문이었다.

한참을 올라가자 그의 예상대로 작은 폭포와 함께 삼 장 정도의 공간에 물이 고여져 있는 곳을 확인할 수 있었다. 그는 목욕이라도 할 겸 옷을 벗고는 한달음에 물로 뛰어들려 했는데, 그 순간 물속에서 무엇인가가 튀어나왔다.

"헉!"

그 모습에 크게 놀란 무랑은 천근추의 수법을 사용하여 몸을 무겁게 하여 급히 녀석과 부딪치는 것을 면할 수 있었다.

풍덩―

"푸하!"

다행히 충돌을 면할 수 있긴 했지만 그는 방비도 못하고 물에 빠진 꼴이 되었는지라 급히 몸을 일으켰다.

"이런!"

하지만 그는 급히 고개를 돌릴 수밖에 없었으니 자신의 앞에 모습을 드러낸 것은 가슴을 훤히 드러낸 금발의 여성이었기 때문이다.

"소저, 죄송하오이다."

그녀를 보며 다급하게 말한 무랑이었지만 지금의 그 역시 나신인지라 여인의 앞에서 차마 밖으로 나가지 못하고 있었다.

"보지 않을 테니 소저께선 빨리 옷을 입으시오."

무랑은 그녀에게 소리치고 물속에 고개를 처박았는데, 이상하게도 여인에게는 아무런 대답이 없었다.

"응?"

하지만 이상하다고 해도 고개를 들어 여인을 바라볼 수가 없는지라 그로선 한숨밖에 나올 수가 없었는데, 그때 물속에서 상상도 못한 것을 보아야만 했다.

"끄악!"

물속에서 그것을 본 무랑은 크게 놀라서는 급히 땅으로 몸을 날릴 수밖에 없었다.

"헉헉! 간 떨어질 뻔했다."

그가 본 것은 바로 옷을 갈아입으라고 말해 준 금발의 여인이었기 때문이다.

머리를 물속에 박아 넣고 그녀의 반응만을 기다리고 있던 무랑은 난데없이 물속에서 그 여인이 초롱초롱한 눈으로 자신의 얼굴을 바라보고 있자 깜짝 놀라고 말았다.

한순간 물귀신이 아닐까 하는 생각에 경공을 사용해서 급히 땅으로 올라온 그. 얼마 후 물속에서 그녀가 다시 모습을 드러냈다.

"이런! 도대체 무슨 짓을 하는 것입니까!"

그제야 그녀의 장난이라고 생각한 무랑이 화를 내며 소리 지르자 그의 외침에 크게 놀란 여인은 화급히 물속으로 몸을 감추었다.

"헉! 저건 지느러미……!"

여인이 물속으로 사라지는 것을 쳐다보고 있던 무랑은 마지막으로 꼬리 지느러미가 멋들어지게 하늘로 솟아오르자 황당할 수밖에 없었다.

자신이 본 금발의 벽안의 여인은 반인반어의 요괴였다는 것을 알 수 있었기 때문이다.

"크윽… 이 요망한 것!"

크게 충격을 받은 무랑이 벗어놓은 옷에서 급히 비도를 꺼내어서는 여인을 보며 소리치자, 물속에서 빼꼼히 머리를 드러낸 여인은 그의 기세에 놀라 두려워하는 모습을 보이며 근처의 바위 위에 몸을 기대고는 떨기 시작했다.

"……"

처음엔 자신을 현혹하려는 요괴라는 생각에 단번에 죽일 생각을 한 그였지만, 자신의 기세에 놀라 떨고 있는 반인반어의 요녀의 모습에 그러한 기분도 사라질 수밖에 없었다.

"젠장!"

아무 힘도 없는 자를 죽인 적이 없는 무랑은 할 수 없이 비도를 다시 넣고는 한숨을 내쉬었다.

"하긴, 여긴 지옥이니 요괴에게 내가 더 이상해 보이겠지."

그렇게 중얼거리며 무랑은 다시 물속으로 들어가 몸을 씻기로 했다.

인간의 여성이면 모를까 요괴에게 부끄러움을 느낄 필요는 없다고 생각했기 때문이다.

하지만 아무리 요괴라고 해도 여인의 모습, 그것까지는 봐줄 수 있다지만 반라의 모습을 드러내며 몸을 씻고 있는 자신의 주위를 뺑뺑 돌고 있는 그녀에게 어떻게 신경을 쓰지 않을 수 있겠는가.

어느 정도 두려움이 사라지자 자신의 주위를 맴돌고 있는 요괴를 보며 무랑은 화가 났다.

"젠장할! 제발 가만히 좀 있지 못해!"

무랑의 외침에 그녀는 크게 놀란 표정을 짓고는 다시 급히 바위 쪽으로 도망을 갔다. 하지만 잠시 후에 그녀의 흐느끼는 소리가 들리자 그는 한숨을 내쉴 수밖에 없었다.

"뭐야… 정말……."

천천히 울고 있는 요괴에게 고개를 돌리자 물에 젖어 촉촉한 금발 밑으로 맑은 색의 벽안으로는 닭똥 같은 눈물이 연신 흘러내는 모습이 아름답기 그지없는지라 그로선 조금 당황이 되었다.

'무랑아, 정신 차려라. 저것은 요괴다, 요괴!'

요괴에게 현혹되는 자신의 마음을 잠시 동안 진정시킨 무랑은 천천히 물 밖으로 나가 담(潭)이 끝나는 냇물에 자신의 옷을 빨기 시작했다.

바닷물과 모래에 그냥 입을 수는 없었기 때문이다.

그것들을 깨끗하게 씻어낸 무랑은 젖은 옷을 주섬주섬 입고는 천천히 내공을 끌어올리기 시작했다.

그의 몸에서 뜨거운 기운이 솟아오르기 시작하자 젖은 옷에선 서서히 수증기가 피어나며 얼마 지나지 않아 그의 옷은 물기 하나 없이 말라 있었다.

"자! 그럼 염라대왕이나 만나러 가볼까?"

어쨌든 지옥에 왔으니 자신의 죗값에 따른 벌을 받아야 한다는 생각에 염라대왕을 찾기 위해 걸음을 옮기려는 무랑이었는데, 그때 뒤에서 맑은 여인의 절규와도 같은 목소리가 들려왔다.

"$%·&*((*!"

"응?"

알 수 없는 말. 무랑이 천천히 고개를 돌리자 그곳에선 반인반어의 요괴가 자신을 보며 무엇인가를 크게 소리치고 있는 것을 볼 수 있었다.

"뭐야? 알아들을 수가 없잖아?"

전혀 다른 말인지라 무랑은 인상을 찌푸리며 돌아서려고 했다.

어차피 인간도 아니고 요괴이니 그냥 가도 상관이 없다는 생각이었는데, 고개를 돌리자마자 그녀의 푸른 눈빛으로 보이는 강한 사념 때문에 발을 내디딜 수가 없었다.

"이런……."

무엇인가를 간절하게 부탁하는 눈빛은 도저히 그로 하여금 그녀를 버리고 갈 수 없게 만들고 있었기 때문이다.

"젠장! 천하가 알아주는 대혈성 무랑이 왜 이리 마음이 약해졌단 말인가!"

도저히 발걸음을 옮기지 못한 무랑은 자신의 이런 모습에 한숨을 쉬며 천천히 그녀의 곁으로 다가가서는 자리에 쪼그려 앉아 물었다.

"그래, 도대체 나에게 원하는 게 뭐야?"

하지만 그녀의 말을 알아들을 수 없는 그였다.

무엇인가를 간절하게 부탁하고 있는 그녀였지만 무랑으로선 말을 못 알아들으니 어찌하란 말인가.

"젠장할! 그건 도대체 어느 나라 말이야! 아무리 지옥이라도 중원 말을 쓰면 어디가 덧나냐!"

하늘을 보며 꽥 소리를 지르자 그의 앞에서 무엇인가를 간절히 부탁하던 요괴는 또다시 겁에 질려 바위 곁으로 도망가 몸을 떨었다.

"쳇! 좋은 피난처군."

요괴의 모습에 투덜거리며 무랑은 천천히 손짓을 하여 그녀를 불렀고, 한동안 망설이던 그녀는 천천히 무랑의 곁으로 다가왔다.

"도대체 내가 어떻게 해주면 좋겠니?"

하지만 자신이 그녀의 말을 못 알아듣는데 그녀가 자신의 말을 알아들을 리 없었으니 또다시 한숨을 쉰 무랑은 손짓을 할 수밖에 없었다.

"그래, 배고픈 거야?"

밥 먹는 시늉을 하며 그녀에게 말을 하는 무랑이었지만 그녀는 고개를 갸우뚱거릴 뿐이었다.

한참을 여러 가지 시늉을 하며 말을 걸어본 무랑. 하지만 단 하나도 못 알아듣는 그녀였으니 도저히 할 맛이 안 나는지라 자리에 드러누워 버리고 말았다.

"쳇!"

파란 하늘 위로 지나가는 하얀 구름, 초록빛의 나무들의 그늘 사이로 들리는 맑은 시냇물 소리는 피로에 지친 그를 서서히 잠 속으로 빠져들게 만들었다.

"음……."

그는 꿈속에서 자신의 문파인 비도문의 일을 생각하며 즐거운 꿈을 꾸고 있었다.

　귀여운 세 명의 사제와 함께 엄한 스승 밑에서 무공을 배우던 시절, 무랑에겐 그 시절이 가장 즐거운 시절이었다.

　하지만 그러한 달콤한 꿈은 그리 오래가지 못했으니 갑자기 그의 귀로 풍덩거리는 소리가 들려왔기 때문이다.

　"응?"

　그 소리에 천천히 눈을 뜬 무랑이었는데, 그 순간 자신의 눈에 돼지같이 생긴 요괴가 몽둥이를 들어 올리고는 내려치려 하는 것을 보며 크게 놀랄 수밖에 없었다.

　"헉! 회선각(回扇脚)!"

　녀석이 몽둥이를 내려치려 하자 놀란 무랑은 급히 회선각의 수법을 사용해서 녀석의 다리를 후려쳤기에 간신히 몽둥이 찜질을 당하는 것에서 벗어날 수 있었다.

　"빌어먹을 요괴 녀석이!"

　"꾸룩꾸룩……."

　녀석은 돼지같이 꿀꿀거리며 반인반어의 요괴가 했던 것과 같은 말을 소리치고 있었지만, 못 알아들어도 상관없었다.

　어쨌든 곤히 잠자고 있던 자신에게 몽둥이를 후려치려고 했던 요괴였기에 살려둘 필요가 없다고 생각한 그는 급히 품에서 비도를 꺼내어 그대로 녀석의 정수리를 향해 날렸다.

　"쾌비도(快飛刀)!"

　그 순간 그의 손에 있던 비도는 파공음을 내며 빠른 속도로 날아가더니 눈 깜짝할 사이에 돼지요괴의 이마를 꿰뚫어 버렸다.

　"꾸엑!"

비도에 당한 돼지는 비명을 지르며 땅으로 쓰러졌는데, 옆을 둘러보니 이 돼지요괴들이 한두 마리가 아니라는 것을 알게 된 무랑은 급히 다른 비도를 꺼내어 들곤 녀석들을 노려보기 시작했다.

"까악!"

위기에 닥친 여인들이 한결같이 외치는 만국 공통어 비명음을 들은 무랑이 급히 고개를 돌렸다.

또다시 물속의 바위라는 피난처로 가서는 떨고 있는 그녀의 곁으로 돼지들이 접근하는 것을 본 그는 왼손으로 세 개의 비도를 들어서는 녀석들을 향해 집어 던졌다.

"삼영회류비도(三影回流飛刀)!"

그의 손에서 벗어난 세 개의 비도는 공중에서 크게 곡선을 그리더니 요괴를 둘러싼 돼지요괴의 관자놀이에 정확히 꽂혔다.

"꾸엑!"

그녀를 노리던 돼지들이 비도에 죽임을 당하자 무랑은 자신의 주위에 있는 녀석들을 보며 강한 살기를 내뿜었다.

"꾸억!"

엄청난 살기에 돼지요괴들은 크게 놀라며 뒷걸음질치더니 자신들끼리 무엇인가를 중얼거리고는 급히 몸을 돌려 숲으로 도망가기 시작했다.

"휴……."

원래 짐승들은 살기를 느끼는 데 예민하기 때문에 살기를 뿜어본 것인데 그런 무랑의 생각이 잘 들어맞아 녀석들이 도망을 갔던 것이다.

녀석들의 모습이 완전히 사라지는 것을 보며 걸음을 옮긴 무랑은 돼지요괴의 이마에서 검을 뽑고는 천천히 반인반어의 요괴에게 다가

갔다.

"아⋯⋯."

그녀는 물위에 떠 있는 돼지요괴들의 시체가 징그러운지 손가락으로 시체를 밀고는 도망가는 것을 반복하고 있었기에 무랑은 자신도 모르게 웃음이 나올 수밖에 없었다.

"후후."

하지만 계속 그렇게 둘 수는 없는지라 그는 격공섭물의 수법을 사용하여 세 마리 돼지요괴의 시체를 자신에게로 끌어당겼다.

"영차!"

요괴들의 시체가 가까이 다가오자 그는 관자놀이에 박혀 있는 비도를 뽑아서 물에 씻고는 검집에 집어넣은 후 그 시체를 밖으로 끌어올렸다.

그녀의 집이라고 할 수 있는 곳에 이 녀석들의 피가 물드는 것을 막기 위함이었다.

"그나저나 이거 먹어도 되나?"

슬슬 배가 고파지기 시작한 무랑은 돼지같이 생긴 녀석들은 먹을 수 있을까 고민했지만, 역시 포기하기로 했다.

돼지같이 생기기는 했지만 일단은 말을 하고 있는 인간과도 같은 녀석인데 먹기가 조금 꺼림칙했기 때문이다.

"먹을 것을 찾아봐야겠군."

일단은 먹고 사는 것이 문제이니만큼 무랑은 숲으로 들어가려고 했는데, 애석하게도 또다시 그녀는 무랑을 향해 소리를 지르기 시작했다.

'휴⋯ 단단히 걸렸군.'

할 수 없이 다시 돌아올 수밖에 없었던 그는 한참을 생각하다가 마음을 결정하고는 그녀에게 손짓을 했다.

"어이, 잠시 이리 와보라고."

말을 못 알아듣지만 부른다는 것은 알기에 그녀는 그의 앞으로 헤엄쳐 다가왔는데, 자신의 앞으로 그녀가 오자 무랑은 재빠르게 그녀를 안아 들었다.

자신을 안아 올리자 그녀는 무엇인가를 중얼거리고 있었지만 알아들을 수 없는지라 한 귀로 흘려 버린 그는 경공을 사용하여 빠른 속도로 달리기 시작했다.

"아!"

무랑의 품에 안긴 그녀는 갑자기 그가 경공을 사용하여 달리자 당황한 모습을 보였지만, 이내 그것이 재미있기라도 한 듯 미소를 지었다.

하지만 그로선 조금 당황스러울 수밖에 없는데, 두 팔에 안긴 그녀가 떨어질까 봐 자신의 목을 감싸 안고 있는 모습이었기에 반라의 그녀 가슴을 보며 얼굴이 뻘겋게 물들어 버린 탓이었다.

'휴! 죽겠군!'

한참을 그렇게 달리자 유실수를 발견할 수 있었기에 그는 한달음에 나무 위로 몸을 날렸다.

"까악!"

무랑이 나무로 몸을 날리자 부딪칠까 두려운 그녀는 비명을 내질렀지만 이내 가지에 안착하자 안도의 한숨을 쉬었다.

"후!"

변화하는 그녀의 표정을 보며 미소를 지은 무랑은 손을 뻗어서는 격공섭물의 수법으로 열매를 따기 시작했다.

어느 정도 열매를 손에 넣자 그는 열매를 하나 그녀에게 건네주고는 자신 역시 한 입 깨물어 먹어 보였다.

"큭!"

애석하게도 그 나무 열매는 상당히 시었던지라 금세 인상이 찌푸려진 그였는데, 그녀 역시 무랑을 따라 나무 열매를 먹고는 금세 얼굴을 일그러뜨려 버린지라 그는 자신도 모르게 웃어버리고 말았다.

"하하하하!"

"호호호."

무랑이 크게 웃음을 터뜨리자 그녀 역시 웃음을 터뜨리니 두 사람은 한동안 서로를 보며 웃음을 멈출 수가 없었다.

날은 점점 저물어가고 있어 무랑은 다시 물이 고여 있는 곳으로 와서는 그녀를 내려놓고 나뭇가지를 모아 야숙의 준비를 했다.

"하압!"

삼매진화의 수법을 사용하여 나뭇가지의 불을 붙인 무랑은 천천히 바위에 등을 대고 누워서는 그녀를 쳐다보았다.

빨갛게 타오르고 있는 모닥불을 신기한 듯 들여다보고 있는 그녀의 모습이 귀여운지라 미소를 지은 그는 천천히 그녀의 곁으로 다가가서는 손가락으로 자신을 가리키며 말했다.

"내 이름은 무랑이라고 한다."

물론 처음이니 잘 알아듣지 못하는 그녀였지만 무랑은 끈기있게 자신의 이름을 말해 주었다.

"무랑."

"무… 랑?"

"그래, 무랑."

어느 정도를 반복하자 그녀는 무랑이 이름을 말하고 있다는 것을 깨닫고는 미소를 지으며 자신을 가리키며 말했다.

"시리아."

"아! 너의 이름이 시리아구나."

하지만 그의 말에 고개를 저은 그녀는 자신을 가리키며 다시 한 번 시리아라고 말했다.

"시리아."

혹시나 하는 마음에 시리아라고 간단하게 말하니 그녀는 그제야 맞다는 표정으로 고개를 끄덕이니 무랑은 웃음이 나올 뿐이었다.

'말을 못 알아들으니 답답하군.'

하지만 요괴의 이름이 시리아라는 것을 알 수 있었다는 데에 만족하기로 한 그는 다시 자리로 돌아갔고, 그녀는 그런 무랑을 멍한 눈으로 바라볼 뿐이었다.

미지의 세계에서의 하룻밤은 그렇게 지나가니 다음날 그는 천천히 자리에서 일어나서는 하늘을 향해 기지개를 켰다.

"아! 잘 잤다!"

찌뿌둥한 몸을 이리저리 움직이던 무랑은 세수를 하기 위해 물가로 향했는데, 이미 시리아는 자리에서 일어나 있었다.

"무랑!"

무랑이 물가로 오자 그녀는 그의 이름을 외치고는 그의 앞으로 헤엄쳐 왔다.

"시리아, 잘 잤니?"

그가 미소를 지으며 말하는 것을 보자 시리아는 인사 하는 것이라는 걸 깨닫고는 그를 보며 중얼거렸다.

그런 그녀의 모습을 보며 냇가에 쭈그려 앉아 무랑이 얼굴을 씻자 그런 그의 곁으로 시리아가 다가와서는 말했다.

"무랑! %^^&&*."

"응?"

그녀의 말을 못 알아듣는 그였기에 되물어볼 수밖에 없었는데, 그녀는 왼손을 들어 그의 앞에서 포물선을 연신 그려 보이니 그제야 무슨 이야기를 하는지 알게 된 그는 미소를 지으며 말했다.

"오라, 또 널 데리고 경공술을 해달라고?"

물론 그가 하는 말을 알아들을 수 없는 시리아였지만 얼추 맞다고 생각하고는 고개를 끄덕이니 무랑은 그녀에게 다가가서 어제와 같이 가슴에 안아주었다.

"후……."

무랑이 자신의 말을 알아듣자 그녀는 기대감에 찬 모습으로 미소를 지었다. 무랑 역시 기분이 좋아져서 그녀를 안고 숲으로 멋들어지게 경공을 펼치며 날아갔다.

무랑과 시리아가 사라진 후 한쪽에서 갑자기 푸른 빛이 일렁거리더니 한 인영의 모습이 드러났다.

"오! 시리아, 이제 마음을 돌렸습니까!"

푸른 빛 속에서 모습을 나타낸 그는 하늘을 향해 두 손을 뻗으며 큰 목소리로 물이 있는 곳을 보며 외쳤는데, 이상하게 반응이 없자 천천히 걸음을 옮겼다.

"앗!"

그 순간 그곳에 자신이 찾고 있는 여인이 없자 그는 깜짝 놀랄 수밖에 없었다.

"시리아가 없어졌다!"

자신이 애써 데려온 여인이 감쪽같이 사라지자 그는 당황할 수밖에 없었는데, 근처에 불을 피운 흔적을 발견하고는 그곳으로 몸을 날렸다.

"음… 불씨가 남아 있는 것을 보니… 어젯밤 누가 이곳에서 머물렀나 보군. 괘씸한 녀석! 감히 내가 찜해 놓은 여인을 채가다니… 가만 두지 않겠다!"

그는 모닥불의 흔적을 보며 그녀를 데리고 간 자가 얼마 가지 못했을 것이라 판단하고는 마법의 시동어를 외웠다.

"플라이!"

플라이 마법을 사용하자 그의 몸을 하늘 위로 빠른 속도로 솟구쳐 올라가더니 어느 정도의 높이에 이르자 그는 밑을 내려보며 또다시 마법의 시동어를 외쳤다.

"이글 아이!"

먼 곳을 볼 수 있는 마법을 사용한 그는 사방을 뒤적이며 시리아를 채 간 녀석을 찾기 위해 사방을 두리번거렸다. 그리곤 얼마 지나지 않아 벼룩처럼 뛰어다니는 녀석을 발견할 수 있었다.

"마법사인가?"

시리아를 가슴에 안고는 깡충깡충 뛰어다니는 녀석을 보며 그는 자신과 같은 마법사 족속이라는 것을 깨닫고는 회심의 미소를 지으며 그를 향해 날아갔다.

인간의 마법사 중 그를 이길 수 있는 존재는 단 한 명도 없기 때문에 그는 시리아를 다시 되찾을 수 있다는 것을 의심치 않았다.

한편 자신을 노리고 있는 마법사의 출현을 모르고 있던 시리아는 무랑의 품에 안겨 하늘을 날고 있는 듯한 기분을 느끼며 즐거워하고 있었다.

"새가 된 것 같아요!"

자신의 말을 알아듣지는 못하지만 그녀는 무랑에게 재밌다고 말하며 즐거워했다.

시리아는 하늘을 나는 새가 부러웠다.

바다에서 살고 있는 머메이드 족인 그녀는 갈매기가 하늘을 나는 모습을 보기 위해 바닷가에서 시간을 보내는 것을 즐겼는데, 그런 그녀에게 어둠의 그림자가 다가온 것이다.

그날 역시 시리아는 갈매기를 보며 시간을 보내고 있었는데, 그런 그녀에게 한 마법사가 다가온 것이다.

"오! 머메이드 족 아니야? 오랜만에 보는걸?"

마법사는 갈매기와 같이 하늘을 날고 있었는지라 그녀는 신기하지 않을 수 없었다.

인간들은 하늘을 날지 못한다는 이야기를 바다에 살고 있는 블루 드래곤에게 들은 적이 있었기 때문이다.

하지만 그들 중에 마법사라는 존재는 플라이 마법을 사용하여 마나가 허용하는 범위 안에서 하늘을 날 수 있다는 것을 아는 시리아는 한참을 생각하다가 그를 보며 부탁을 했다.

"저… 당신은 마법사인가요?"

"하하하, 그래, 난 마법사다."

"저… 부탁이 있는데 들어주실 수 있나요?"

"부탁?"

"예."

그녀의 말에 한참을 생각하던 마법사는 고개를 끄덕이며 말했다.

"그래, 뭔데?"

"하늘을 날아보고 싶어요."

"응?"

"갈매기처럼 하늘을 날아보고 싶어요."

마법사는 머메이드 족이 하늘을 날아보고 싶다는 말에 조금 멍한 표정이 되었지만 이내 고개를 끄덕이고는 말했다.

"그래? 그럼 하늘을 날게 해주지. 레비테이션!"

"아!"

마법사가 시동어를 외치자 그녀의 몸을 천천히 공중으로 뜨기 시작하더니 어느새 마법사가 있는 하늘까지 솟아올랐다.

"자, 내 손을 잡아라."

"예."

마법사의 말에 손을 잡자 그 순간 시리아는 그에게 이끌려 빠른 속도로 하늘을 날기 시작하니 그녀는 크게 기쁠 수밖에 없었다.

"아!"

처음으로 하늘을 날아보는 시리아는 상쾌한 바닷바람이 자신의 얼굴에 부딪치자 너무 기분이 좋아 웃음을 멈출 수가 없었다.

하지만 얼마 지나지 않아 그녀는 마법사가 바다에서 멀리 떨어지고 있는 것을 알 수 있었다.

"너무 멀어요. 다시 바다 쪽으로 가요."

"후후후, 내가 너의 소원을 들어주었으니 너 역시 나의 소원을 들어주어야지 않겠나?"

"네?"

"크크크, 내 소원은 머메이드 족을 아내로 삼는 거니 이제부터 넌 나의 아내가 되는 것이다."

"까아악! 싫어요!"

미법사의 변태 같은 미소에 그녀는 발버둥, 아니, 지느러미버둥을 쳐봤지만 그의 손에서 벗어날 수가 없었다.

"나도 로맨스에 나오는 것처럼 머메이드 여인을 마누라로 삼는구나. 흐흐흐!"

음흉한 웃음을 지으며 좋아하는 그였으니 시리아는 자신이 할 수 있는 모든 힘을 사용하여 그의 얼굴을 향해 날렸다.

"워터 볼!"

"끄억!"

갑자기 워터 볼의 일격에 강타당하자 마법사는 마나의 힘이 흐트러져 땅으로 추락하고 말았다. 그러자 시리아는 비명을 질렀다.

"까악!"

두 사람이 떨어진 곳은 용케도 냇가였으니 시리아는 간신히 목숨을 건질 수 있었다.

"이것이!"

화가 난 마법사는 그녀를 향해 마법을 날리려고 했지만 이내 고개를 내젓고는 말했다.

"마누라가 될 여인에게 손찌검을 할 수는 없지. 음… 바다와는 멀리 떨어진 곳이니 이곳에 가두어놓으면 되겠군. 삼 일 정도 이곳에 있으면서 나의 마누라가 될 준비를 해라!"

그렇게 말한 마법사는 그녀를 내버려 두고 마법을 사용하여 사라지니 그녀로선 난데없이 겪은 일에 눈물만 흘러나왔다.

하지만 이곳은 바다와 꽤 떨어져 있는 곳인데다가 내가 작아 빠져나갈 수도 없어 그녀는 영락없이 변태 같은 마법사의 신부가 되어야 한다는 생각에 참을 수가 없었다.

그렇게 작은 냇가의 담에서 시간을 보내고 있던 시리아였는데, 삼일째 되던 날 난데없이 하늘에서 한 인영이 옷을 훌러덩 벗고는 날아오는 모습을 볼 수 있었다.

"마법사다!"

그녀는 날아오는 자가 마법사라고 생각하고는 물속에서 모습을 드러내어서 눈을 감고 힘차게 주먹을 뻗었다.

하지만 시간이 지나도 반응이 없는지라 천천히 눈을 떴는데, 자신의 앞에 있던 남자가 자신을 이곳으로 데리고 온 마법사가 아니라는 것을 알 수 있었다.

"#$%%·&!"

그 남자는 갑자기 고개를 돌려서는 무엇인가를 외치기 시작했다. 시리아로선 영문을 알 수 없었는데, 갑자기 고개를 물속에 처박자 그가 무엇을 하려고 하는지 궁금하지 않을 수 없었다.

궁금증을 느낀 그녀는 물속으로 들어가서는 조용히 다가가 그의 얼굴을 쳐다보았다. 한순간 자신과 눈이 마주치자 크게 놀란 그는 물 밖으로 뛰어나가서는 갑자기 칼을 뽑아 들었다.

"꺅!"

크게 놀란 시리아는 숨을 곳을 찾았지만 역시나 좁은 곳이었기에 할 수 없이 제일 깊은 물의 바위 쪽에 기대어 숨을 수밖에 없었다.

하지만 자신에게 칼을 던지려던 그는 한참을 보고는 한숨을 내쉬며 칼을 집어넣는지라 그녀는 안도의 한숨을 쉴 수 있었다.

자신을 보며 놀란 탓에 그랬던 것이라 생각한 시리아가 그의 모습을 쳐다보자 맑은 눈동자를 가진 것이 변태 마법사처럼 나쁜 사람은 아닌 깃 같았다.

다시 물속으로 들어온 남자가 천천히 몸을 씻자 궁금한 마음에 그녀는 그의 주위를 돌며 관찰을 하기 시작했다. 하지만 그는 그런 것이 싫은지 소리를 질렀기에 깜짝 놀라고 말았다.

하지만 물에 젖은 옷을 마법으로 말리는 모습을 보며 그가 자신을 변태 마법사로부터 구할 수 있다는 생각에 시리아는 희망에 부풀었지만, 야속하게도 예쁜 머메이드 족인 자신을 버리고 떠나려고 했다.

"여보세요! 저 좀 구해주세요! 제발요!"

변태 마법사에게서 벗어나기 위해선 그의 도움이 필요하다고 생각한 시리아는 온 힘을 다해 외쳤고, 그녀의 마음을 알았는지 그는 다시 돌아와서는 한숨을 쉬었다.

한참을 무엇인가를 자신에게 말을 하고 있는 남자였지만 알아들을 수가 없었기에 그녀는 답답하지 않을 수 없었다. 그 역시 답답함을 느꼈던지 자리에 드러눕고는 얼마 지나지 않아 잠이 들고 말았다.

"후후, 귀여운 남자다."

그의 자는 모습을 보며 시리아는 재밌다는 생각이 들어 얼굴을 찔러보기도 하고 장난치기도 했지만 무척 피곤한지 그는 일어날 생각을 하지 않고 있었다.

하지만 그런 그녀에게 위험이 닥치고 말았으니, 바로 오크들이 몰려온 것이다.

"아!"

평상시엔 오크가 다가오면 급히 물속으로 몸을 숨겨 사라지기를 기다리겠지만, 지금은 그 남자가 잠을 자고 있었기 때문에 그럴 겨를이 없었다.

"이봐요! 빨리 일어나요!"

그녀는 급히 남자를 깨워보았지만 역시나 일어날 생각을 하지 않고 있었다.

"어떡하지! 어떡하지!"

어떻게든 그를 깨우기 위해 꼬리 지느러미로 물을 튕겨서 소리를 내보기도 했지만 그는 일어날 생각을 하지 않았다. 오크들은 남자와 시리아를 발견하고는 괴성을 지르며 달려들었다.

"꾸룩꾸룩! 머메이드 족이다!"

"맛있는 머메이드 족!"

"꺄악!"

오크들의 말을 들으며 그녀는 공포를 느꼈다.

아무리 지능이 낮은 오크라 해도 이렇게 이쁜 머메이드 족을 먹을 생각을 하다니란 생각을 하며 그녀는 예의의 그 피신처로 도망을 갈 수밖에 없었다.

하지만 잠을 자고 있는 그는 일어날 생각을 하지 않고 있으니 오크 중 한 명이 그에게 다가가 깨어나기 전에 죽이기 위해 몽둥이를 들어 올렸다.

"이봐요! 빨리 일어나요!"

그가 죽기를 바라지 않은 시리아가 온 힘을 다해 지느러미로 수면을 후려치자 드디어 그녀의 노력은 결실을 맺어 남자는 눈을 떴다.

남자가 눈을 뜨자 그 다음부터는 아주 쉽게 일이 풀렸다. 그는 놀라운 모습을 보이며 근처에 있는 오크들을 쓰러뜨려 버렸던 것이다.

"휴······."

남자의 살기에 오크들이 도망을 가자 그녀 역시 안도의 한숨을 내쉴 수 있었는데, 자신을 잡으려고 왔던 오크 세 마리가 피를 흘리며 둥둥 떠 있는지라 물이 더러워진다는 생각에 그것들을 밀어보려고 했지만 너무 징그러워서 잘되지 않았다.

다행히 오크들을 쓰러뜨린 남자는 그런 그녀의 마음을 아는지 오크의 시체를 꺼내어주었는데, 한참을 오크의 시체를 쳐다보던 그가 자신을 향해 손짓을 하는 것을 볼 수 있었다.

"무슨 일이에요?"

그의 부름에 천천히 다가가자 자신을 보며 뭐라고 말을 하던 그가 갑자기 몸을 들어 올렸다. 시리아는 크게 당황했다.

하지만 얼마 후 그가 자신을 안고 하늘을 날자 시리아는 기분이 좋을 수밖에 없었다.

"와!"

변태 같은 마법사와는 다르게 날기는 했지만 그가 날고 있는 것 역시 그리 나쁘지는 않았다.

오히려 올라갔다 내려갔다 하는 것이 그녀로선 더 재미있었다.

"와아!"

탄성을 내지르며 재미있어하는 시리아였는데, 갑자기 그가 나무를 향해 날아가자 그녀는 크게 놀라지 않을 수 없었다.

"꺄악!"

두 눈을 감아버린 시리아, 하지만 한참이 지나도 충돌이 없자 천천히 눈을 떴다.

그는 자신의 이런 모습이 재밌다는 듯이 웃음을 터뜨렸기에 시리아는 그가 얄미울 수밖에 없었다.

그는 나무에 달려 있는 열매를 마법을 사용하여 끌어오고는 그것을 자신에게 주자 영문을 알 수 없었는데, 그가 열매를 입에 넣자 그제야 먹을 것이라는 것을 알 수 있었다.

한동안 굶고 있어 그녀도 배가 고플 수밖에 없었기에 한 입을 베어 물었는데, 그 순간 신맛이 강하게 느껴지는지라 그녀는 인상을 찌푸렸다.

하지만 남자 역시 자신과 같은 모습인지라 그녀는 웃음을 터뜨리고 말았다.

다시 원래 있었던 곳으로 돌아온 시리아는 그 사람이 하는 모습을 보는 것이 참으로 즐거웠다.

처음에는 몰랐지만 지금의 그는 상당히 재밌고 멋있는 사람이었다.

'변태 마법사보다는 이 사람이 훨씬 나은데…….'

차라리 이런 사람의 아내가 되면 더 좋을 것을 하고 생각하는 시리아였다.

다음날 아침 그가 일어나자 시리아는 어제의 일을 잊지 못했기에 다시 한 번 그에게 하늘을 날게 해달라고 졸랐고, 그는 그것을 흔쾌히 허락하고는 시리아를 안은 채 하늘을 날았다.

그녀는 즐거움을 느낄 수 있었지만 그런 즐거움은 그리 오래가지 않았다.

"까악!"

멀리서 자신을 마누라로 삼으려고 하던 변태 마법사가 날아오는 것을 볼 수 있었기 때문이다.

시리아를 안은 채 경공을 시전하고 있던 무랑은 갑자기 그녀가 크게 소리 지르자 무엇인가가 나타났다는 것을 깨닫고는 고개를 돌렸는데, 그 순간 하늘에 한 남자가 자신을 향해 날아오고 있는 것을 볼 수 있었다.

"헉! 허공비행!"

중원의 경공 중 최상의 경지 중 하나인 허공비행의 수법을 사용하여 날아오는 남자를 보며 무랑은 크게 놀랄 수밖에 없었다.

허공을 마음대로 비행하기 위해선 적어도 칠갑자 이상의 엄청난 내공이 필요한데 그는 아주 여유롭게 날아오고 있었기 때문이다.

"#$%‥&&!"

자신의 앞으로 날아온 그는 손가락으로 그녀를 가리키며 무엇인가를 중얼거렸고 품에 안겨져 있는 시리아 역시 그를 보며 악을 쓰기 시작했다.

'뭐지?'

무랑으로선 영문을 알 수 없었지만 어쨌든 시리아의 모습을 보며 그가 좋은 사람이 아니라고 생각했기에 그를 보며 소리쳤다.

"네 녀석은 누구냐!"

무랑은 내공을 돋워 그를 향해 크게 소리를 질렀다.

"끄윽!"

마법사는 갑자기 자신의 마누랏감을 안고 있던 녀석이 큰 소리를 지르자 고막이 찢어질 듯한 충격을 받았다. 그만큼 그의 목소리가 컸기 때문이다.

"뭐야! 이 자식!"

하지만 자세히 생각해 보니 마법을 통하여 목소리를 크게 만드는 것과 다르다는 것을 깨닫고는 그가 이상하게 느껴질 수밖에 없었다.

"마법은 아닌데… 그리고 저 녀석의 말은 도대체 어느 나라 말이지?"

이상한 나라의 언어를 중얼거리는 녀석을 보며 마법사는 답답할 수밖에 없었다.

"젠장할! 저 녀석은 도대체 어디서 주워온 놈이야!"

"흥! 이 사람은 당신 같은 변태의 손에서 나를 구출하기 위해서 온 마법사예요!"

"허!"

그녀의 말에 황당함을 느낀 마법사였지만 어쨌든 몸에서 느껴지는 마나의 기운을 보아 만만치 않은 녀석이라는 것을 깨달을 수 있었다.

"아무래도 소드 마스터 급 이상의 검사 같군!"

"#$%·%·&!"

하지만 알아들을 수도 없는 말을 중얼거리는 그를 보며 도저히 답답해서 참을 수가 없기에 마법사는 공간의 문을 열어 반지를 하나 꺼내었다.

"어이, 마누라!"

"내가 왜 당신의 마누라예요!"

"에이, 아무래도 좋으니까 이 반지를 녀석의 손에 끼워라!"

"당신 같은 변태 마법사를 어떻게 믿고 끼우라는 거예요!"

"휴… 이 반지는 랭귀지 마법이 영구 인챈터되어 있다고! 저 씨부렁거리는 말 때문에 짜증나니까 제발 말 좀 통하게 하자고!"

그 말에 시리아 역시 동감을 표할 수밖에 없었다.

그가 좋기는 했지만 말이 통하지 않아 조금 답답했기 때문이다.

"하지만 그 반지가 랭귀지 마법이라는 것을 어떻게 믿어요!"

"젠장할!"

시리아가 좀처럼 믿지 못하는 표정을 짓자 그는 숲의 한쪽을 바라보며 시동어를 외쳤다.

"블리자드!"

그 순간 그의 손에서 엄청난 눈보라가 생성되더니 숲의 일부분을 완전히 얼려 버리자 그녀는 크게 놀랄 수밖에 없었다.

"잘 봤나? 나의 힘은 너희 두 녀석을 한꺼번에 얼려 버릴 수 있는데 뭣 하러 속임수를 쓰겠느냐!"

"우……."

그의 엄청난 마법에 그녀 역시 뭐라 할 말이 없었다.

"잔말 말고 이 반지를 녀석의 손에 끼워라!"

마법사는 그녀에게 반지를 던져 주며 소리쳤고, 시리아는 자신에게 날아온 반지를 받으려고 했는데, 그 순간 자신을 안고 있던 남자가 잽싸게 그것을 받았다.

"아!"

하지만 그 남자는 반지를 보고는 그대로 부숴 버리려 했기에 시리아는 급히 그의 가슴을 후려치며 손가락에 끼우라는 행동을 취했다.

"손가락에 끼우라고?"

하늘을 날고 있는 초고수가 던진 물건을 받은 무랑은 그것을 없애 버리려고 했지만 가슴에 안긴 시리아가 손가락에 끼는 시늉을 보이자 그것을 천천히 자신의 손가락에 끼웠다.

"무랑! 제 말을 알아들을 수 있어요?"

그 순간 그때까지 알아듣지 못하던 그녀의 목소리가 자신의 귀에 정확히 해석되어 들려오니 무랑은 크게 놀라지 않을 수 없었다.

"무랑? 무랑? 괜찮아요?"

멍한 그의 표정에 시리아는 크게 당황한 표정을 지으며 말했지만, 그녀의 말을 알아들을 수 있다는 충격에 무랑은 뭐라 말을 할 수가 없었다.

"이 거짓말쟁이 마법사! 도대체 무슨 반지를 준 거예요!"

무랑이 반지 때문에 이상해졌다고 생각한 시리아는 마법사를 보며 크게 소리를 질렀다.

"무슨 소리야! 그건 랭귀지의 반지라고!"

"그럼 무랑이 왜 갑자기 멍하니 아무 말도 안 하는 거예요!"

"젠장할! 그걸 내가 어떻게 알아!"

"빨리 무랑을 정상으로 만들어놓으란 말이에요! 으아아앙!"

무랑이 이상해졌다고 생각한 그녀는 급기야는 울음을 터뜨리고 마니 당황한 그는 그녀를 보며 말했다.

"시리아, 나는 괜찮소."

"아! 무랑!"

시리아는 무랑의 말에 크게 기뻐하는 표정을 지을 수 있었다.

"다행이에요. 전 저 마법사의 수법에 당한 줄 알고……. 흑흑."

"마법사?"

그녀가 말하는 마법사라는 것이 무엇인지 알 수 없는 무랑이었지만 일단은 숲에 눈보라를 만들어내어 얼리는 수법을 본지라 말로만 들었던 선도를 닦는 술사와 같은 자라는 것을 알 수 있었다.

"음."

술사들이라면 하늘을 나는 수법을 가지고 있는 것도 이상하지 않다는 생각에 무랑은 그를 보며 소리쳤다.

"본인은 혈비도 무랑이라 하오! 술사께선 무슨 연유로 우리의 앞을 가로막고 계신 것이오?"

"응? 혈비도 무랑?"

그가 말하는 이름이 대륙의 이름이 아닌지라 그가 다른 곳에서 왔다는 것을 알 수 있는 마법사였다.

"보아하니 다른 대륙에서 온 자 같은데, 감히 남의 마누라를 채가다니 네 녀석은 염치도 없는 놈이냐!"

"응?"

그 말에 무랑은 당황할 수밖에 없었다.

중원에서도 남의 아내를 채간다는 것은 결코 용납할 수 없는 행동이었기 때문이다.

하지만 시리아는 마법사의 말에 고개를 내저으며 소리쳤다.

"무슨 말도 안 되는 소리를 하는 거예요! 전 단지 하늘을 날게 해달라고 했을 뿐인데 당신이 강제로 마누라가 되라고 했잖아요!"

그녀의 말을 들은 무랑은 저 술사가 파렴치한 녀석이라는 것을 깨닫고는 인상을 쓰며 소리쳤다.

"감히 아녀자를 강제로 납치하여 신부로 삼으려고 하다니! 이런 파렴치한 놈 같으니라고!"

"뭣이!"

한 번도 그런 욕을 들어본 적이 없는지라 마법사는 노기가 치솟아오를 수밖에 없었다.

"이 겁도 없는 녀석! 드래곤조차 두려워하는 본인에게 뭐? 파렴치한?"

"아녀자를 강제로 납치하는 녀석이 파렴치한 녀석이 아니고 무엇이란 말이냐!"

"끄악!"

도저히 노기를 참을 수 없었던 마법사는 땅으로 내려와서는 무랑을 보며 삿대질을 하며 소리쳤다.

"그러는 네 녀석은 뭐가 그리 잘났냐!"

"뭐가!"

"아무리 머메이드 족이라고 해도 벌거벗은 숙녀를 안고 있다니 흥! 네 녀석이야말로 예의도 없는 놈이다!"

그 말에 무랑은 할 말이 없었다.

중원의 예의를 기준으로 할 때 역시 나신의 숙녀를 이렇게 안고 다닌다는 것은 조금 문제가 있는 일이었기 때문이다.

하다 못해 겉옷이라도 벗어주어야 했던 것임을 생각한 무랑은 한숨을 내쉬며 말했다.

"나의 잘못을 인정하겠다."

"응?"

마법사는 갑자기 대들던 녀석이 잘못을 인정하자 조금 당황스러울 수밖에 없었다.

무랑은 천천히 그녀를 땅에 내려놓고는 웃옷을 벗어 그녀에게 걸쳐주며 말했다.

"강호의 무인으로서 시리아 소저에게 불미스러운 행동을 한 것을 용서해 주십시오."

"아!"

이유는 알 수 없었지만 자신이 옷을 입지 않고 이렇게 있는 것이 인간에게 안 되는 행동이라는 것을 이해할 수 있었는데, 자신의 잘못을 인정하고 이렇게 용서를 비는 모습에 그녀는 더욱 마음이 쏠릴 수밖에 없었다.

뻔뻔스러운 마법사에 비해서 훨씬 나은 모습이 아닌가.

"괜찮아요, 무랑. 원래 머메이드 족은 인간과는 다르게 옷을 걸치지 않는걸요."

"시리아 소저의 배려에 강호 말학 무랑 감사를 드리는 바입니다."

그녀의 말에 포권을 하며 정중하게 대답을 하는 무랑이었으니 멀리서 이것을 보고 있던 마법사는 탐복하지 않을 수 없었다.

'저 녀석, 알고 보니 고단수가 아닌가!'

상대에게 패배를 인정하면서 여인에게 환심을 사는 수법, 그것은 결코 아무나 하는 것이 아니었기에 그는 감탄한 것이다.

하지만 계속 감탄만 하고 있을 수는 없는 노릇이었기에 그는 무랑을 보며 소리쳤다.

"어쨌든 난 내 마누라를 데리고 가야겠으니 빨리 그녀를 나에게 넘겨주게!"

"허튼소리! 본인이 시리아 소저에게 죄를 지었다곤 하나 그런 이유로 너같이 파렴치한 녀석에게 넘겨줄 생각은 없다!"

"이놈! 따끔한 맛을 봐야 정신을 차리겠구나!"

"그것은 내가 할 소리다!"

그 말과 함께 무랑은 품에서 비도를 뽑아 들었으니 여차하면 녀석에게 날릴 수 있는 준비를 해두었다.

상대가 품에서 단검을 들고 힘을 끌어올리자 마법사는 그의 힘을 느끼며 당황하지 않을 수 없었다.

'이런! 소드 마스터 급의 녀석이 아니군. 적어도 소드 오버러, 아니,

그랜드 마스터 급일 수도 있겠군.'

혈비도 무랑은 중원에서도 천하제일을 다투던 그런 인물이었다.

강호의 삼대세력인 정사마가 이를 갈면서도 그를 처단하길 꺼려했던 것은 그를 죽이기 위해선 상당한 피해를 감수해야 하기 때문이었으니 그런 정도의 인물이었던 만큼 마법사는 결코 만만치 않은 자임을 느끼게 된 것이다.

녀석의 모습을 본 마법사는 낮은 서클의 마법으로는 아무래도 힘들 것 같다는 생각에 천천히 입을 열었다.

"아무래도 네 녀석을 보아하니 근처에 상당한 여파가 있을 것 같군. 일단 머메이드 족인 그 아이를 다른 곳으로 옮기는 것이 어떤가?"

마법사의 말에도 일리가 있는지라 무랑은 고개를 끄덕였다.

"좋다!"

"싫어요! 난 끝까지 무랑의 곁에 있을 거예요!"

시리아는 절대로 무랑의 곁에서 떨어질 생각을 하지 않으니 한참을 생각한 마법사는 드디어 두 사람이 대결할 장소를 찾을 수 있었다.

"그 아이도 볼 수 있는 장소가 생각났으니 그곳으로 갈까?"

"알겠소이다."

무랑은 마법사의 말에 고개를 끄덕이고는 시리아를 안아 들었다.

"갑시다!"

그의 말에 그는 플라이 마법을 사용하여 하늘을 날아가니 무랑은 경공을 사용하여 그의 뒤를 쫓아갔다.

마법사가 도착한 곳은 바로 바다가 보이는 백사장이었다. 거대한 바다가 있는 곳이라면 머메이드 족인 그녀가 안전하게 두 사람을 볼 수 있다는 생각에 무랑은 그녀를 천천히 백사장에 내려놓으며 말했다.

"시리아, 우리 두 사람의 대결은 상당한 여파가 있을 듯하니 멀리 떨어진 바다에 숨어 있도록 하시오."

"에, 무랑. 부디 승리하셔서 저 파렴치한 마법사를 없애주세요."

"최선을 다하리다."

무랑의 말에 아쉬움이 남는지 한참을 그렇게 그를 보고 있던 시리아는 천천히 바다로 향했고, 그녀가 안전한 곳으로 가는 것을 보며 무랑은 뒤로 돌아 마법사를 보며 소리쳤다.

"그럼 시작해 볼까!"

"좋다!"

무랑의 말에 마법사는 마나를 끌어올려 마법을 시전할 준비를 했고, 무랑 역시 여덟 개의 비도를 꺼내어서는 녀석을 공격할 준비를 했다.

"간다! 윈드 커터!"

선공을 가한 것은 마법사였다.

그는 무랑을 보며 수십 발의 윈드 커터를 날려보내니 날카로운 파공음을 내며 바람의 칼날이 무랑을 향해 쇄도해 들어오기 시작했다.

"흥!"

하지만 그 정도의 수법이야 무랑에게는 웃음거리밖에 되지 않았다.

경공을 사용하여 공중으로 몸을 날려 윈드 커터를 피한 무랑은 들고 있던 비도 중 하나를 마법사를 향해 집어 던졌다.

"회선비도!"

그의 손에서 벗어난 비도는 빠른 속도로 그를 향해 날아가니 마법사는 코웃음을 치며 몸을 피했다.

하지만 놀랍게도 빠르게 쇄도하던 비도는 방향을 틀어서 날아왔다. 크게 당황한 마법사는 급히 실드를 사용할 수밖에 없었다.

"실드!"

챙그렁!

실드 마법에 의해 간신히 녀석의 비도를 막을 순 있었지만 실드가 날카로운 소리를 내며 깨지자 만만치 않은 상대라는 것을 알 수 있었다.

'소드 마스터가 일점에 모든 힘을 집중한 검기라야 간신히 깨는 나의 실드를 이렇듯 쉽게 깨다니! 역시나 소드 오버나 그랜드 소드 마스터 급이군!'

뭐, 그 정도는 돼야 자신이 상대할 맛이 나지 않겠는가 하는 생각을 하는 마법사였으니 손을 들어서는 그를 향해 마법을 난사했다.

"파이어 피스트!"

그 순간 주먹의 형상으로 만들어진 수십 개의 주먹이 무랑을 향해 날아가기 시작했다.

"하압!"

권기의 형상을 띠고 있는 파이어 피스트를 보며 막는 것은 조금 어렵다고 생각한 무랑은 비도문의 보법을 사용하여 앞으로 쇄도해 들어가니, 그의 신형은 수십 개가 된 듯 분열되어서 마법사의 공격을 여유롭게 피하며 앞으로 다가서기 시작했다.

'뭐 저런 녀석이 다 있어!'

중원의 보법이라는 것을 구경한 적이 없는 마법사로선 수십 발의 마법을 여유롭게 피하며 다가서는 녀석을 보며 황당할 수밖에 없었다.

"아쿠아 스퀄!"

옆에 있는 바다를 보며 급히 아쿠어 스퀄 마법을 펼치는 순간 바다에서 수십 개의 물기둥이 솟구쳐 올라와서는 돌풍처럼 변해서 다가서는 무랑을 향해 빠른 속도로 밀려갔다.

"칫!"

보법으로 피할 수 있는 범위를 넘어서는 녀석의 공격에 급히 경신술을 사용하여 몸을 피한 무랑은 여덟 개의 비도를 집어 던지고는 비장의 수법을 시전했다.

"연환비도술!"

그 순간 그의 손에 들려 있던 일곱 개의 비도가 사방으로 흩어지기 시작하자 그 모습에 마법사는 코웃음을 쳤다.

"크하하하! 쓸데없이 단검을 많이 들고 있더니 실수를 한 모양이구나!"

"흥! 회선비도술을 맛보고도 그런 말이 나오나 보자!"

무랑의 말이 떨어지자마자 사방으로 흩어졌던 비도들이 방향을 바꾸어서는 마법사를 향해 날아가기 시작했다.

"혁!"

일곱 개의 비도가 한순간에 방향을 바꾸어 자신을 감싸듯이 날아오자 그는 크게 놀라지 않을 수 없었다.

방금 전에 보여주었던 비도에 비해 수배의 위력을 가졌을 듯한 공격을 보며 실드로 막는 것은 불가능하다는 것을 알 수 있었다. 도저히 빠져나갈 방법이 없다고 생각한 순간 자신의 발 밑에 있는 것이 모래라는 것을 깨달은 마법사는 무릎을 꿇고 두 손을 땅으로 가져가서 주문을 외웠다.

"익스폴로젼!"

그 순간 마법사의 주변으로 엄청난 폭발이 일어나니 무랑은 그 여파에 뒤로 물러설 수밖에 없었다.

"큭!"

폭발에 의해 하늘로 크게 솟구친 모래의 벽은 무랑이 펼쳐 놓은 비도의 위력을 크게 감소시키고 말았으니, 서서히 폭발의 여파가 가라앉자 그 가운데에서 실드의 마법을 사용하며 몸을 보호한 마법사가 미소를 짓고 있는 것을 볼 수 있었다.

"후후후, 네 녀석의 비도술은 완전히 봉쇄되었다."

"칫!"

그의 말에 무랑은 입술을 깨물 수밖에 없었으니 마법사가 모래의 벽을 사용하여 자신의 비도 위력을 감소시키는 한 지금까지의 공격으로는 그를 쓰러뜨릴 수 없다는 것을 깨달았기 때문이다.

"후후후, 이제 죽어줘야겠군."

"어림없는 소리!"

무랑은 큰 소리로 외친 후 천천히 품에서 한 자루의 비도를 꺼내 들었다.

"후후후, 비도의 수법은 이제 나에게 통하지 않는다는 것을 모르는가?"

"연환비도술이 나의 전부라고 생각하면 큰 오산이다."

"크하하하! 말이 많구나. 헬파이어!"

이제 완전한 자신의 승리라고 생각한 마법사는 8서클 궁극의 마법을 사용하여 녀석을 화염의 지옥으로 쓸어버리려 하였다.

"섬광비도술!"

하지만 거대한 불길에 밀려옴에도 무랑은 물러서지 않고 자신의 기술을 사용하니 그 순간 그의 손에서 하나의 광선이 뻗어 나오는가 싶더니 거대한 헬파이어의 불길을 뚫고는 마법사의 이마를 향해 날아갔다.

"헉! 일스플로전! 실드!"

자신에게 날아오는 비도가 범상치 않다는 것을 깨달은 마법사는 급히 익스플로전으로 모래의 벽을 만든 후 다시 실드를 사용하여 아까와 같이 녀석의 검의 위력을 떨어뜨린 후 막으려 했다.

하지만 아까와 같은 비도라고 생각했던 것이 큰 오산이었으니 놀랍게도 무랑이 밀어닥치는 지옥의 불길에도 굴하지 않고 사용한 섬광비도는 모래의 벽뿐 아니라 마법사의 실드를 뚫어버리고는 정확히 마법사의 이마를 꿰뚫었다.

"끄악!"

무랑의 비도가 이마에 박히자 그는 괴성을 지르며 땅으로 쓰러지니 혈비도 무랑의 최고의 수법인 섬광비도술은 드디어 변태 마법사를 쓰러뜨린 것이다.

"무랑!"

하지만 시리아는 그의 승리에 기뻐할 수 없었다.

마법사가 사용한 헬파이어의 엄청난 지옥의 불길이 그를 향해 밀려드는 것을 볼 수 있었기 때문이다.

"꺄악!"

마법사가 죽었음에도 사라지지 않은 불길은 무랑의 몸을 뒤덮어 버렸고 그 순간 시리아는 비명을 지를 수밖에 없었다.

"흑흑흑……."

거대한 지옥의 불길에 무랑이 빠져나가지 못했다고 생각한 시리아는 슬픔에 눈물을 흘릴 수밖에 없었다.

좋아하게 된 사람의 마지막 모습이라도 보고 싶은 그녀는 천천히 불길이 사라져 가는 해변가를 향해 헤엄쳐 갔다.

해변의 야자나무가 까맣게 타버렸기에 무랑이 그런 불길에서 살아날 수 없다고 생각한 시리아는 무랑의 유체를 찾기 시작했다. 하지만 그의 시체는 어디에도 보이지 않았고 그녀의 노력은 허사로 돌아갔다.

"흑흑흑, 무랑."

재도 남지 않고 사라져 버린 그를 생각하며 시리아는 땅에 엎드려서는 오열을 터뜨렸는데, 그때 그녀의 어깨 위로 한 사람의 손길이 느껴졌다.

"앗!"

다른 이의 손길에 그녀는 크게 놀라지 않을 수 없었지만, 그의 모습을 확인한 순간 지금까지 흘린 눈물에 두 배나 많은 눈물을 흘리며 소리칠 수밖에 없었다.

"무랑!"

"시리아!"

그녀의 어깨 위의 손길의 주인, 그는 바로 무랑이었던 것이다.

무랑은 불바다의 여파 속에서 상당한 고초를 겪었는지 옷의 군데군데 타 들어간 모습에 머리마저 상당히 그슬린 모습이었다. 하지만 그런 모습에도 시리아는 사랑하는 사람이 살아 돌아왔다는 것에 만족할 뿐이었다.

"무랑… 흑흑흑, 당신이 죽은 줄만 알았어요. 흑흑."

"무슨 소리요. 내가 이 정도에 죽을 사람이라 생각했소?"

"흑흑흑… 무랑……."

오열을 하는 시리아를 무랑은 미소를 지으며 가슴 깊이 안아주었다.

하지만 일은 이렇게 쉽게 풀리지 않았다.

"끄윽……."

"응?"

멀리서 들려오는 남자의 신음 소리에 무랑은 크게 놀라지 않을 수 없었다.

"설마!"

자신이 생각한 일이 틀리기를 바라며 그가 급히 고개를 돌리자 모래 더미 위에서 누군가가 일어서고 있었다.

"말도 안 돼… 나의 섬광비도는 녀석의 이마를 꿰뚫었을 텐데……."

몸을 일으키는 인물, 그는 다른 아닌 무랑의 섬광비도에 의해 이마가 꿰뚫린 마법사였던 것이다.

아니나 다를까, 그의 이마의 구멍에선 붉은 피가 쉴 새 없이 흘러내리고 있었는데 자리에서 일어난 그는 현기증에 잠시 휘청거리고는 이마를 만져 보며 투덜거리고 있었다.

"쳇! 완벽하게 당했군!"

무랑의 공격에 머리가 뚫려 버리는 상처를 입은 마법사는 천천히 손을 들어 올려서 주문을 외웠다.

"리커버리!"

그 순간 마법사의 머리는 푸른 빛에 휩싸이는 듯하더니 서서히 상처가 아물어가기 시작했기에 무랑은 황당함을 느낄 수밖에 없었다.

세상에 어느 인간이 머리가 꿰뚫려졌음에도 살 수 있단 말인가.

일격필살의 수법으로 단 한 번도 실패해 본 적이 없는 섬광비도술이 저 불사신 같은 마법사에겐 아무런 소용이 없자 그는 다리 힘이 풀어지고 말았다.

"불사신……."

섬광비도술과 함께 녀석이 사용한 헬파이어를 온몸의 내공을 단번에 펼쳐 호신강기를 사용하여 피한 무랑에겐 더 이상 싸울 힘이 남아 있지 않았던 것이다.

"흑흑흑."

이제 자신의 힘으로는 시리아를 지켜줄 수 없다는 생각에 무랑은 눈물이 나올 수밖에 없었다.

정사마의 파렴치한 녀석들에 의해 사부가 죽임을 당한 이후 다시는 사랑하는 사람을 잃지 않으리라는 맹세를 하던 의지가 무너져 버렸기 때문이다.

"흑흑흑, 무랑."

"미안하오, 시리아. 난 당신을……."

두 사람은 서로를 보며 미안함의 눈물을 흘릴 수밖에 없었다.

시리아는 무랑을 이런 위험한 상황에 처하게 만든 것이, 무랑은 시리아를 마법사의 손에서 구하지 못한 것이 눈물을 짓게 만드는 것이었다.

"젠장할."

마법사는 치료가 모두 끝내자 투덜거리며 두 사람 앞에 걸음을 옮겼다. 그때 시리아가 황급히 그의 앞으로 몸을 날려서는 소리쳤다.

"마법사님! 제가 당신의 부인이 될 테니 제발… 제발 무랑을 살려주세요!"

"무슨 소리요, 시리아!"

무랑은 그녀의 외침에 크게 놀라서는 급히 뛰어들어서 그녀를 바다로 밀어버리고는 말했다.

"도망가시오! 내가 죽는 한이 있어도 이자를 막을 테니 당신은 그사이에 도망가란 말이오!"

"흑흑흑… 어떻게 무랑을 두고 저 혼자 도망갈 수 있어요!"

"시리아!"

무랑으로선 시리아가 바다로 도망을 가지 않자 답답할 수밖에 없었다. 두 사람은 다시 한 번 서로를 끌어안으며 눈물을 흘리니 천천히 그들에게 걸어오던 마법사는 헛바닥을 차며 나직이 말했다.

"꼴값하고 있네."

"……."

마법사의 한마디에 얼음이 되어버린 두 사람이었다.

"어이, 칼 던지는 양반!"

"…죽는 한이 있어도 시리아를 네 녀석에게 보내지 않겠다!"

무랑이 그녀를 등 뒤로 숨긴 후 마법사를 향해 소리를 지르자 놀랍게도 마법사는 손을 내저으며 말했다.

"됐다구, 됐어! 이제 그 아이를 마누라로 삼을 생각은 없으니 적당히 해."

"……!"

"휴~ 내가 다시 살아나기는 했지만 난 원래 불사신이라고. 일이 어떻게 됐든 자네가 나를 이긴 것은 사실이니 그 아이를 이제 풀어주도록 하지."

"저, 정말이오?"

"이것이 속고만 살았나?"

무랑의 말에 마법사는 인상을 찌푸리며 소리쳤기에 거짓이 아니라는 것을 알게 된 그는 크게 안도의 한숨을 내쉴 수 있었다.

"시리아, 다행이오."

"무랑……."

두 사람은 마법사의 말에 포옹을 하며 기쁨을 나눌 수 있었다.

"무랑이라 했는가?"

"그렇소."

"자네의 칼 던지는 수법에 탄복했네. 난 루드웨어라고 하네."

"루드웨어."

"난 이 세계 최고의 마법사라 자신하고 있었는데, 역시 세상에는 내가 모르는 강자들이 많은 것 같군."

"…나 역시 내가 살고 있던 세계에선 천하제일이란 칭호를 들었던 사람이지만 오늘에서야 하늘 위에 또 다른 하늘이 있다는 것을 알 수 있었소."

"하하하하!"

두 사람은 그 순간 크게 웃음을 터뜨릴 수밖에 없었으니 이것이 바로 강자와 강자가 싸웠을 때 생기는 하나의 우정이라 할 수 있었다.

루드웨어라는 마법사는 조금 변태 같기는 했지만 그리 나쁜 사람이 아니라는 것을 알 수 있었던 시리아는 미소를 지으며 그에게 인사를 했다.

하지만 모든 것이 잘 풀렸다고 해서 모두가 행복한 것은 아니었다.

"…그렇습니까?"

"어쩔 수 없다네. 머메이드 족은 바다를 벗어나서는 살 수 없는 종족, 나야 마법의 힘으로 그녀가 살 수 있는 정도의 공간은 만들어낼 수 있었네만, 자네는 그것이 어렵지 않은가."

그녀가 살 수 있는 바다를 만든다는 것은 루드웨어란 자의 말대로 자신에겐 불가능한 일이었다.

또 설사 그런 공간을 만든다고 해도 한 사람은 땅에서만 살 수 있고, 한 사람은 물에서만 살 수 있으니 서로의 사는 곳이 다른 만큼 평온한 삶을 사는 것을 불가능할 뿐이었다.

"무랑……."

"시리아… 당신을 사랑하고 있지만 우린 서로… 같이할 수 없는 운명인 것 같구려."

"흑흑흑."

무랑의 말을 어느 정도 이해하고 있는 시리아였는지라 그녀는 그 말에 수긍할 수밖에 없었다.

한참을 그렇게 두 사람을 처다보던 루드웨어는 이제 슬슬 미끼를 물어 발버둥치고 있는 물고기를 건질 때가 됐다는 것을 깨닫고는 미소를 지으며 말했다.

"후후후, 두 사람에게 내 재미있는 이야기를 해주지."

"……."

"옛날에 말이야… 머메이드 족과 인간이 사랑을 한 적이 있더랬어."

"예?"

"두 사람은 서로 사랑을 했더랬지."

그 말에 시리아는 눈물을 닦으며 말했다.

"흑흑흑, 그 두 사람 역시 슬픔의 이별을 할 수밖에 없었겠군요."

하지만 그녀의 말에 가볍게 손가락을 내젓는 루드웨어였다.

"후후후, 아니지. 두 사람은 아주 행복하게 살았는걸?"

"예?"

무랑과 시리아가 이구동성으로 소리를 지르자 루드웨어는 살며시 하늘을 보며 딴청을 피우며 말했다.

"어느 위대한 마법사가 머메이드 여인의 아름다운 목소리를 얻는 대신 두 다리를 만들어주었더랬지. 뭐, 이래저래 생각하면 이야기가 조금 다르긴 하지만 어쨌든 머메이드 족이 인간이 된 것은 사실이라구."

"루드웨어님, 혹시 그 방법을 알고 계십니까?"

무랑이 떨리는 목소리로 그에게 묻자 역시나 루드웨어는 고개를 끄덕이고는 말했다.

"물론이지. 세계 제일의 마법사가 알지도 못하는 일을 아무렇게나 중얼거릴 것이라 생각했는가?"

"루드웨어님!"

그 순간 무랑과 시리아는 누가 먼저랄 것도 없이 루드웨어를 향해 달려드니 그는 당황할 수밖에 없었다.

"뭐야! 뭐!"

"제발 부탁드립니다. 저희에게 그 방법을 가르쳐 주십시오!"

두 사람이 루드웨어를 보며 사정을 하자 루드웨어는 이제 슬슬 조건을 걸 때가 되었다는 것을 알 수 있었다.

"좋아. 내 두 사람을 생각해서 그 방법을, 아니, 이 아이를 인간으로 만들어주도록 하지."

"감사합니다!"

무랑은 그 말에 연신 절을 하며 감사의 인사를 했는데 루드웨어는 손가락을 내저으며 말했다.

"하지만 뭐 세상에는 공짜가 없다고."

"…그럼……?"

무랑은 그의 말에 떨리는 목소리로 물어볼 수밖에 없었다.

시리아를 달라고 하면 어떻게 할까 하는 생각이 들었기 때문이다.

"별거 아니야. 자네가 나와 싸울 때 보여주었던 연환비도술인가 뭔가 하고 내 머리를 뚫었던 섬광비도란 걸 가르쳐 줘. 그 대가로 난 이 아이를 인간으로 만들어술 테니."

"예? 연환비도술과 섬광비도술을 말씀이십니까?"

"그래. 왜 싫어?"

"으……."

연환비도술과 섬광비도술은 역대의 비도문의 문주만이 전수받을 수 있는 비도문의 비전절기였다.

그런 이유로 아무에게나 전수할 수 없는 것이 바로 무랑의 입장이었다.

"쳇! 아까워? 그럼 할 수 없지 뭐. 저 아이는 머메이드 족으로 살아 갈 수 밖에……."

루드웨어는 무랑의 표정을 보며 일단은 미끼를 문 물고기를 잡기 위해선 줄을 한 번 늦추어야 한다는 생각에 한마디 내뱉고 돌아서려고 했는데, 무랑은 생각을 접고는 그를 보며 말했다.

"알겠습니다. 연환비도술과 섬광비도술의 수법을 루드웨어님에게 가르쳐 드리지요."

"정말?"

"예. 만약 중원이었다면 제가 죽는 한이 있어도 가르쳐 드릴 수 없겠지만, 이곳은 제가 살던 곳이 아니니 가르쳐 드려도 무방하다 생각되었기 때문입니다."

그 말에 루드웨어는 마음속으로 쾌재를 부를 수밖에 없었다.

"하하하, 옳은 판단이네, 옳은 판단."

"하지만 그전에 시리아가 인간이 되는 것을 먼저 보여주십시오."

"물론이지! 그런 거야 별 어려운 게 아니라고!"

기쁨에 덩실덩실 춤을 추던 그는 무랑의 말에 고개를 끄덕이고는 품에서 보석을 하나 꺼내어 서서히 주문을 외웠다.

"존재하는 모든 사물이여! 마나의 힘으로 그대의 본질을 새로운 그릇에 담아 또 다른 본질로 태어나게 할지어다! 내추럴 체인지!"

루드웨어가 보석에 마나를 집중하여 주문을 외우자 그 순간 엄청난 광채의 푸른 빛이 사방으로 뻗어 나가더니 한순간 시리아의 몸으로 빨려 들어가기 시작했다.

"아!"

자신의 몸에 빛이 들어오자 그녀는 그 이채로움에 탄성을 지를 수밖에 없었다. 서서히 그녀의 꼬리지느러미는 두 갈래로 갈라지기 시작하더니 얼마 지나지 않아 아리따운 여인의 곡선을 가진 다리로 변화해 갔다.

서서히 푸른 빛은 사라져 가고 그녀에게 인간의 다리가 만들어지자 무랑은 크게 기뻐했다.

"시리아!"

"무랑!"

두 사람은 이제 헤어지지 않아도 된다는 생각에 서로를 부둥켜안으니 그 모습을 보며 루드웨어는 미소를 지었다.

"후후후. 자, 이 보석을 받게나. 만약 이 아이가 본모습으로 돌아가길 원한다면 보석을 깨뜨리게. 그럼 마법의 힘이 깨어져 다시 머메이드 족으로 돌아갈 테니 말이야."

"고맙습니다, 루드웨어님."

그의 말에 고개를 끄덕인 무랑은 천천히 보석을 받아 쥐었다.

“자! 이제는 행복하게 잘 살도록 하게.”

“예.”

“변태 마법사님, 감사합니다.”

“······.”

잠시 마법을 풀어버릴까 생각했던 루드웨어였다.

루드웨어는 무랑에게서 두 가지 수법이 적힌 책을 받아 들고는 자신의 목직을 달성했다는 기쁨에 취해 사라졌고, 무랑은 중원에서의 나쁜 추억을 뒤로하고 아름다운 시리아를 아내로 맞아 어여쁜 자식을 낳고 잘 살았다고 한다.

더 이상 무엇을 바라는가··· 이것이 외전의 끝이다.

제2부 끝

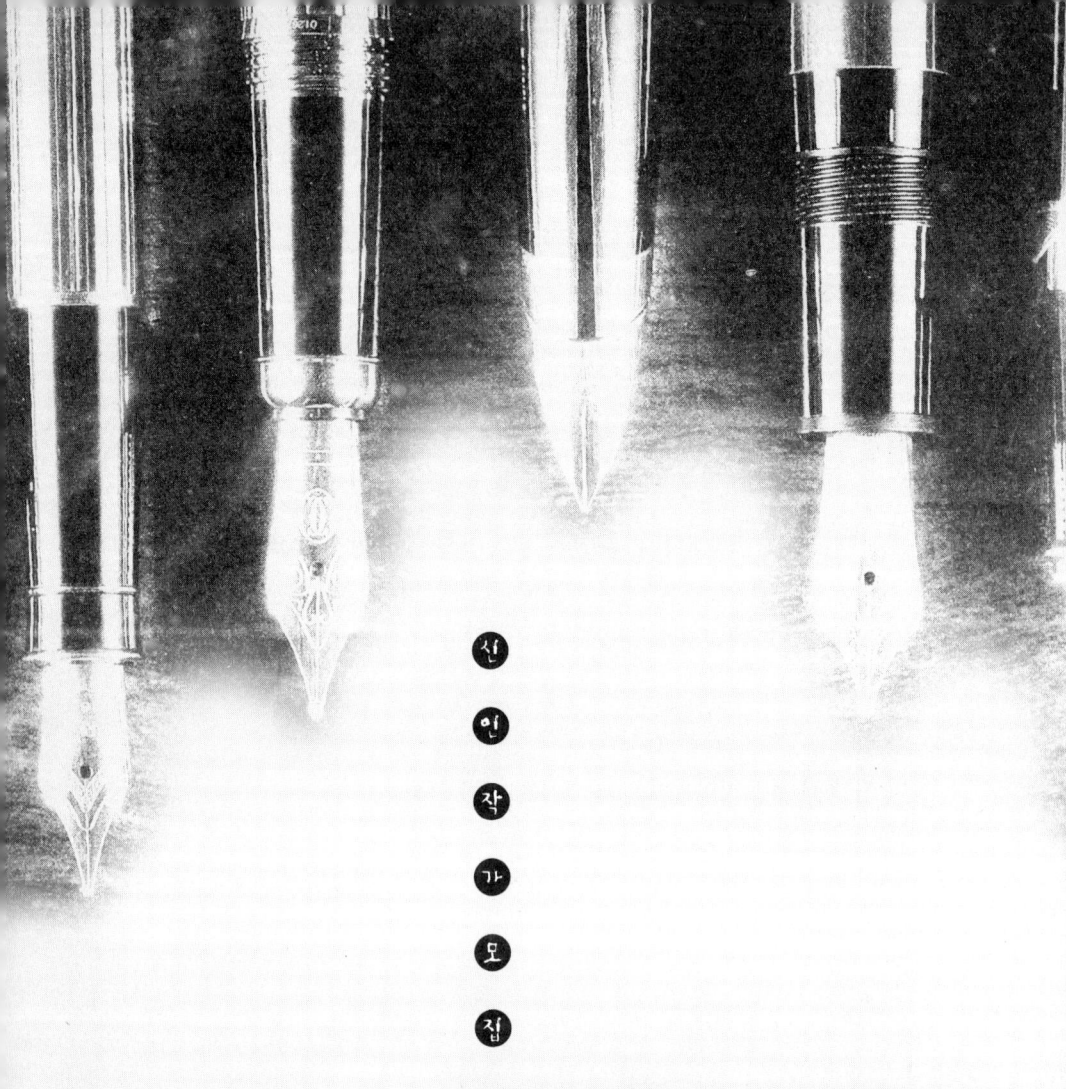

신인작가모집

시작이 반이라고 했습니다.
작가의 길에 대한 보이지 않는 벽을 과감히 깨뜨리십시오!
청어람은 작가 지망생 여러분들의
멋진 방향타가 되어드리겠습니다.

저희 도서출판 청어람에서는
소설 신인 작가분들을 모집합니다.
판타지와 무협을 사랑하시는 분들의 많은 참여를 바랍니다.
소정의 원고(A4용지 150매)를 메일이나 우편으로 보내주시면
검토 후 출판 여부를 알려드리겠습니다.

주소:경기도 부천시 원미구 심곡1동 350-1 남성B/D 3F 우편번호420-011
TEL:032-656-4452 · **FAX**:032-656-4453
http://www.chungeoram.com
e-mail:chungeoram@chungeoram.com